COMMENT J'AI APPRIS À TUER

de Simon Lafrance
Thriller

Simon Lafrance

COMMENT J'AI APPRIS À TUER

Les Éditions Goélette

Couverture et conception graphique : Kevin Fillion
Révision et correction : Élyse-Andrée Héroux, Fleur Neesham et Élaine Parisien
Photographie de l'auteur : Patrick Bélisle

www.boutiquegoelette.com
www.facebook.com/EditionsGoelette
www.facebook.com/SimonLafranceAuteur
www.twitter.com/simlafrance

Dépôt légal : 2ᵉ trimestre 2016
Bibliothèque et Archives nationales du Québec
Bibliothèque et Archives Canada

Les Éditions Goélette bénéficient du soutien financier de la SODEC pour son
programme d'aide à l'édition et à la promotion.

Nous remercions le gouvernement du Québec de l'aide financière accordée par
l'entremise du Programme de crédit d'impôt pour l'édition de livres, administré
par la SODEC.

Canadä

Nous reconnaissons l'aide financière du gouvernement du Canada par
l'entremise du Fonds du livre du Canada (FLC) pour nos activités d'édition.
We acknowledge the financial support of the Government of Canada through the
Canada Book Fund (CBF) for our publishing activities.

 Membre de l'Association nationale des éditeurs de livres

Imprimé au Canada

ISBN : 978-2-89690-732-8

À Antoine,

Je te dois 13$ pour le cinéma,
mais cette dédicace devra faire.
Considère ma dette réglée.

Je suis un tueur en série.

En fait, non. Peut-être pas. Car j'ignore qui de Nietzsche ou de Kant a raison. J'ignore si nos actions trahissent nos véritables couleurs ou si elles nous dessinent plutôt, petit à petit. La poule ou bien l'œuf ? Allez savoir… Ce que je sais cependant, c'est que je commets des meurtres. Plusieurs. C'est le métier que j'ai choisi, et si j'avais la chance de tout reprendre à zéro, je le choisirais de nouveau.

Ce n'est pas que je sois une mauvaise personne. Ce n'est pas non plus que j'aie souffert d'un affreux traumatisme en bas âge. On me décrivait d'ailleurs comme un enfant au comportement exemplaire, qui rendait ses devoirs à temps et évitait les querelles. À preuve, faire exploser un crapaud ne m'est jamais passé par l'esprit ! Mes professeurs me savaient sans problème, bien élevé par de merveilleux parents qui m'ont tout donné. Alors, il va sans dire que j'ai profité d'une enfance bien ordinaire… D'où la confusion : comment un garçon modèle a-t-il pu se transformer en meurtrier émérite ?

Ma destinée était celle d'un simple citoyen, condamné à se reproduire et à soutenir l'économie. Heureusement pour moi, j'ai su le comprendre assez jeune et j'ai aussitôt entrepris d'y remédier. Comment donc ? En éradiquant toute banalité. Ni plus ni moins. Mais par où commencer ? Je comblais les exigences de mon entourage, bien assis sur les standards établis. Me distancier de cette morne satisfaction pouvait-il s'avérer si complexe ? Absolument.

J'ai eu beau y mettre tous les efforts, des sciences jusqu'aux arts, des sports à la mécanique, chacun de mes essais a abouti au même résultat : de tous les dons, de tous les talents, on ne m'avait rien accordé. Je possédais évidemment certaines habiletés, voire de prometteuses aptitudes intellectuelles. Mais sans ce petit plus, sans cette parcelle d'originalité pour me démarquer de la concurrence, il demeurait improbable qu'on se souvienne de moi.

C'était donc une drôle de situation que celle à laquelle j'étais confronté : pendant que nombre de prodiges échouaient à éclore pour être nés sous une mauvaise étoile, on m'avait placé dans les meilleures conditions avec, comme seul outil, juste assez de lucidité pour mieux en savourer l'amère ironie. J'aurais pu en rire, ou encore en pleurer, mais ainsi sont faits les hommes, gonflés d'orgueil et d'ambition. Il n'était pas question de baisser les bras devant ce défi qu'on m'avait lancé : j'allais devenir quelqu'un, coûte que coûte.

C'est à ce moment que je me suis retiré du monde, motivé à poursuivre mon éducation comme si de rien n'était. Je longeais les murs dans mon anonymat tandis que mes pairs gravissaient déjà les échelons de leurs sphères respectives, m'abandonnant sans hésiter au plus profond de ma médiocrité. Rien de tout ça ne m'a éloigné toutefois de mon but, et nul ne pouvait prévoir qu'un jour je les rattraperais tous.

Au sortir de l'école secondaire, je me suis inscrit au plus moyen des collèges, dans le plus général des programmes, puis

je suis allé à l'université, où j'ai décroché un diplôme en administration. Au cours de ces cinq années d'études, j'ai priorisé
les emplois étudiants les plus conformes, à commencer par
celui de pompiste dans une station-service, avant de m'enrôler
dans une chaîne de restauration rapide. Dès que j'ai atteint
l'âge adulte, j'ai opté pour un boulot plus extravagant, soit
barman dans un club local. Ç'aurait pu attirer les regards, mais
je m'étais déjà aliéné de l'ensemble de mes contemporains.

En un temps record, ce travail m'a permis d'accumuler
un coussin financier fort rassurant pour un carriériste aussi
ambitieux que moi. Comme n'importe quel entrepreneur,
j'appréhendais quelques années de vache maigre avant que mon
entreprise ne génère quelque dividende. Aussi, j'ignorais comment les banques percevaient les meurtriers, mais je doutais
que mon projet tombe dans l'œil des investisseurs.

Parlant de banque, c'est au mois d'avril 2011 que la Grande
Banque de Montréal a signé mes papiers d'embauche.
J'avais vingt-trois ans. On m'avait confiné au service à la
clientèle quelques mois plus tôt, section téléphonique, et ma
période d'évaluation venait tout juste de prendre fin. Mon
poste maintenant assuré, je ne pouvais me réjouir davantage
de mon nouveau statut. Simple cravate grise effacée derrière
ses paravents de fibre synthétique, Éric Delacroix s'était
complètement dissous dans la masse, laissant à son alter ego
le champ libre pour prendre son envol. Quand je suis rentré
à mon appartement, ce soir-là, tout était déjà en place : dès le
lendemain, ma véritable carrière débuterait enfin.

J'ai terminé mes préparatifs en attendant mon heure, animé
d'une excitation me rappelant celle d'un premier baiser.
Sous un chandail kangourou noir, j'ai passé un petit sac à dos

en toile légère dans lequel j'avais fourré des vêtements de rechange.

Par-dessus mes nouvelles chaussures de course qui sentaient la rentrée scolaire, j'ai enfilé de bonnes vieilles claques en caoutchouc. Une cagoule bien ordinaire, de petits gants de cuir, puis le tour était joué pour l'uniforme officiel.

Dans la grande poche frontale du kangourou, j'ai glissé deux autres objets : un sac à ordures vert, et ce que j'appelais ma « lame de prisonnier ». Je n'ai jamais compris tous ces maris cocufiés et autres meurtriers amateurs qui se risquent à l'emploi d'instruments contondants communs ou d'une arme à feu. Notre police moderne ne mérite pas tout le crédit qu'on lui accorde, c'est bien connu, mais de là à penser qu'elle ne parviendra pas à retracer un pistolet... il faut vraiment vouloir se faire pincer.

J'imagine qu'on ne le comprend qu'une fois derrière les barreaux, et c'est pour cette raison que les prisonniers s'arment dès lors de ces couteaux artisanaux. Si le mien se voulait assez rustique, j'en étais somme toute très fier : il était constitué d'un épais fragment de verre à la base duquel j'avais enroulé une cordelette en guise de manche. C'est tout. Il ne m'avait rien coûté à bricoler et, après chaque utilisation, je n'avais qu'à brûler la corde et à broyer le verre en poussière pour qu'à jamais disparaisse l'odieuse pièce à conviction — un véritable jeu d'enfant.

Avant de passer à l'acte, il ne me restait plus qu'à établir mon alibi. Si n'importe quel événement public aurait fait le travail, l'efficacité d'une méthode réside souvent dans sa simplicité, et c'est une soirée au théâtre qui gagnait à ce chapitre. Le billet devenait une preuve tangible ; un employé interrogé pourrait me l'avoir déchiré. Reste qu'il me fallait demeurer prudent. De plus en plus d'édifices s'équipaient de caméras de surveillance et il aurait été aisé de contrecarrer mon astuce. En choisissant de petites salles de représentations expérimentales, j'écartais ce risque et pouvais ainsi m'éclipser, ni vu ni connu. En prime, une admission générale sans siège assigné me protégeait d'un éventuel témoin oculaire désireux de me dénoncer. Je me suis donc rendu au théâtre et fondu parmi les spectateurs. Le premier acte m'a semblé durer des heures.

Une fois l'entracte annoncé, l'auditoire s'est hâté vers la sortie pour se dégourdir les jambes. De mon côté, j'ai gardé mon visage le plus bas possible, me faufilant au travers d'un groupe de fumeurs pour m'échapper. Je disposais désormais de plus d'une heure avant que mon alibi n'expire. C'était amplement suffisant.

Dans plus de quatre-vingt-dix pour cent des cas, l'auteur d'un meurtre se révèle être un proche de la victime, qu'il s'agisse d'un parent, d'un ami, d'un associé ou d'un collègue. Dans le cas des meurtres en série, c'est plutôt le profil redondant des victimes qui trahit souvent l'artiste. C'est pourquoi je devais m'assurer de choisir chacune de mes cibles de la façon la plus aléatoire : si mon premier meurtre visait une femme blanche, le prochain liquiderait un homme noir, et ainsi de suite — rien ne serait laissé au hasard, pas même le hasard.

Mais comment reconnaîtrait-on mon œuvre si je ne pouvais me permettre ni modus operandi ni mobile ? Grâce à une signature, bien entendu. À l'heure de cette première sortie, je n'en avais toujours pas trouvé. Mais on comprendrait qu'une touche personnelle se développe avec le temps... non ? En vérité, je ne pouvais simplement plus attendre pour confirmer si j'avais enfin trouvé ma voie.

C'était une nuit froide pour la saison. La neige avait disparu depuis un bail, mais un vent glacial soufflait toujours à ras le sol, chatouillant les côtes des couples d'amoureux en promenade sous le ciel dégagé. Bien emmitouflés, il leur suffisait de se coller un brin pour chasser les frissons. Au contraire de ma première victime qui, comme prévu, marchait seule.

Joëlle se traînait, nonchalante. Je l'avais repérée quelques jours plus tôt aux abords de la station de métro Préfontaine, et il m'aurait été difficile de rejeter sa candidature : déchet humain dans la trentaine avancée, ma proie s'attifait de vieux ensembles de coton tachés qui peinaient à recouvrir les débordements disgracieux de son embonpoint. Comme pour me faciliter la tâche, c'est à la même heure tous les soirs qu'elle sortait de son trou pour se dandiner jusqu'au dépanneur du coin, question d'y acheter deux grosses bouteilles de bière à bas prix. Et ma bonne fortune n'allait pas s'arrêter là : à sa manière de tituber sur toute la largeur du trottoir, mon élue me signalait qu'elle s'était déjà envoyé plusieurs verres dans le nez. Il ne me restait plus qu'à la « cueillir », comme dirait l'autre.

Ma montre affichait près de 22 h. Les quelques fenêtres d'immeubles résidentiels aux alentours baignaient dans l'obscurité, les rideaux bien tirés. Une analyse rapide des alentours m'a confirmé que le périmètre était désert. Sans plus de préliminaires, j'ai plongé mon bras jusqu'à l'épaule dans le sac à ordures avant d'empoigner ma lame de prisonnier. J'ai rejoint Joëlle par-derrière, étouffant mes pas, et, ma main libre appuyée derrière sa tête, d'un seul trait latéral, je lui ai tranché la gorge. C'est ainsi qu'on enlève la vie, sans artifices, ni démesure.

Ensuite, j'ai couru.

J'avais commis un premier homicide. Ma cagoule trempée de sueur dissimulait mon sourire d'enfant, mais tandis que je courais à toute allure, je savais qu'il me faudrait bientôt regarder la mort en face. Sans cela, impossible de savoir si cette carrière de meurtrier était enfin la bonne pour moi. Pouvais-je tolérer la vue du sang ? L'empathie et la culpabilité gagneraient-elles ? Comment ma psyché allait-elle réagir ? Toute incertitude devrait disparaître, mais pour cette première fois, la crainte de l'inconnu me poussait à ne rien risquer.

Au moment de tourner le coin, ma cagoule était déjà rangée, j'avais retourné le sac à ordures sur lui-même et l'avais enroulé sur mon arme. Le tout fourré dans ma poche de kangourou, je me suis arrêté net et j'ai vite fait de retirer mes claques avant de changer de vêtements. Je suis reparti en sens inverse, empruntant une rue puis une autre pour esquisser un genre de zigzag jusqu'à mon appartement.

Comme je m'y étais attendu, le reste de ma nuit ne s'est pas écoulé dans le plus bénéfique des repos. Un tas d'idées venaient cogner aux portes de ma conscience, à commencer par cette crainte inébranlable d'avoir manqué un détail : « Et si quelqu'un m'avait vu ? Un adolescent errant sans bruit, ou ces clochards qui se terrent à l'abri des regards… C'est la police que j'entends par la fenêtre ouverte ? » Je frottais mes paumes moites sur les draps déjà humides, essayant de les sécher avec frénésie ; mes doigts se crispaient, serrés dans mes poings fermés, et mes jambes – mes jambes ! – étaient telles des bêtes affolées que je croyais possédées ! Elles battaient l'air, poussant et ramenant la couverture au gré des sueurs froides. Celles-ci jaillissaient de mes pores à la moindre inspiration, chaque goutte d'eau se joignant à un lourd bassin salé pour mieux m'écraser le thorax.

Ô Joëlle !

Ce carnaval des sens a fini par s'essouffler, m'ayant sucé l'énergie jusqu'à l'évanouissement. Passé les 4 h du matin, j'ai souvenir de m'être ranimé quelques fois, mais seulement sur l'appel de mon estomac qui menaçait d'entrer en éruption. Puis il y eut ce passage à vide au lever du soleil, une inertie à tous les niveaux, suivie d'une épiphanie : mes dés étaient lancés, et me ronger les sangs à ce point ne pouvait qu'attirer la chute des dominos dans une mauvaise courbe. Il n'y avait plus de retour en arrière possible ; je devais maintenant plonger. De toute façon, n'étaient-ce pas les intentions qui comptaient ? Et comme je ruminais ces aspirations depuis l'adolescence... si le catholicisme disait vrai, mon billet pour l'enfer m'attendait depuis déjà fort longtemps.

Le lendemain midi, ma mère a eu la bonne idée de se pointer à l'improviste. Femme aimante et charitable, elle manquait cependant de retenue et de discrétion quand l'envie lui prenait de s'immiscer dans la vie de ses proches : avant que je n'aie le temps d'excuser mon teint pâle, les crêpes doraient déjà dans la poêle et deux Gravol roulaient au pied d'un grand verre d'eau froide.

— Pis t'as vu personne de malade au travail ?

— Ben non…

— Même pas dans le métro ? Y a toutes sortes de pas propres dans le métro, tu sais ?

— Oui, oui, je sais.

Maman entamait les derniers tours de piste de la cinquantaine, mais personne ne l'aurait parié. À tout le moins, pas devant elle ! Pleine de vie sous ses bouclettes poivre et sel, c'était une femme à l'âme dévouée qui travaillait au même endroit depuis sa sortie de l'école, fière d'encourager une petite entreprise locale aux ambitions tranquilles qui avait mérité ses services pour avoir eu les « valeurs à la bonne place ».

— Bon… ben, ça doit être quelque chose que t'as mangé ! Tu manges assez mal depuis que t'es parti de la maison.

— Maman, s'te plaît ! Je suis pas si pire !

— Ah non ? À quelle température t'as besoin de faire cuire ton poulet ?

— Hum…

Doucement, j'ai tendu la main vers le téléphone.

— Pis touche pas à ton Internet !

— OK ! OK !

Bien joué, maman…

— Eh j'te dis ! Pareil comme ton père !

Nul doute que ma mère aurait aimé poursuivre l'examen, mais devinant bien quelle note j'obtiendrais, elle s'est contentée d'en rire avant de me rejoindre à table. Sa main est venue tapoter la mienne.

— Pis sinon, comment ça va au travail ?

— Correct. Pas ce qu'il y a de plus stimulant, mais ça paye bien.

— Tu penses rester là longtemps ? C'est important d'aimer ce qu'on fait.

— Maman ! Je sais pas, moi, si je vais aimer ça longtemps. Je viens de commencer !

— OK !

— Le travail, c'est juste trente-cinq heures de ma semaine. J'ai plein de temps autour pour m'amuser pis penser à autre chose. Pas obligé de tout mettre mes œufs dans le même panier, non ? Me semble...

— Non, non ! T'as raison ! Si t'es heureux, mon grand... Mais en tout cas ! Quand t'auras trouvé ce que t'aimes faire dans tes temps libres, tu me feras essayer ! Fais juste te dépêcher, si c'est quelque chose de physique, hein ? Je pourrai pas courir toute ma vie !

HA !

J'ai bien cru m'étouffer ! Si ma mère avait vu l'image qu'elle venait d'évoquer : elle et moi, encapuchonnés, à rôder dans l'ombre à la recherche de notre prochaine victime... Une grande gorgée d'eau aiderait peut-être à noyer cette vision ridicule.

— Oh ! Ça me fait penser. T'as entendu parler de ton cousin qui a tout lâché pour la peinture ? Alexandre, le fils à Diane. C'est assez courageux, je trouve ! Pis il peint assez bien, à part de ça !

— Ben oui, mais j'ai pas ces talents-là, maman. Tu le sais.

J'ai versé du sirop sur ma pile de crêpes avant d'allumer la télé, incapable de jouer au bon fils plus longtemps. C'était l'heure du bulletin de nouvelles et un frisson m'électrifia la chair. Je n'ai jamais été du genre patient et c'est en partie pourquoi, la veille, je m'étais exécuté au beau milieu d'une rue passante : impossible que personne n'ait encore trouvé la dépouille. Ustensiles en main, je les ai pressés sur la pâte imbibée jusqu'à la sentir céder sous le poids du métal. J'approchais un premier morceau sucré de ma bouche quand une vision m'a raidi d'un coup : était-ce du sang que je voyais sous mes ongles ? BAM ! J'ai failli me blesser en voulant cacher ma main trop brusquement.

— Ben voyons ! Qu'est-ce qui te prend ?

Un second coup d'œil et voilà que la croûte rouge n'y paraissait plus — l'avais-je essuyée sur mon pantalon ? Non plus.

— Je vais aux toilettes, change pas de poste.

— Non, non, mon grand !

La main coupable cachée au fond d'une poche, je me suis retenu de courir jusqu'à la salle de bain avant de verrouiller la porte derrière moi. Rien sur la peau, rien sur le jeans ; je suis allé jusqu'à me déculotter pour bien ausculter le tissu. Toujours rien. Se pouvait-il que la nervosité m'ait joué un tour ? Bien sûr, puisque j'avais porté des gants la veille. La suite s'annonçait plutôt mal si la paranoïa construisait déjà son nid en moi... Aucun regain de lucidité ne réussirait toutefois à taire ce besoin criant de me laver les mains. J'ai ouvert le robinet d'un tour de poignet. Un coulis de savon au creux d'une paume, j'y ai plongé aussitôt la seconde, tandis que mon regard montait vers le miroir. Où était donc l'étincelle dans mes yeux bleu fade, cette flamme distincte qui sépare le travailleur ordinaire de l'entrepreneur ? Je priais de toutes mes forces pour qu'elle ne tarde à s'allumer. Sans quoi, toutes ces années de planification se termineraient en une vulgaire comédie, un petit vaudeville merdique au goût mondain, une...

— Mmph !

— Chaton ? Ça va ?

À travers la vapeur, mes deux mains rouges se tordaient de douleur, brûlées par mon inattention.

— Oui, oui, ça va !

Imbécile...

Un peu d'eau froide pour soulager ma peau, puis j'ai enfoui mes pauvres pattes sous le coton d'une serviette. Doux confort... Étais-je vraiment prêt à le quitter ?

— Jésus du ciel !

Je me suis précipité dans la cuisine.

— Qu'est-ce qui se passe ?

— Une pauvre femme a été retrouvée morte ! Égorgée juste devant chez elle !

J'ai cru tomber à genoux. Mon cœur battait la mesure, en pleine exécution d'un refrain folklorique. Mais impossible de l'accompagner au chant, avec ma mère qui me regardait de ses yeux écarquillés, attendant que je me joigne à son effa-rement... Planté devant elle, bâillonné et impuissant, j'ai dû m'efforcer de ravaler la moindre euphorie.

Immobile, les yeux vissés à l'écran du téléviseur, j'en scru-tais les images, inattentif aux propos du commentateur. Les caméras n'ont rien révélé, et ça m'a soudainement pincé de ne pas avoir regardé le résultat la veille. Reste que j'avais accompli l'essentiel, et personne n'y comprenait rien : la victime vivait seule et, malgré son style de vie moins qu'admirable, on ne lui connaissait aucun ennemi. Quelqu'un l'avait seulement laissée là, étendue sur le dos, la gorge ouverte et la poitrine trempée de son sang, le tout sans aucune raison apparente... Quand ma mère en a eu assez vu, elle s'est levée dans un effort timide.

— Bon, bien... Je vais y aller, moi.

— Déjà ? Je peux changer de poste, si tu veux !

— Non, non, non. Mange tes crêpes, toi. On se parle plus tard.

Malgré ses airs coquets, ma mère n'avait rien d'une casanière. D'accord, elle possédait un fauteuil strictement dédié à la lecture, mais tout au long de mon enfance, pendant que mon père s'adonnait à la menuiserie amateure, c'est maman qui m'amenait découvrir le monde et vivre mes premières sensations fortes : mes premiers tours de manège à La Ronde, mon premier camping sauvage... La vieille n'a jamais craint que le vent ne la décoiffe ! Quand il s'agissait d'expériences plus délicates, par contre, comme la pneumonie de mes sept ans ou ma première peine d'amour, ma mère semblait perdre de son remarquable aplomb. La vue du sang, le bruit des pleurs... Elle tendait à fuir devant ce qu'elle ne pouvait arrêter en appuyant sur un gros bouton rouge.

— OK, maman, à plus tard...

Sa main m'a attrapé le menton.

— Je t'aime, Éric.

Ma mère m'a embrassé sur la tempe.

— Moi aussi.

Elle a pris son sac à main, puis est sortie dans un silence aussi remarqué que le boucan qui avait accompagné son arrivée. Pauvre maman... Le pire, dans cette histoire, c'est que sa peine me réjouissait, prévoyant qu'un jour l'envie grandissante de partager mon engouement demanderait que je me rappelle le potentiel destructeur de mon secret. Ces réflexions pouvaient attendre, cependant, car l'heure était à la fête ! Une fois la porte bien verrouillée, je suis retourné d'un bond à la salle de bain. Toute douleur avait disparu de mes mains engourdies et, quand mes yeux ont croisé le miroir, ils reluisaient cette fois d'un enthousiasme éclatant.

La semaine suivante s'est entamée sur une note plutôt tranquille et j'en ai profité pour pratiquer ma routine avec une deuxième victime. Cette fois-ci, j'ai résisté au désir de m'enfuir sur-le-champ pour mieux m'imprégner du moment : la percussion du sang qui asperge la carrosserie d'une voiture à proximité, puis la mélodie rythmée des gouttes subséquentes qui mitraillent l'asphalte, tous ces sons en harmonie que soutenaient les lamentations gutturales de ma victime cherchant son air... Mais cet air préférait chanter, sapant et sifflant à travers le flot de viscosité fumante. Les bras ballants du mourant dictaient le tempo, ignorant sa tête que je tenais par les cheveux. Ses petites jambes, gauches, grattaient le sol comme s'il s'était agi d'un güiro, incapables de suivre la cadence... Une expérience franchement enrichissante ! D'autant plus que les nausées s'espaçaient : le métier commençait à rentrer.

Puis, j'ai laissé mijoter. À ce stade, il était encore trop tôt pour que les médias relient les deux meurtres, et ils n'avaient qu'à peine fait mention de l'un et de l'autre. Mais il en fut tout autrement sur les médias sociaux, qui se sont enflammés. En moins de quelques heures, les spéculations avaient fusé de toutes parts et rien ne laissait présager l'accalmie. Le bruit soufflait le nom de mafieux réputés ; on redoutait le gangstérisme, craignait les débordements. Mais parmi ces ouï-dire, quelques voix plus créatives parvenaient tout de même à percer le bourdonnement, prédisant le pire : un tueur était né.

Une de ces allégations s'apprêtait d'ailleurs à changer le cours de mon entreprise.

J'étais en route pour le travail quand je l'ai entendue pour la première fois. Le métro venait de quitter la station Jean-Talon, bondé des figurants de ma nouvelle vie. J'ai cédé mon siège à une vieille dame et me suis retrouvé le nez dans les portes, puis un homme en complet a grimpé sur mes talons, ne se privant pas de me bousculer à tout moment pour regarder sa montre. Les yeux fermés, je tâchais de penser à autre chose, m'imaginant sur une plage déserte ou à la montagne, loin de la jungle urbaine et de sa faune sordide. Mais voilà qu'une conversation entre deux étudiants est venue à mes oreilles. Elle m'est apparue assez singulière pour me sortir de ma méditation.

— Penses-y, mon gars, c'est sûr que c'est le même tueur !

— J'espère que non... On n'a pas besoin d'un psychopathe en ville.

— Ben, pour l'instant, le monde en parle. J'ai même vu un *tweet* passer, il y en a qui l'appellent le Rouge-Gorge.

— Le Rouge-Gorge ? Ha ha ! C'est pas exactement ce qu'on appelle un oiseau de proie.

— Non, mais c'est comment il laisse ses victimes se vider par le cou, avec tout le sang qui se répand... Ça fait penser au plumage de l'oiseau.

— Ah ! Dis-moi pas ça ! Tu sais comment j'haïs ces images-là !

Ce fut une révélation. Le Rouge-Gorge... Le nom roucoulait à mes oreilles comme une douce mélodie. Si je ne m'étais retenu, je pense bien que je me serais retourné pour les remercier d'une pareille inspiration : j'avais enfin trouvé la signature qu'il me manquait ! Et ça tombait juste à point, car j'allais pouvoir l'appliquer à ma troisième victime et ainsi atteindre le titre de tueur en série avec classe et distinction. Tout ça s'annonçait si excitant ! Dans un esprit joueur et gamin, je suis descendu quelques stations plus loin.

C'est un dénommé Jean Lacombe qui me ferait les honneurs. Selon les informations que j'avais récoltées, il avait volé et trompé sa famille pour assouvir sa dépendance aux jeux d'argent. Ces mauvaises manies lui avaient coûté son mariage, la garde de ses enfants, puis, au bout du compte, son travail. Depuis, Lacombe vivait dans la rue, vagabondant sur Saint-Laurent, aux alentours de la station de métro du même nom. C'est là d'ailleurs que je l'avais aperçu pour la première fois, au sortir du Théâtre Sainte-Catherine. L'entracte venait d'être annoncé et j'étais en pleine course pour rejoindre ma deuxième victime. Ne pouvant m'attarder à Lacombe pour l'instant, j'avais poursuivi mon chemin. Quelques jours plus tard, cependant, nos routes se sont croisées de nouveau au moment où j'allais sauter dans un autobus. Lacombe m'avait accroché au passage, la tête dans la brume. Sans même replacer son sac qui était presque tombé, il a continué de zigzaguer, vêtu des mêmes vêtements que la dernière fois. Un coup d'œil m'avait suffi pour le reconnaître et j'ai enclenché ma phase d'observation : lieux fréquentés, rencontres habituelles, historique professionnel, personnel... Lacombe devait me convaincre qu'il ne manquerait à personne, examen qu'il réussit avec brio. D'accord, l'itinérant traînait un certain bagage, mais tout le monde ne méritait-il pas une seconde chance ? Par ma lame, Lacombe verrait son passé pardonné et son nom disparaître pendant que son corps s'élèverait au statut d'œuvre d'art.

Comme ç'avait été le cas pour mes deux premiers tableaux, l'exécution s'est déroulée dans la plus grande humilité, parce que, avec ou sans signature, c'est lorsqu'on désire jouer de fantaisie qu'on s'emmêle les patins. Je l'ai donc suivi au fond d'une ruelle où il s'était arrêté pour uriner. Il fredonnait un air de Félix Leclerc ou de Richard Desjardins, je ne sais trop, et ne m'a jamais entendu approcher. Le sac en place, l'éclat de verre à la main, je l'ai coupé sec juste avant le refrain — il a laissé échapper un demi-couinement en fléchissant les genoux.

Lacombe s'est affaissé en douceur, puis a rendu l'âme sans rien y comprendre... Il ne me restait plus qu'à signer. Le seul problème, c'est que nous nous trouvions au fin fond d'une ruelle bien sombre, séparés de spectateurs éventuels. Alors il me fallait rectifier le tir. Faisant bien attention de ne pas m'y salir, j'ai traîné ma pièce jusqu'au trottoir. Si ses vêtements absorbaient une bonne quantité du sang, ce déplacement laissait évidemment plus de traces que je ne l'aurais souhaité. Rien pour me rassurer, mais qu'est-ce que ça pouvait bien me coûter ? La police verrait ainsi à quel point je tenais ses intérêts à cœur, et ce n'était pas comme si ses agents allaient déduire quoi que ce soit d'un si court déplacement.

Ma toile bien tendue sur le dos, je lui ai d'abord replié les jambes vers l'intérieur. J'ai ensuite étendu ses bras en ligne droite avant de les courber en arc, de telle façon qu'on y devine des ailes. Pour compléter, je lui ai légèrement incliné la tête... Ç'aurait pu largement suffire, mais une idée folle m'a traversé l'esprit. « Si tu prends la peine de faire quelque chose, fais-le comme du monde », m'a souvent répété mon père. J'ai suivi son conseil et trempé ma lame de verre dans la mare rouge et visqueuse qui s'écoulait encore de l'entaille fraîche. Ne restait plus qu'à glisser l'arme sur le sol en guise de pinceau, traçant les formes d'un plumage rouge sur l'asphalte noir, tout juste sous les bras de mon sujet... Le résultat ? Fracassant.

Tout sourire, j'ai fui la scène en remballant mes effets. Je suis monté dans le premier autobus, bien confortable dans mes vêtements frais, et ma nuit s'est terminée dans un bon bain chaud bien mérité. À ma grande satisfaction, aucune nausée ne s'est manifestée, pas plus que l'insomnie qui m'a laissé dormir comme un bébé : j'étais officiellement un tueur en série certifié.

Le lendemain matin, j'ai ouvert les yeux sur le coup de 9 h, trop tard pour attraper les nouvelles des lève-tôt. J'ai donc tâché de me détendre en m'offrant un déjeuner de roi : deux œufs pochés et du bacon grillé, le tout rythmé par les aventures musicales d'un Pierre Lapointe au sommet de son art. Mais ma patience commençait à s'effriter et, pour me changer les idées, je suis sorti courir un brin. Lorsque midi a sonné, j'étais fin prêt et tout fringant. Même que, cette fois, j'aurais bien aimé que ma mère assiste à l'exercice : l'excitation du suspense m'avait ramené à mes plus beaux souvenirs de Noël. Et Dieu sait que mes parents rêvaient de revoir leur petit garçon d'antan, celui qui n'avait pas encore commencé à les décevoir.

C'est d'abord le chef d'antenne qui a pris la parole, sévère et inquiet jusque dans la couleur de son complet, suivi de la journaliste qu'on avait assignée à mon dernier méfait. Elle s'appelait Julie. Julie Villeneuve. Encore toute jeune, elle avait commencé sa carrière de façon sporadique, à coups de faits divers abrutissants et de vox pop truqués où transpirait la partialité de la station. Mais Julie s'était battue bec et ongles, travaillant d'arrache-pied pour transformer ses premiers mandats en moments de télé engageants. Les années de labeur avaient fini par payer et, avant même de célébrer son vingt-cinquième anniversaire de naissance, la journaliste avait éclipsé toutes les autres recrues et s'était mérité un poste au criminel. Depuis, Julie présentait au public, jour après jour, les plus récents meurtres passionnels, tragédies familiales et autres malheurs.

Je m'avouais son plus grand admirateur, complètement séduit par la passion qu'elle insufflait à cette profession maintenant si rigide. Qui plus est, si quelques années nous séparaient en âge, tous s'entendaient pour dire que Julie ne vieillissait pas, toujours aussi resplendissante qu'à son arrivée devant la caméra. Ses yeux bleu vif aimantaient le regard, l'empêchant d'aller se perdre le long de son élégante silhouette. C'était sans parler de sa fameuse crinière qui lui tombait sur les reins, une soyeuse chute de cheveux encore plus noirs que ses tailleurs les plus foncés qui, eux, lui enlaçaient les courbes avec grâce.

— Les rumeurs circulaient depuis un moment déjà et tout indique maintenant que les récents homicides de Joëlle Barrette et de Jacques Raymond sont bel et bien liés...

Oui, vas-y...

— Les circonstances similaires dans lesquelles ces premières victimes ont été découvertes avaient ouvert la voie à une possible association, mais rien ne confirmait encore le...

Allez, dis-le !

Je me contenais de peine et de misère, perché sur le bout de ma chaise.

— Si le SPVM refuse de se prononcer sur une hypothèse ou une autre, on ne peut ignorer la forte probabilité qu'un individu seul, ou encore qu'un groupe d'individus, ait orchestré cette série de meurtres, souhaitant désormais les attribuer au pseudonyme de Rouge-Gorge...

OUI ! HA HA HA !

Ça y est, elle l'avait dit : le Rouge-Gorge était né et plus personne ne pourrait maintenant m'ignorer. Des chercheurs universitaires me consacreraient leur thèse, les artistes peindraient une fresque en mon nom et tous chanteraient en chœur ma légende ! Au revoir l'anonymat, adieu la mort et bonjour l'immortalité ! J'allais régner en maître sur la ville et briller parmi les étoiles ! J'étais si content, si ému... Avoir été aux côtés de Julie à ce moment, je crois bien que je l'aurais embrassée ! Je l'aurais soulevée dans mes bras, puis je l'aurais transportée jusqu'à notre décapotable fraîchement cirée avant de prendre la route sous un soleil couchant ! Je rêvais, bien sûr, mais même privé du plaisir de partager mon bonheur, rien n'aurait su gâcher l'euphorie d'un pareil accomplissement.

— Face à l'inconnu, les autorités demandent néanmoins à toute la population sa plus grande coopération en évitant toute propagation de...

J'ai éteint la télévision.

Mes sorties suivantes n'ont pas eu lieu avant plusieurs jours, question de mieux confondre les policiers. Je gardais le profil bas, perché dans mon nid, et attendais patiemment, branché sur le fil des actualités policières. Dès que les autorités baissaient la garde, je frappais. Ils la baissaient de nouveau ? J'enchaînais deux coups. Le maire de Montréal rageait en pleine conférence de presse, à court de mots pour défendre ses agents de police qui, au grand plaisir de leurs détracteurs, avaient visiblement oublié comment protéger ou servir qui que ce soit sinon l'État et leurs propres intérêts.

Fait pour le moins surprenant, cette valse nerveuse que je menais est venue étendre ses bénéfices aux autres facettes de ma vie, comme quoi vivre sur la pointe des pieds me rendait encore plus alerte et productif. Au travail, je battais des records de productivité, propulsé par cette nouvelle vivacité. Ces performances m'ont mérité plusieurs chèques-cadeaux et autres invitations à des soupers prestigieux. J'en ai fait profiter famille et amis qui, bien assez vite, n'ont pas manqué de me rendre la pareille.

Quand j'en ai eu fini avec ma sixième victime, j'étais le centre d'intérêt de tout le Québec et de tout le pays : je faisais la une des journaux, des spécialistes de partout au Canada donnaient des entrevues télévisées pour se pencher sur mon cas et les plus jeunes n'en finissaient plus d'alimenter blogues et forums à mon sujet. On essayait de retracer mes antécédents, ou encore de deviner quel profil aurait ma prochaine cible. Allais-ce être un fraudeur, un déviant de quelque sorte ou un autre inconnu sans histoire ? Tous l'ignoraient, moi le premier.

À ce rythme, un groupe de fanatiques aurait décidé de m'ériger un autel et ça ne m'aurait pas surpris. Mais d'ici là, j'ignorais encore comment gérer ce nouveau vedettariat. Pas en tant qu'Éric Delacroix — lui était aux anges ! —, mais en tant que Rouge-Gorge : devais-je me réjouir d'une pareille attention ou m'indigner qu'on prétende ainsi connaître mon dessein ? Car je n'avais rien d'un justicier et, si les fleurs plaisaient à l'ego, j'allais devoir tôt au tard répondre aux allégations de ces ingénus.

C'est au tournant du mois de mai que les choses sont devenues plus sérieuses. Je cuisinais quand on a cogné à ma porte. Je suis allé ouvrir et, juste comme ça, les règles ont changé. La surprise m'a pris de court.

— Bonjour ! Je suis…

L'homme qui se dressait devant moi devait bien me dépasser d'une demi-tête. Droit comme un chêne, mince comme un bouleau, il avait dû retrousser les manches de son pardessus trop ample pour éviter d'y flotter. Ses yeux joueurs inspiraient la confiance et sa main tendue invitait au respect. Mais c'est d'abord son sourire qui avait capté mon attention, un sourire familier que j'aurais reconnu n'importe où, lui qui me suit derrière chaque miroir et chaque photographie.

— Stéphane Gauthier ?

— Pardon ?

— Vous… vous êtes bien Stéphane Gauthier, non ? Le cousin d'André Delacroix ?

— Euh, ouais, mais…

Il a baissé les yeux sur sa liste.

— Ah ! Regarde donc ça, toi ! « Delacroix, Éric… » Le gars à Andy ! La dernière fois que je t'ai vu, c'était… Attends. T'as quel âge, au juste ?

— Un gros vingt-trois ans.

— Wow ! Vingt-trois ans… Comment va ton père ?

— Ah pour ça, il va bien ! Qu'est-ce que tu viens faire ici ?

Mais je savais très bien ce qu'il venait chercher. Des souvenirs qu'il me restait, Stéphane travaillait comme patrouilleur pour une municipalité de la Rive-Sud. Lui et mon père avaient grandi très proches l'un de l'autre, en compagnie d'autres cousins, et certains de ces liens avaient survécu à l'épreuve du temps. Une fois par année, des fois deux, le plus fou d'entre eux louait un camion et ramassait le reste de la bande pour une fin de semaine de pêche ou un tournoi de golf. La dernière expédition datait cependant d'une dizaine d'années — peut-être douze — et, quand les grandes réunions de famille ont commencé à s'espacer, les noms de Stéphane, d'Alain et des autres avaient tranquillement migré vers mon subconscient. Si mon « oncle » se retrouvait à ma porte ce jour-là, en complet d'occasion, au cœur de Montréal, tout portait à croire qu'on l'avait finalement transféré, voire promu.

— Ce que je viens faire ici ? Eh bien, mon Éric, imagine-toi donc que t'as quelqu'un dans la famille qui est rendu un vrai détective !

— *Cool !*

— Ouais, mais tu m'excuseras, j'ai pas le droit de te laisser jouer avec la sirène.

— Ha ha ! Dommage. Mais rentre, je t'en prie !

— Non merci, une autre fois. On a encore pas mal de monde à déranger...

— Ah oui, comment ça ?

— Tu regardes pas les nouvelles ? On a un malade qui tue tout ce qui bouge... Je vais te dire, j'aurais jamais pensé voir ça ici.

— Ouais, c'est vrai. C'est spécial.

À ces mots, le détective a repris un air plus officiel, se rappelant soudainement tout le poids de ses responsabilités. Il s'est raclé la gorge.

— Spécial ? Ouais... En tout cas. En triangulant les scènes de crime, on en a déduit qu'il pourrait habiter dans le secteur. Ça fait qu'on est venus fouiner un peu. On rassemble le plus d'informations possible, tout ce qui pourrait sortir de l'ordinaire.

— Ah bon ! Content que ça avance.

Non, pas vraiment...

— Pis vous pensez qu'il va continuer longtemps ? Il a peut-être un objectif précis...

— Tout est encore possible pour l'instant. Mais entre toi pis moi, c'est juste un autre jeune qui cherche l'attention. Les meurtres sont trop aléatoires pour qu'on tombe sur un vrai pro... Trop brutaux, aussi.

— OK, ben, c'est sûr que je vais garder l'œil ouvert. T'as une carte, si je veux t'appeler ?

— Merci, Éric. Tiens, mon numéro de cellulaire... Mais, hey ! Tu me fais penser, viens-tu à la grosse réunion du mois prochain ? Toute la famille se retrouve chez, hum... Guylaine ? En tout cas. La fesse gauche, la fesse droite, il va y avoir ben du monde !

Le retour des grandes réunions de famille ? Non, je n'en avais pas entendu parler, mais ça m'apparaissait comme la parfaite occasion pour aller en apprendre davantage sur mon détective. Je n'aurais manqué ça pour rien au monde.

— Absolument. Bonne fin de soirée, là !

— À toi aussi !

J'ai verrouillé derrière lui, songeur.

Stéphane et son département ne détenaient aucun indice pour incriminer qui que ce soit, mais reste qu'ils se rapprochaient dangereusement, quand bien même ils le faisaient à l'aveuglette. Et je ne cultivais pas l'arrogance de me croire à toute épreuve. Bien au contraire, c'est précisément le fait de me savoir si ordinaire qui avait motivé ma rigueur jusque-là. Alors je me devais d'anticiper le jour où, tôt ou tard, quelqu'un découvrirait le pot aux roses, ce qui m'a remémoré une règle de base : si contourner les regards n'est plus possible, il ne reste qu'à les confondre. Mais comment réussir sans y laisser des plumes ?

L'astuce qui est ressortie de mes réflexions relevait de la farce, une pseudo-ruse sans queue ni tête qu'on aurait juré tirée d'une parodie de film d'épouvante.

À peine avais-je franchi le seuil d'un détaillant de produits artistiques que je me suis dirigé vers la section des costumes et maquillages scéniques. Ce que j'y ai acheté ? Une éponge ainsi qu'un épais fond de teint... de couleur marron. Parce que pour mon prochain crime, j'allais privilégier le lieu avant la proie. Une station-service ou une simple épicerie ferait l'affaire, du moment qu'elle soit équipée d'un système de surveillance par caméra. Si je pouvais trouver un commerce avec un circuit unique, isolé de tout autre réseau, je frapperais un vrai coup sûr.

Il me fallait aussi passer à l'acte bien plus tard qu'à l'habitude, puisque ce plan impliquait que je travaille sous les projecteurs, à la vue de potentiels spectateurs. Un coup de théâtre du genre ne manquerait pas d'aiguiser la vaillance des enquêteurs, mais ma confiance en moi venait d'atteindre de nouveaux sommets : le soir venu, j'ai donc ajouté de grosses lunettes fumées à mon uniforme avant de retrousser les manches de mon kangourou. Ne restait ensuite qu'à m'enduire la peau d'un brun opaque. Silence, rideau : le spectacle pouvait commencer.

Malgré l'improvisation, mon numéro fut couronné de succès. J'avais choisi un certain Puck Palmer pour me donner la réplique — il assumait déjà un nom d'artiste ! — et l'acteur s'est laissé imprégner par son rôle. Rien de plus naturel pour ce jeune homme d'expérience, d'autant plus qu'il s'exerçait sans relâche : chaque matin, au Vieux-Port, Puck s'amusait à incarner différents personnages pour le plaisir des passants. Il jouait les héros, les malades, les perdus... De quoi prouver qu'il n'existe aucun petit rôle quand vient le temps d'escroquer les touristes ! Commanditaire de son ultime performance, j'espérais seulement qu'il ne traîne aucun regret au moment d'accrocher ses cothurnes.

J'avais trouvé une place tranquille, un petit restaurant de quartier au coin de la 4e Avenue. À l'extérieur, aucune caméra à l'horizon, sinon celle d'un guichet bancaire automatique qui couvrait un angle parfait sur le stationnement. Le seul petit accroc provenait en fait de moi. Je n'avais pas touché au théâtre depuis la fin de l'école secondaire et l'idée de me savoir regardé par tant de gens, tant de critiques... ça m'a donné le trac. Il n'y a pas eu de réel gâchis, mais j'aurais préféré compléter ma scène aussi rapidement qu'à l'habitude. Au lieu de cela, j'étais lent, hésitant. Je craignais qu'on ne voie clair dans mon jeu. J'ai peint les ailes à la hâte, puis je me suis empressé de déguerpir.

Aux nouvelles du lendemain, la belle Julie et les autres médias répandaient le venin : « Des images du Rouge-Gorge ! » « Un meurtre est filmé ! » « Le tueur est de race noire ! » Puis Internet a littéralement explosé. Sans même considérer que j'avais fait des victimes de tous les groupes ethniques, des débats musclés ont tenté de mêler xénophobie et vengeance sociale à mes motifs. À un certain point, les origines du Rouge-Gorge ont commencé à prendre plus de place que son identité en soi, même plus d'importance encore que ses crimes. C'était fascinant.

En deux ou trois jours à peine, j'ai néanmoins obtenu ce que je convoitais : les policiers qui occupaient mon quartier l'ont subtilement délaissé pour se concentrer sur Saint-Michel, Montréal-Nord et les autres racoins miteux de l'île. Ils ont bien essayé de nier leur nouvel intérêt pour ces quartiers défavorisés, soutenant que l'ethnie d'une personne n'indiquait en rien son rang social, mais ce fut en vain : le mal était fait.

La révolte s'est soulevée chez les minorités indignées, et plusieurs ont senti la menace d'un conflit civil souffler sur Montréal. J'avais de la difficulté à comprendre la réaction de ces communautés. Après tout, on ne faisait état que d'un seul individu et, qu'on le veuille ou non, c'est au cœur de ces quartiers aux logements plus abordables qu'on recensait une majorité d'immigrants. Comme quoi généralisation rime parfois avec une simple moyenne mathématique.

Cette situation aux proportions hollywoodiennes s'est étirée sur plus de deux semaines, jusqu'à ce que le SPVM, épaulé par le ministère de la Justice, enterre l'affaire à coups de déclarations fermes et de conférences de presse quasi menaçantes.

Une fois, Stéphane a même été contraint de prendre la parole devant les caméras. Le pauvre... Il n'y semblait pas plus à son aise que moi.

Au travail, durant les pauses, le Rouge-Gorge alimentait aussi chaque discussion. J'essayais pour ma part de ne pas trop m'avancer sur toutes ces spéculations, m'asseyant à l'écart des tables à potins. Une fois, au dîner, je mangeais un sandwich à la dinde, bien qu'on n'y goûtât que l'horrible tranche de fromage jaune en plastique. J'avais oublié ma boisson gazeuse à la maison et j'ai dû me rincer la bouche à grands coups d'eau tiède dans un verre en styromousse. Carl et Lisandre discutaient, assis à une table plus loin. Ils lisaient les derniers articles parus sur l'affaire, puis s'échangeaient les pages à mesure qu'ils les terminaient... Plutôt difficile de ne pas leur prêter attention, eux qui analysaient chaque bribe d'information en se querellant presque.

— Non, non, non, *La Presse* a clairement tort ! Regarde les preuves, c'est rien d'autre qu'un coup politique. Je peux pas croire qu'en presque deux mois, on n'ait pas encore coincé un gars qui a déjà tué sept personnes !

Tu m'en diras tant !

— Ben voyons donc, Carl, tu dis n'importe quoi ! Pourquoi faire qu'on nous dirait qu'un tueur fou court les rues, si c'est pas vrai ? Pis c'est la police qui aurait exécuté tout ce bon monde-là ? T'écoutes trop de vues, toi...

— Lisandre ! C'est pourtant simple ! La religion arrive plus à nous faire peur pis à nous manipuler. C'est juste un nouveau moyen de nous contrôler, pareil comme le 11 septembre !

— Franchement ! C'est ridicule...

Carl me faisait rire. C'était un de ces ermites qui sautaient d'un forum obscur au suivant toute la journée, concentré à dénicher tous les grands secrets d'État. Quelques semaines avant mon éclosion, il m'avait agrippé par le bras et traîné jusque dans les toilettes des étages supérieurs : il souhaitait espionner les hauts dirigeants de la banque dans un ultime effort de les lier à je ne sais trop quelle collusion... Je ne voyais pas pourquoi les banquiers auraient commencé maintenant à se cacher pour nous escroquer, mais bon ! Ça m'aura diverti le temps d'une pause.

Ce jour-là, cependant, ses idées farfelues ne sonnaient pas si bêtes. J'y ai plutôt vu une porte de sortie, advenant qu'on oriente les recherches vers moi. J'ai pensé que je pourrais kidnapper un politicien et lui faire porter le chapeau ou, mieux encore, me servir de mon détective favori, pourquoi pas ? Les possibilités s'annonçaient déjà vastes.

— Pis je l'ai trouvé, moi, son mode opératoire ! clamait Carl. Toutes les victimes sont des causes perdues, des rebuts de la société ! C'est leur seul point commun, alors qui d'autre serait aussi motivé d'aller y faire le ménage ? Hein ?

Il n'y avait pas à dire, Carl se montrait de plus en plus divertissant... jusqu'à ce qu'il finisse par m'impliquer.

— Toi, Éric ? Qu'est-ce t'en penses ?

— Bof... Je regarde pas vraiment les nouvelles.

Mais la conversation n'a pas pu aller plus loin. Une quatrième joueuse est entrée en scène. Nadine ne devait pas se tenir bien loin de la porte, car la fureur dans ses yeux laissait croire qu'elle nous reprochait déjà quelque chose. On a vite compris qu'elle avait tout entendu.

— Toi, Carl, tu vas fermer ta gueule ! C'est-tu clair ? T'en sais pas plus que personne sur rien, pis tu vas arrêter de répandre tes conneries partout où tu passes ! Pis vous autres, mes maudits sans-cœur... vous avez rien de mieux à faire que de l'encourager dans ses niaiseries ?

Elle a cogné sa tasse vide sur le comptoir, puis claqué la porte en sortant.

... C'est quoi, son problème ?

La scène a piqué ma curiosité, et une courte recherche a fini par m'éclairer : Nadine était en fait la nièce d'un de mes bébés... numéro cinq, plus précisément. En la voyant ainsi bouleversée, voire profondément blessée par mes actions, je m'attendais à en éprouver une certaine empathie gonflée de culpabilité. Au lieu de ça, je suis resté de glace, et c'est plutôt mon absence de réaction qui a fini par me choquer. Pour la première fois, je prenais conscience de ma froideur, de cette déstabilisante indifférence face aux actes immondes que je commettais. Mes actions, mes intentions, j'étais capable de me les justifier, mais comment pouvais-je en être si détaché ? En un sens, j'en étais ravi, bien entendu. Sans quoi jamais je n'aurais pu réaliser ce que j'avais jusqu'alors accompli. N'empêche qu'il y avait de quoi s'inquiéter : étais-je en train de me déshumaniser ? De devenir moi-même l'alter ego de cet oiseau insensible ?

Je n'ai pas fini mon sandwich. J'ai dévisagé Carl en sortant à mon tour et je suis retourné au boulot. Il restait encore du temps à ma pause du dîner, mais il y a de ces fois où on préfère s'occuper l'esprit en travaillant.

La fameuse réunion de famille dont Stéphane m'avait parlé a eu lieu peu de temps après. La belle température avait choisi le bon jour pour se manifester, permettant ainsi la tenue du premier barbecue de la saison. On avait organisé l'événement chez une tante éloignée vivant à Blainville et, au total, une bonne trentaine de personnes s'y sont présentées, venant et quittant chacun à leurs heures.

Je m'y suis pointé en début d'après-midi, même si les portes ouvraient officiellement à 11 h. J'aurais pu m'y rendre beaucoup plus tôt, mais personne n'apprécie vraiment ce moment d'inconfort où les premiers convives d'une fête se tiennent en otages, forcés de contribuer au bruit de fond sous la menace d'un silence trop embarrassant. En attendant qu'il y ait foule avant d'apparaître, je me donnais le temps nécessaire à la préparation de quelques lignes bien utiles pour survivre à ces conversations tout aussi préconçues.

Mes parents sont ceux que j'ai salués les premiers. Ils alimentaient un débat musclé avec les frères et sœurs de mon père. Celui-ci traitait de la chose avec un sérieux implacable. Depuis l'autre extrémité de la cour, je l'entendais déjà se vanter haut et fort de la réussite de son garage automobile face à l'entreprise de son beau-frère, moins lucrative. Les femmes, quant à elles, préféraient jouter sur un terrain plus fertile en mérite personnel, soit le succès de leur progéniture. Dans le coin bleu, ma mère affrontait sa belle-sœur, sans toutefois y récolter autant de points que son mari. Comme j'aurais aimé voir ma mère déballer le curriculum de mes exploits ! Elle lui aurait mis toute une raclée, avec des droites comme : « Moi, mon Éric, il approche la dizaine de meurtres ! » ou des crochets du genre : « Tu vois Stéphane au bord de la piscine ? Il a aucune idée de ce qui se passe sous son nez ! » Et BOUM ! Ma tante Francine aurait fini au tapis en moins de deux rounds ! Au lieu de cela, les arguments de maman peinaient à tenir sur leurs jambes.

— Éric ! Tu viens d'arriver ? Je disais justement à Francine comment t'avais droit à des bons avantages sociaux au travail.

— Ouais, c'est pas pire !

Mais Francine hochait déjà la tête, prête à riposter.

— Eh bien... t'es chanceux ! Moi, c'est sûr, mon Alex aura jamais cette sécurité-là. Mais il vous a parlé de son acheteur potentiel pour sa dernière collection ? C'est un homme d'affaires indien pis il veut l'emmener en Asie, cet automne, pour le faire peindre chez lui !

— Wow ! Quand même !

Les accomplissements de mon cousin m'impressionnaient sincèrement. Plus jeune, je lui en aurais voulu à mort de posséder un tel talent, mais les choses avaient changé : ma propre carrière fleurissait à son tour et je ne pouvais désormais que me réjouir de son succès. Par ailleurs, c'est sur l'artiste en personne que je suis tombé ensuite, après avoir fui la parenté pour me rendre aux toilettes.

Alex attendait dans le couloir du bungalow, deuxième en file pour la salle de bain. Nous n'avions pas eu la chance de nous croiser depuis sa volte-face professionnelle et, à en croire l'expression d'ennui qu'esquissait son visage, il ne semblait pas plus à son aise que moi au centre de ce grand rassemblement familial. Peut-être n'appréciait-il pas toute l'attention que sa mère s'affairait à diriger vers lui ? À moins qu'il ait déjà perdu intérêt en ses propres talents… C'est du moins ce que notre courte conversation m'a laissé sous-entendre.

— Ça fait que t'as une spécialité en particulier, dans tes thèmes ou tes techniques ?

— Non, pas vraiment … Je peins ce qui passe, avec ce que j'ai sous la main. Je suis pas mal ouvert à tout.

Un vrai naturel ? Splendide ! Même si sa désinvolture m'agaçait un peu. Il manquait ce je-ne-sais-quoi dans ses yeux, l'éclat distinct de la passion.

— Intéressant ! Je pensais que les artistes finissaient par se développer un genre de marque ou une signature.

— Peut-être, mais je commence à peine. J'imagine que ça va venir avec le temps. Pour l'instant, je suis pas pressé de me faire reconnaître pour un trait ou pour une couleur… surtout pas quand on regarde ce que d'autres en font !

— De qui tu parles ? De Picasso ?

— Ben non ! Tu sais de qui… Du Rouge-Gorge.

— Oh…

Mais bien sûr que je sais !

— Pour vrai, ce gars-là m'écœure. Si au moins c'était juste un autre imbécile en colère… Mais je le vois bien, qu'il se prend pour un grand génie.

— Ah, tu penses ?

— J'ai aucun doute qu'il est bourré de talent, c'est ça le pire. Mais y a des gens comme ça qui ont peur de la compétition, pis qui veulent faire différent… Il doit se penser tellement spécial.

J'aurais aimé pouvoir lui répondre que non, lui expliquer que, contrairement à lui, tous ne jouissaient pas d'autant de potentiel, d'autant de liberté. C'était par hasard que mon travail s'était bonifié d'un attrait visuel, et ça n'avait rien de gracieux… mais soit! Je n'allais tout de même pas empêcher un connaisseur de souligner mes réussites.

Quand est arrivé le tour d'Alex d'accéder aux toilettes, je l'ai salué, puis suis retourné à l'extérieur. L'envie m'était passée, et la suite de mon plan me pressait d'en venir aux choses sérieuses. J'ai traversé la station du barbecue le temps d'attraper un hamburger, puis j'ai rejoint le détective qui se faisait bronzer la couenne en bordure de la piscine creusée. Étendu torse nu, Stéphane somnolait sans se soucier des vapeurs de houblon qui émanaient de sa bouche béante. Une chaise longue vacante m'attendait à côté de la sienne, mais avant de m'y asseoir, j'ai eu besoin de la débarrasser d'au moins sept cannettes écrasées. C'est le bruit des contenants d'aluminium s'entrechoquant qui a réveillé le sergent.

— Hey! Éric… Ça va?

— Salut, mon oncle! Ça va pas pire.

Stéphane a froncé les sourcils derrière ses lunettes fumées.

— Ah vraiment? « Mon oncle »?

— Pourquoi pas?

Mon oncle s'est redressé en ricanant, résigné.

— OK… Quoi de neuf, mon gars?

— Rien de ben gros. Je viens profiter de la bouffe gratuite.

— Ah ! Tu fais ben. Quand j'avais ton âge, je me déguisais pour infiltrer les buffets à volonté ! Pendant la saison des mariages, je pouvais passer deux semaines sans payer d'épicerie !

— Cette histoire-là devient béton si tu me dis maintenant que t'as déjà arrêté du monde pour avoir fait pareil !

— Qu'est-ce t'en penses ?

— Génial.

L'apparence mollassonne de mon oncle n'avait plus rien à voir avec la prestance dont il avait fait preuve lors de notre première rencontre, et sa voix pâteuse m'encourageait à pousser un peu. Après tout, ce n'est pas tous les jours qu'un meurtrier a la chance d'interroger un enquêteur !

— Pis sinon ? Qu'est-ce qui se passe avec l'enquête ? Les médias frôlent la syncope.

— Je sais ben, ils nous lâchent pas… mais ça tourne en rond, c'est de l'hostie de marde.

— La vidéo a rien donné ? Pourtant, on en parle comme d'une piste solide.

Le détective a souri à ces mots.

— La vraie vie a rien à voir avec les *CSI* de la télé, Éric. On en sait un peu, tout le monde en sait un peu… mais c'est pas toutes les informations qui vont t'amener quelque part.

— Attends, tous les développements sont pas connus ?

— Ben… pas loin. Le gars se sert d'un morceau de vitre. Ça, tu le sais. La première fois, on pensait que c'était sur un coup de tête, genre qu'il avait rien trouvé de mieux. Mais il a dû trouver ça smatte ; ça se trouve partout, de la maudite vitre ! C'est pas une arme spécifique qui peut nous en apprendre sur lui non plus. Il a ben dû s'en rendre compte comme nous autres, sauf qu'en même temps, le gars se laisse prendre sur caméra, la peau noire à l'air ! Fait que c'est dur à dire si on a affaire à un génie du mal ou juste à un imbécile, je vais te dire...

— Wow ! C'est vrai que c'est bizarre.

— Ouais... Aucune connexion entre les victimes, aucun événement particulier quand il sort pour tuer, rien...

— Il veut peut-être éviter les habitudes ? Si c'est aussi aléatoire...

— Peut-être. Mais s'il mélange les cartes par exprès, pourquoi toujours la même arme d'abord ? Pourquoi toujours à la même heure ? Ç'a aucun sens.

Ah, tiens !

— C'est toujours à la même heure ?

Stéphane a dû retenir un rot avant de me répondre.

— À peu près... C'est jamais passé 10 ou 11 h. Il pourrait avoir une *job* de lève-tôt, mais t'sais ! Moi aussi, j'ai une *job* de lève-tôt !

Je jouais la surprise, mais je me doutais bien que Stéphane ne me sortirait pas un oubli ou une erreur que j'aurais pu commettre. Au mieux, il ne m'apprendrait qu'un détail insignifiant, même pour moi. J'aurais la chance de corriger le tir et c'est tout. Il se retrouverait les mains vides.

— Une fois, on pensait suivre ses traces pas loin du corps.

— Non, pour vrai ?

— Il devait avoir traversé un parc, on a trouvé des empreintes de boue partout !

Effectivement, un imprévu m'avait obligé à déroger de mon itinéraire, m'amenant à couper au milieu des arbres.

— Mais on a tourné deux coins de rue, pis hop ! La piste avait disparu...

Merci à vous, fidèles claques !

Sous son ton rieur, mon oncle cachait mal sa frustration. Je m'imaginais bien que pour atteindre le grade d'enquêteur, il n'avait pas dû échouer souvent. Ça m'inspirait le respect, sinon une certaine compassion, mais se laisser affecter par quiconque menait tout tueur à sa perte, que l'objet de cette sentimentalité soit de la famille ou non. C'est pourquoi j'ai gardé le silence quand j'ai vu mon oncle s'ouvrir une huitième cannette de bière : si l'alcool de la fin de semaine pouvait le détendre du travail, eh bien soit ! C'est moi qui en profiterais lundi matin. Et puisque Stéphane n'était ni père ni mari, personne n'en souffrirait. De plus, ça le gardait loin des concours de pissette familiaux, ce qui m'aidait à l'apprécier.

— Mais dis-moi donc, Stéphane, il y a pas eu un temps où toi pis d'autres cousins veniez chercher mon père pour une fin de semaine de gars ?

— Ha ha ! Ouais, mets-en ! On avait ben du *fun*.

Stéphane s'est soudainement rallumé, égayé par le souvenir d'une autre époque.

— Je me souviens que mon père revenait tout crotté, il dormait debout pour une couple de jours ! Je sais pas ce que vous faisiez ensemble, mais on jasait d'autre chose après pis il partait à rire tout seul !

— Je le blâme pas ! Ha ha ! Mais ça, c'est une conversation que tu devrais avoir avec lui. Il y a une couple d'affaires que t'as peut-être pas encore apprises !

— Oh oh ! Je vois … Dans ce cas-là, j'ai peut-être pas envie de tout savoir non plus !

Un nouvel éclat de rire, souligné d'un craquement métallique : mon oncle avait jeté sa cannette avec les autres, à ses pieds.

— Pis tout d'un coup, vous avez décidé d'arrêter ? Pourquoi ?

— Bah, Éric, tu sais ce que c'est... les choses changent, les priorités aussi...

— Je veux bien, mais quand même ! Tout le monde devrait passer aujourd'hui, t'as pas envie de tâter le pouls ?

— On verra, on verra...

Sa bonne humeur déjà expirée, Stéphane s'est affaissé de nouveau. Avais-je dit quelque chose de trop ? Moi qui espérais lui changer les idées, c'était raté. Je suis resté quelques minutes de plus, ne voulant pas lui montrer qu'il m'avait fait fuir, puis j'ai laissé le détective retourner à son sommeil.

Quand j'ai retrouvé les autres sur le patio, ç'a été pour leur annoncer mon départ. J'ai embrassé tout le monde, puis franchi la petite clôture tandis que de nouveaux convives la traversaient en sens inverse. Gilles et Claudette, je crois.

Dans ma chambre, j'ai ouvert le premier tiroir de ma commode et, une fois les sous-vêtements dégagés, j'en ai retiré le double fond. Cette cachette indémodable me servait de planque depuis la puberté, époque à laquelle je m'étais inscrit à des cours de travaux manuels. Comme projet final, j'avais fabriqué ce mince compartiment pour y dissimuler tout ce sur quoi un parent d'adolescent ne devrait pas tomber.

Depuis, on y trouvait une tout autre catégorie de secrets, à savoir chaque article et fragment d'information que j'avais pu recueillir sur mes idoles, les plus célèbres tueurs en série de l'histoire. Il y avait près de sept ans maintenant que j'accumulais ces documents, et les feuilleter éveillait en moi les plus beaux souvenirs : toutes ces heures passées à la bibliothèque et derrière un écran, les découvertes que j'y ai faites, l'immense savoir assimilé. Que de plaisir j'en avais tiré ! Mon cœur se serrait à la seule pensée de m'en débarrasser. Mais il le fallait. Pas seulement dans l'intention de supprimer toute preuve pouvant m'incriminer, mais également puisqu'il n'y avait plus de raison pour moi de garder pareilles reliques : mes prédécesseurs m'avaient bien formé, mais j'en étais désormais à un autre stade d'apprentissage.

De plus, j'avais toujours cru que, une fois initié, je saurais mieux saisir les esprits de ceux qui m'avaient inspiré. La réalité s'avérait toutefois bien différente. Je ne m'étais jamais senti aussi loin d'eux, car s'il était vrai que le premier attentat pouvait traumatiser même le pire assassin au point de le faire éclater en sanglots, mes lectures m'avaient aussi prévenu que l'adrénaline du meurtre naîtrait ensuite pour mieux me pousser vers la plus mortelle des toxicomanies... Mais à ce jour, avec sept victimes à ma feuille de route, je sentais toujours que, à n'importe quel moment, je saurais m'arrêter sans problème. Souffrais-je alors d'une quelconque dysfonction émotionnelle pouvant rapprocher mon profil de celui de mes confrères ? Possible. Mais si tel était le cas, d'où pouvait-elle bien me venir ?

À ce sujet, tous les docteurs et spécialistes se prononcent unanimement : on ne naît pas tueur en série, on le devient. Par exemple, la plupart des tueurs en série seraient diagnostiqués misogynes, se défoulant encore et encore sur leurs victimes présélectionnées des violences infligées par leur mère durant l'enfance. En beau rêveur, j'ai voulu croire optionnel ce genre de prérequis, mais il semblerait que j'aie eu tort. Car même Ed Gein, cet incroyable artiste dont l'originalité m'avait séduit, aurait agi par pulsions vengeresses : les crânes qu'il transformait en bols à salade et ses vêtements taillés dans la peau de ses victimes... L'intégralité de son œuvre n'a résulté que de bêtes pulsions spastiques. Décevant...

Un autre ouvrage suggère qu'il existe plusieurs profils de tueurs en série, soit les psychotiques, les sociopathes et, bien sûr, les psychopathes. La première catégorie impliquerait que je souffre de schizophrénie, donc je pouvais déjà la rayer. Quant aux deux options restantes, on parle ici de gens souffrant d'un manque — ou d'une absence totale — d'empathie, ce qui me ressemble davantage. Mais tandis que le sociopathe cherche à rendre service à la société en s'attaquant à un certain groupe d'individus, le psychopathe pourrait s'attaquer au même échantillon, mais pour des raisons strictement personnelles. On distingue ainsi le *mad* du *bad*. Peut-être étais-je alors un genre d'hybride, une nouvelle race de tueur ni trop fou ni trop méchant. Un tueur... entrepreneur ?

Je survolais mes plus récentes notes quand je suis tombé sur l'affaire du Zodiaque, un autre qui m'avait laissé tomber. Pourquoi ? Parce que c'est à cet homme que je m'étais le plus identifié, jusqu'à ce qu'une autre de ses fameuses lettres cryptées ne soit enfin décodée, il y avait quelques années. Le Zodiaque me faisait beaucoup penser à Jack l'Éventreur. De la même façon que son prédécesseur britannique, il se jouait des autorités en postant aux journaux des messages signés de sa main. Seulement, celui-ci avait mené l'astuce à un tout autre niveau en codifiant ses quatre écrits, dont un seul avait jusqu'alors été déchiffré. Contrairement au cas de l'Éventreur, par contre, les cibles du Zodiaque semblaient n'avoir en commun que la malchance de s'être trouvées au mauvais endroit, au mauvais moment.

Aussi, l'Américain ne se gênait pas pour varier les techniques, allant du fusil à l'étranglement. Je le voyais donc comme un surdoué, un demi-dieu uniquement coupable du besoin de se divertir. Mais c'était trop beau pour être vrai et, quand un décrypteur amateur a finalement résolu une deuxième lettre, près de quarante ans après les faits, on a pu y lire les confessions d'un enragé, impuissant devant les pulsions qui l'habitaient et suppliant qu'on l'aide à y mettre un terme... Ça m'a brisé le cœur. Le Zodiaque n'était qu'un malade parmi tant d'autres, un enfant terrifié, esclave de sa propre fragilité.

J'ai emballé l'ensemble des documents dans une boîte de carton et je me suis dirigé vers le centre-ville. Un policier patrouillait dans le métro, mais rien n'aurait pu moins me stresser. J'ai même poussé la blague en me plantant à côté de lui pour attendre le train. Nous avons placoté poliment, et je lui ai envoyé la main en le quittant, un beau sourire aux lèvres.

La nuit fraîche me rassurait. Je n'étais pas habillé en conséquence, mais elle me confirmait que je trouverais rapidement ce que je cherchais. À cette période de l'année, les oiseaux migrateurs étaient déjà rentrés au pays et il en allait de même pour les sans-abri, qui reprenaient peu à peu le contrôle de nos rues : j'ai marché à peine dix minutes avant de tomber sur un de leurs groupes, rassemblé autour d'une poubelle en flammes, aux abords d'une ruelle reculée. Je me suis joint à eux, jovial, et c'est avec grand plaisir que je leur ai offert ma boîte de combustible. Leur reconnaissance m'a touché, et nous avons plaisanté quelque peu, nous réchauffant auprès du feu, ces gens désormais complices de mes exploits.

Quand l'été s'est enfin installé, ma carrière continuait de filer à bon train : je n'avais commis aucune bévue, ma notoriété se propageait outre-mer et les forces de la police, dirigées par mon oncle, valsaient en rond sans la moindre progression depuis mon éclosion. Mais ce n'était pas à cette étape que j'avais anticipé les plus grands défis non plus et, l'univers du meurtre ne se différenciant pas des autres sphères professionnelles, c'est demeurer au sommet qui se révèlerait le plus ardu : si, de toute mon enfance, je n'avais jamais gagné une partie de Roi de la montagne, il était grand temps que j'y parvienne.

J'ignorais cependant combien j'allais regretter la destruction de mon portfolio. Pas que brûler ces papiers m'ait directement mis dans le pétrin — toute cette information se retrouvait en quelques clics —, mais avec le recul, j'affirmerais aujourd'hui que tourner le dos à mes modèles a marqué ma première erreur de parcours, un premier acte d'autosuffisance vis-à-vis de mes apprentissages. Par ce geste, j'allais à l'encontre des règles les plus élémentaires du métier, et peu d'eau allait couler sous les ponts avant que les conséquences ne frappent à ma porte.

Entre-temps, je profitais avec candeur de mon nouveau statut et, depuis cet après-midi en famille, j'avais ajouté trois autres tableaux à ma collection. De son côté, ma belle journaliste ne prenait pas de vacances non plus. Elle s'essoufflait à suivre mon rythme : à peine finissait-elle de se renseigner sur la dernière de mes victimes qu'elle devait déjà sauter à la suivante, étourdie et à bout de nerfs.

Ainsi malmenée, Julie Villeneuve semblait vieillir à vue d'œil. Le travail acharné rongeait sa vitalité, la consumant au fil des jours. Sa chevelure autrefois soyeuse et dansante avait abandonné la partie, maintenant rassemblée en un chignon avachi, et ses grands yeux bleus avaient également perdu leur éclat, peinant à regarder le public droit dans l'objectif. Mais ces flétrissures causées par la fatigue n'arrivaient pas seules et, apparemment, mon dossier l'affectait aussi à un tout autre degré : les images d'épouvante qu'on affronte au quotidien quittent rarement l'esprit sans y laisser des marques...

Je n'aurais pas pu le jurer, mais il me semblait que, à un certain moment, Julie avait porté avec fierté une bague de fiançailles. En cette date, toutefois, elle ne brillait plus à son doigt, et j'espérais seulement que mon travail n'avait pas nui au bonheur de son ménage. Cependant, si tel était le cas, devais-je m'en sentir coupable ? Je croyais alors dur comme fer à la loi du plus fort : si Julie n'était plus en mesure de m'accompagner dans cette aventure, un autre prendrait sa place. Tout simplement. Alors elle avait intérêt à bien s'accrocher, puisque l'heure de ma prochaine victime approchait et que j'avais bien l'intention de célébrer en grand : un ex-détenu venait d'être libéré après avoir porté sa cause en appel, et c'est sur lui que je désirais refermer mes serres.

Il s'appelait Daniel Ramirez et pesait plus de deux cent vingt livres de muscles, me dépassant facilement d'une tête. Né en sol québécois, il avait quitté la province quelques années plus tard avec ses parents hispanophones. Il était rentré au Québec à l'âge adulte, décidé à tremper dans toutes les magouilles imaginables, pourvu qu'il puisse en tirer un peu d'argent.

Depuis le début des années 2000, son nom avait été associé une bonne dizaine de fois aux activités du crime organisé. Il avait menacé, battu, volé et saccagé à maintes reprises, mais réussissait toujours à s'en sortir indemne. Ces associations détiennent beaucoup plus de pouvoir qu'on pourrait le croire, et c'est en famille qu'elles aiment régler leurs comptes. Ramirez passait donc bien peu de temps derrière les barreaux à chacune de ses arrestations, qu'importe les sévices infligés par la suite.

Cette fois, seulement, il était allé trop loin. Non seulement avait-il commis son premier meurtre — le seul qu'on lui connaissait —, mais il était passé à l'acte sur mon territoire. Ça, additionné à l'attention médiatique qu'il m'usurpait, ainsi qu'à ma toute nouvelle confiance en moi, c'était amplement suffisant pour me convaincre de l'étendre sous ma lame. D'autant plus que, vu sa taille, la police y penserait à deux fois avant de lancer une approche plus agressive contre moi, et plus personne n'oserait m'enlever mon temps d'antenne. Je me suis donc mis à l'ouvrage, en commençant par m'accorder quelques jours de congé à la banque pour mieux me préparer.

Je me levais à 5 h 30 tous les matins, laissant les premiers rayons du soleil me réveiller en douceur. J'enfilais ma tenue d'entraînement et sortais courir sur-le-champ à travers les ruelles du quartier. Toutes les deux ou trois intersections, je m'arrêtais d'un coup pour enchaîner les pompes et les redressements assis. Des musiques chevaleresques inondaient ma pensée, me transportaient dans les scènes les plus épiques du cinéma d'action : je revoyais Rocky se relever des câbles devant son Russe, puis ce sacré D'Artagnan courant rejoindre le comte de Rochefort pour l'affronter au pied du trône !

Suivait alors une douche bien méritée, puis j'engloutissais un déjeuner vitaminé et bourré de protéines. Le reste de la matinée était consacré à l'étude de mon sujet, à commencer par les habitudes de Ramirez et tous les tutoriels d'arts martiaux expliquant comment se servir du poids d'un adversaire à son avantage. Enfin, le programme de mes journées se terminait dans la détente, après un souper tout aussi féroce en nutriments. Et hop ! Je sautais dans le lit pour mieux recommencer le lendemain.

Trois jours seulement s'étaient écoulés et, déjà, mon corps se solidifiait : je me sentais plus fort, plus énergique, plus alerte. Mais il y avait cette chose que mon esprit vif et aiguisé n'arrivait plus à envisager comme il le devait : mon potentiel échec.

Le jour J est enfin arrivé. La température n'annonçait toutefois rien d'idéal, prévoyant des vents violents avec une possibilité d'orages. Le ciel était lourd, aussi gris et bas qu'il semblait épais, mais je n'en pouvais plus d'attendre et il me fallait passer à l'acte, sans quoi l'anxiété m'aurait achevé. Aux nouvelles du soir, Julie avait encore délaissé mon œuvre pour vanter les déboires de sa nouvelle coqueluche :

— À l'heure où l'on se parle, Daniel Ramirez marche parmi nous en homme libre et, une fois de plus, personne ne pourra rien y faire. Le mieux qu'on puisse souhaiter, c'est que les prochains crimes de ce récidiviste soient mineurs, jusqu'à ce que le gouvernement se décide à agir.

Ô Julie…

J'avais si hâte de lui offrir mon présent. Comment allait-elle réagir en recevant son malfrat sur un plateau d'argent? Je ne pouvais m'imaginer qu'elle n'en serait pas ravie. Peut-être en viendrait-elle enfin à estimer mon travail de la même façon que j'admirais le sien... Je me suis couché le temps d'une sieste, puis j'ai pris la direction du centre-ville, allant guetter le condo de Ramirez jusqu'à ce qu'il sorte de chez lui.

Le ciel grondait au-dessus de ma tête et j'espérais que la pluie m'épargne pour encore quelques heures, quelques minutes au moins. La voiture de Ramirez reposait toujours dans son espace de stationnement, et je ne pouvais concevoir qu'un vaurien du genre gaspille ses vendredis soir chez lui, assis tranquillement devant son téléviseur. Non... il *fallait* qu'il sorte; j'en étais sûr. Sauf qu'au bout d'un moment j'ai bien cru devoir abandonner. L'humidité m'étouffait sous mon épais kangourou et ma concentration s'effritait. Je glandais là depuis près de trois heures, planqué sous un camion, sans qu'aucune ombre ne s'agite derrière les rideaux. Mes yeux se fermaient d'eux-mêmes, alourdis par la fatigue qu'engendrait ma nouvelle routine matinale. Et puisqu'il me restait un dernier jour de congé de maladie en poche, rien ne m'empê-chait de revenir le lendemain. J'allais donc me replier quand une variation au portrait est venue me chatouiller le coin de l'œil : on avait tamisé une lampe au salon. J'ai figé raide sur le gravier, retenant mon souffle. Une minute... deux... puis la porte s'est ouverte, majestueuse.

Une gigantesque silhouette en est sortie, sombre et mena-çante. Même à cette distance, Ramirez m'apparaissait bâti comme un bœuf, prêt à briser chaque âme qui croiserait son chemin. Il a fermé à clé derrière lui et s'est mis en marche vers l'est. Je l'ai suivi de loin, à plus de trente mètres en tout temps. On a suivi René-Levesque, puis monté Crescent jusqu'à ce que mon butin disparaisse dans une boîte de nuit.

— Merde...

Je n'avais même pas eu l'occasion de m'en approcher ! Le billet de théâtre périmé dans ma poche me pressait de virer les talons. J'aurais dû suivre son bon conseil depuis belle lurette, mais maintenant que Ramirez était là, juste devant moi... Avec ou sans alibi, j'avais attendu trop longtemps pour rentrer bredouille. Le problème, c'est que deux brutes gardaient l'entrée tandis que d'autres fumaient plus loin, adossés contre leurs voitures de collection. Devais-je me planquer et attendre Ramirez une fois de plus ? Chose certaine, le suivre en entrant par la grande porte ne figurait pas parmi mes options, à moins que je me serve de ces voitures pour faire diversion : une pierre bien lancée et le tour serait joué ! La fourmilière se viderait à la hâte et je pourrais profiter du chaos pour me faufiler jusqu'à ma proie, mais comment fuir par la suite ? Tout l'héroïsme qu'inspire une mission suicide ne valait pas le prix d'une soirée terminée au fond du fleuve... Ma meilleure chance demeurait de contourner la bâtisse. Si les dieux du meurtre me souriaient de nouveau, une fenêtre entrouverte me permettrait d'entrer à l'abri des regards indiscrets.

J'ai longé les murs, suivant les points d'ombre, et je me suis rendu sans embûche jusque derrière l'établissement où quelques marches menaient à une sortie de secours. Autour, la ruelle ressemblait en tout point à celle qui se trouvait derrière le club où j'avais moi-même travaillé au temps du collège. À quelques mètres du palier de béton se trouvait un conteneur à déchets, juste assez près pour qu'un employé économe puisse y lancer ses ordures sans quitter le seuil de la porte en acier noir.

De ce fait, le conteneur n'était adossé à aucun mur, planté au centre du vieil asphalte fendu. Mais c'était tant mieux : au moment de gravir la première marche, un claquement étouffé m'a alerté du pire.

C'est pas vrai !

La lourde porte s'est ouverte d'un trait, poussée d'un coup de pied bien senti. Je n'ai eu d'autre choix que de me précipiter derrière le conteneur, priant pour que personne ne m'y voie. Qui était-ce ? Ramirez ? Un autre assassin ? Ma réponse a pris la forme d'un frottement intermittent : un garçon de table un brin éméché traînait deux sacs verts derrière lui. Il a dévalé le petit escalier en titubant avant de balancer mollement son lot. Sa besogne terminée, le commis est reparti sans jamais se douter de ma présence.

Le hic — et j'aurais dû y penser plus tôt —, c'est qu'une fois cette porte refermée, elle risquait fort de se verrouiller. Oscillant sur la pointe des pieds, j'hésitais à agir. Y avait-il d'autres issues ? Pouvais-je simplement assommer le jeune homme ou me faudrait-il le tuer ? De quoi m'imaginer en pleine mission dans le dernier *Splinter Cell*. Mais je n'étais pas Sam Fisher, et je n'aurais pas de sauvegarde si je manquais mon coup ! Combien de temps me restait-il ? J'ai osé un discret coup d'œil, avant de me recacher aussitôt : Ramirez était sorti.

Le dos appuyé contre l'épaisse porte de métal, il discutait, peinard, avec un motard bien baraqué. Les deux hommes échangeaient en espagnol, et je n'ai su en tirer qu'une poignée de termes insignifiants. Le ton était amical et ma proie s'est mise à rire de bon cœur. Le temps s'émiettait à gros grains et ma démangeaison interne repoussait les limites de la tolérance :

trois minutes… quatre… puis juste comme la pression dans ma poitrine allait s'échapper en un cri bestial, j'ai entrevu Ramirez qui saluait son ami d'une ferme accolade.

Le personnage tertiaire est finalement parti, laissant Ramirez s'allumer une dernière cigarette en solitaire. Une autre occasion se présenterait-elle ? De fines gouttelettes commençaient à percer le ciel, mais je n'y prêtais pas attention, trop absorbé par le prix qui m'attendait là, seul au centre d'une ruelle maintenant déserte. C'était trop beau… Il ne manquait plus qu'il se retourne, pour moi qui n'avais jamais assailli quelqu'un de front. Et c'est alors qu'il a tiré sa bouffée finale, puis a lancé le mégot qui est venu rouler à mes pieds.

Showtime.

D'un bond, je me suis dressé, prêt à foncer sur cet homme qui, dans son insouciance, s'est coincé une nouvelle cigarette entre les lèvres… Je me suis accroupis de nouveau, les poings serrés, frustré à en grincer des dents. Mon impatience se teintait peu à peu de colère et, quand l'averse s'est enfin déchaînée sur nous, un second orage a éclaté de concert. Beaucoup plus violente que sa jumelle, cette tempête m'aurait emporté en un simple coup de vent : je suis surgi de ma planque et j'ai couru sans crier gare, mais voilà que mes semelles de caoutchouc claquaient bruyamment sur l'asphalte mouillé. Intrigué par le son, l'autre qui fuyait la pluie a fait volte-face juste à temps pour me voir m'élancer vers sa gorge, ma lame brandie dans sa direction… Sauf que j'avais affaire ici à un professionnel aguerri et, de ses réflexes aiguisés, il n'a eu besoin que d'un simple mouvement de la main pour parer ma frappe, m'envoyant valser dans une pile de cartons détrempés.

— Tu penses que t'es qui, toi ? Hein ?

Aussitôt tombé, aussitôt relevé, j'ai grogné à travers ma cagoule imbibée et j'ai chargé de nouveau. Plus rapide, j'ai su me glisser derrière lui, manquant cependant de lui ouvrir la cuisse avant d'encaisser un coup de coude en plein visage. Goliath m'a ensuite soulevé par le col en rugissant avant de s'élancer pour une droite, mais je lui ai planté ma vitre dans l'avant-bras et c'est de justesse que j'ai évité le coup... en partie.

— ARGH ! *Hijo de puta !* Je vais te tuer !

Il m'avait cogné l'oreille au passage, me sonnant suffisamment pour m'étourdir. L'obscurité de la ruelle, déjà brouillée par la pluie, s'est alors assombrie d'encore un cran. Je n'y voyais plus que des picots flous ; un sifflet aigu m'assourdissait. Par-dessus le marché, le sang de la bête rendait molle et glissante la poigne de mon couteau, dont la pointe s'était sectionnée. Heureusement, mes sens ont pu se rétablir pendant que Ramirez tâchait d'arrêter l'hémorragie de son bras en y nouant un lambeau de sa chemise. Son regard devenait furieux, presque fou, mais le mien en faisait tout autant : une nouvelle décharge d'adrénaline s'est déversée dans le réservoir, et j'ai tout vidé d'un coup en lui sautant dans le dos.

Yeehaw !

En véritable taureau, il gesticulait de tous les côtés tandis que je m'accrochais à son cou d'un bras et lui enfonçais mes doigts dans les yeux. Il a bien tenté de m'attraper une jambe ou la tête, mais avec toute cette eau et tout ce sang, ses mains de plus en plus faibles glissaient chaque fois.

— Évite ça !

Sans hésiter, Ramirez s'est projeté en direction du mur de briques, s'y fracassant une épaule dans un ultime effort pour me faire lâcher prise. TOC ! Je tenais toujours en place, mais le choc a permis à ma monture de parvenir à m'empoigner la jambe : elle a tiré un bon coup. Tandis que je m'envolais, c'est par accident que ma lame brisée lui a éraflé la pomme d'Adam...

J'ai atterri en plein sur le coccyx, aux pieds d'un Ramirez en panique. Il se tâtait le cou à deux mains, pressé d'évaluer la gravité de sa blessure mais gêné par le sang que la pluie répandait sur son bras. J'ai réussi à m'éloigner dans une roulade avant qu'il ne se calme. Mon adversaire a plongé son regard fragile dans le mien et, momentanément, j'ai repris confiance. Feignant qu'il me restait du souffle, j'ai attaqué une dernière fois : une frappe à la tête, une autre au bras déjà meurtri, puis, alors qu'il tendait vers moi une main visqueuse et suppliante, j'ai achevé mon adversaire d'une fatalité sanguinolente, lui enfonçant net le verre rouge de mon arme en travers de la jugulaire. Les yeux grands ouverts, Ramirez me fixait toujours tandis qu'il tombait à genoux... La gravité s'est chargée du reste.

J'ai dû m'appuyer à une rampe pour ne pas le suivre au sol. Mon cœur cognait pour sortir, martelait mes côtes qui peinaient à le retenir. Mais il n'aurait pas fallu qu'il s'échappe, avec tout ce sang qui glissait déjà du verre jusque sur ma manche — pris de court dans ma cachette, j'avais oublié d'enfiler mon sac à ordures avant de sauter dans l'action... J'allais devoir brûler mes vêtements, mais je m'en foutais bien, enivré par l'adrénaline qui pulsait encore dans mes veines.

J'avais soif. J'avais faim. Et je haletais comme un chien pour calmer mes tremblements. J'allais avoir besoin de plusieurs minutes pour me sortir de cette transe bizarre, mais le temps me pressait d'en finir. N'importe qui aurait pu surgir de ce bar à tout moment. Remarquez...

Oui, c'est ça ! Qu'ils s'amènent !

Mais il me fallait me ressaisir : il ne restait de ma lame qu'un ridicule morceau d'une forme abstraite, et eux viendraient par dizaines, armés jusqu'aux dents. J'ai eu un fou rire à la seule pensée de cette bataille qui n'en serait pas une, puis, peu à peu, j'ai laissé la raison me convaincre... Où en étais-je, avec tout ça ? Mes lèvres déshydratées goûtaient le sang, et j'imaginais mon visage couvert de plaies. Sûrement l'était-il ailleurs... sauf que ces foutues hormones m'empêchaient encore de sentir où j'étais blessé. J'ai dû me replier sur ma foi, priant pour que mes vêtements aient absorbé chaque goutte de mon ADN. Sinon, j'espérais que l'averse laverait ces lieux de toute trace de mon identité.

Je me suis ensuite attelé à l'ouvrage, plaçant en position la gigantesque carcasse de mon défunt opposant. Sous cette pluie, cependant, il m'était impossible de dessiner les ailes. Quand je fus sur le point de mettre les voiles, impatient de panser mes maux, une impulsion artistique m'en empêcha. J'avais pondu là une œuvre sacrément impressionniste ! Avec ce rouge écarlate aspergé de toutes parts, émotif et vivant sur l'ensemble de mon sujet... En ajouter sentait l'erreur à plein nez, mais d'un autre côté, le train de la prudence avait déjà quitté la gare. Alors pourquoi ne pas apposer à mon œuvre une touche finale, amusante et créative ?

Droitier naturel, j'ai trempé deux doigts de ma main gauche dans la flaque rougeâtre qui s'étendait sous Ramirez et je me suis approché du mur. En tâchant de tracer d'assez grosses lettres, j'y inscrivis : « *Sorry about the mess...* » Une simple note, comique et sincère... L'anglais brouillerait les pistes une nouvelle fois. Fier de mon coup, j'ai enfin quitté les lieux.

La douleur commençait à se manifester à travers tout mon corps, mais ça ne m'empêchait pas d'afficher le plus beau des sourires, pensant au casse-tête que je venais de laisser à mon oncle préféré. Vidé de toute énergie, je rêvassais, songeant à mes quinzième, vingt-cinquième et cinquantième sorties. La pluie s'est même calmée en cours de route et j'ai pu rentrer à bon port en moins de temps que prévu.

Lumières. Caméra 2. Téléprompteur. Un rapide coup d'œil à ses notes, puis le chef d'antenne pressa sa vieille langue sur ses dents blanchies, à la recherche d'intrus alimentaires : aucun. L'assistante derrière finit de peigner sa dernière greffe capillaire, et l'homme impeccable brandit en l'air un pouce à la peau bien hydratée : « En ondes dans trois... deux... un... »

Jingle.

— *Mesdames et messieurs, bonsoir. La série de meurtres qui afflige Montréal depuis maintenant plusieurs mois se poursuit, et celui que l'on surnomme le Rouge-Gorge aurait fait une nouvelle victime en plein centre-ville, dans la nuit d'hier à aujourd'hui. Il semblerait cependant que le portrait diffère des derniers attentats puisque le tueur se serait, cette fois, abattu sur nul autre que le mal-aimé Daniel Ramirez qui, je vous le rappelle, s'était lui-même tiré d'une accusation de meurtre la semaine dernière. L'affaire avait d'ailleurs créé tout un émoi, et le bruit court déjà que ces deux événements seraient liés. On rejoint Julie Villeneuve qui nous attend sur place, où l'analyse des lieux ne serait pas encore terminée. N'est-ce pas, Julie ?*

L'écran se divisa en son centre, poussant le présentateur dans la moitié de gauche pour mieux concentrer l'attention des téléspectateurs à droite, sur les lèvres bien roses de la journaliste.

— Comme vous dites, Pierre. Les premiers répondants sont arrivés à l'arrière du Raven Night Club, rue Crescent, très tôt ce matin. L'établissement appartient à l'homme d'affaires Andres Flores qui, vous le savez, traîne un certain historique avec les autorités.

— Oui, oui, on a couvert plusieurs de ces dossiers sur nos ondes.

— Ça explique sans doute pourquoi Flores a attendu près de deux heures avant de contacter les services d'urgence, mais c'est raté s'il espérait éviter les tensions à l'arrivée des premières unités.

Pierre hochait vigoureusement la tête pour démontrer sa grande attention.

— Mais dites-moi, Julie. Ramirez… On l'arrête pour meurtre, il est relâché sans trop d'explications et, juste comme ça, le Rouge-Gorge décide de lui régler son compte. Pensez-vous encore que notre psychopathe choisisse ses victimes les yeux fermés ?

— Je dois vous dire, Pierre, que c'est très difficile d'en juger pour le moment. Il est vrai que les précédentes victimes du Rouge-Gorge n'étaient jamais apparues dans un journal avant leur mort, mais si leur sélection était réellement aléatoire, l'équation ne devrait pas exclure les autres criminels non plus…

— Mais attention, Julie !

Elle s'interrompit, s'efforçant en vain de cacher sa surprise.

— Daniel Ramirez n'a jamais été déclaré coupable des crimes desquels on l'accusait.

— Non, euh, évidemment, mais…

— Parlez-nous donc de ce qu'on voit derrière vous. Avez-vous réussi à capter des images de la scène de crime ? Il semble que ce soit plutôt choquant.

La journaliste d'expérience enchaîna avec aplomb tandis que le présentateur se frottait les mains, excité comme un enfant qui attend son cornet de crème glacée.

— *Effectivement, des intervenants nous ont rapporté des descriptions assez éprouvantes, mais comme vous pouvez le constater derrière moi, l'accès à la ruelle a été complètement bloqué. À moins qu'un officier nous accorde un droit de passage, il ne sera pas possible de...*

Bien soutenu par son complet ajusté, Pierre s'affaissa sans qu'il n'y paraisse. Ses cotes d'écoute souffriraient de ce reportage dilué, et il appréhendait le tête-à-tête qui suivrait avec ses producteurs. Sa seule consolation : il aurait la chance d'engueuler sa subalterne sans remords. Julie avait enfin merdé et, qui sait ? on lui permettrait peut-être de la renvoyer. Après tout, ce n'était certainement pas lui qui l'avait recommandée au moment de son embauche. Dans l'esprit de Pierre, une saga comme celle du Rouge-Gorge ne se répéterait pas tous les cinq ans, et il était temps qu'un vrai journaliste de terrain en tire le maximum. Une fois, en réunion, le chef d'antenne et doyen de la station avait même déclaré qu'une femme reporter n'avait pas sa place au criminel : « C'est doux sur les yeux, des belles grandes jambes, mais ça court mal, en sandales ! » Comme quoi, pour tomber dans les bonnes grâces de son patron, Julie devrait d'abord tomber au combat ou sauter sur une grenade.

De son côté de l'écran, le temps passait ; l'énergie baissait. La journaliste continuait d'excuser son manque à combler. Elle anticipait la tempête qui l'attendait au bureau, mais que pouvait-elle y faire ? Et ce vieil enculé de Pierre qui ne ratait pas une occasion de la contredire... Aux dernières nouvelles, le Rouge-Gorge n'avait été reconnu coupable d'aucun de ces meurtres, mais si faire de ce tueur une mascotte nationale pouvait attirer les téléspectateurs, eh bien soit ! Pas question cependant que Julie entache la mémoire de Ramirez si un juge aux mains sales l'avait acquitté. Ça, non ! Sa seule consolation ? À l'âge qu'avait son patron, plus Julie lui tapait sur les nerfs, plus il risquait l'infarctus. Le mieux qu'elle pouvait faire d'ici là, c'était se concentrer sur la tâche à remplir. Mais après des mois passés à courir dans les pattes de la même escouade d'enquêteurs, personne ne pouvait blâmer ses membres de lui avoir coupé les vivres. Julie se considérait même chanceuse qu'ils n'aient pas pris de pareilles précautions plus tôt...

Elle allait donc conclure son regrettable segment quand une voiture se gara hors champ. Les yeux ronds, elle s'arrêta, convaincue d'avoir reconnu à qui appartenait la berline. Un coup d'œil à son technicien, puis elle prit ses jambes à son cou.

— Sergent Gauthier ! Sergent Gauthier, s'il vous plaît !

Le bruit sourd de ses talons sur l'asphalte résonnait dans l'oreillette de Pierre qui trépignait d'impatience derrière son bureau réfléchissant. Tout n'était peut-être pas perdu.

— Oh ! Le sergent Gauthier ! N'est-ce pas l'officier en charge ?

Les autres journalistes présents sur les lieux furent alarmés par le boucan que fit soudain Julie. Suivis de leur cameraman respectif, tous se ruèrent à leur tour vers la quatre portes que nul n'espérait plus. Mais c'est Julie qui arriva la première, et c'est son micro qui capta le mieux le déclic de la portière. Elle s'ouvrit en partie, puis Stéphane Gauthier sortit calmement du véhicule, un Thermos de café noir ouvert à la main.

— Mademoiselle Villeneuve... vous avez reçu mon invitation !

L'attroupement ricana devant le sarcasme, mais pas la principale intéressée. C'était son moment, sa seule chance de sauver son reportage.

— Sergent Gauthier, c'est la première fois que le Rouge-Gorge s'en prend à quelqu'un de notoire. Croyez-vous que c'était réfléchi ? Voulait-il passer un message ? Est-ce qu'il y a eu un combat ?

De par son travail, le détective avait l'habitude de fouiller des cadavres, de respirer leur chair en putréfaction. Plusieurs fois, il lui avait aussi fallu s'époumoner à la course pour rattraper un criminel armé jusqu'aux dents. Mais de toutes ses tâches, c'étaient ces entrevues médiatiques qui l'écœuraient le plus. D'autant plus si les réponses lui manquaient.

— Écoutez, les circonstances dans lesquelles mon équipe a retrouvé monsieur Ramirez sont à des kilomètres de ce qu'on a vu jusqu'ici dans l'affaire. C'est encore trop tôt pour...

Julie saisit la perche :

— Un témoin nous a pourtant rapporté avoir vu la dépouille de Ramirez étendue dans la même position que les précédentes victimes.

— Peut-être. Mais s'il y a une chose dont je peux vous assurer, c'est que monsieur Ramirez a subi plusieurs blessures. Il a pas mal plus que la gorge de tachée de rouge.

— Vous affirmez donc que les citoyens nous mentent ?

— Non. Je vous dis qu'on peut pas sauter aux conclusions tant que...

— Alors j'imagine que le Rouge-Gorge ne vous a pas laissé de mot non plus ?

Stéphane serra les molaires pour s'empêcher de sacrer. Il venait de rejoindre son unité et personne ne l'avait prévenu de la présence d'une note. Son équipe l'aurait-elle manquée ? Et comment cette sangsue de journaliste avait-elle obtenu un témoignage avant lui ? Le sergent se remit en marche, repoussant d'une main les micros toujours braqués vers lui.

— Y aura pas d'autres commentaires. Merci.

— Sergent Gauthier, une dernière question !

— Tassez-vous du chemin !

Impatient, il brandit son café bouillant pour que le troupeau se disperse. Certains reculèrent, mais pas Julie qui ne craignait pas de se brûler. Elle suivait le détective pas à pas, martelant qu'il devait lui répondre, puis celui-ci fit signe à un couple de policiers qui vint lui barrer la route. La journaliste fit un signal similaire à son cameraman qui s'éloigna pour capter les dernières images du sergent Gauthier, mais une main gantée se rabattit sur la lentille, couvrant l'objectif d'un noir opaque. Le sergent passa sous les rubans rouges avant de disparaître derrière un mur d'officiers au garde-à-vous.

Non loin derrière, Julie n'entendait plus Pierre qui s'exaltait en studio. Elle pouvait toutefois se l'imaginer, et quand elle réapparut à l'écran, elle dut se mordre l'intérieur des joues pour reprendre son reportage sans sourire.

— Alors voilà, Pierre. Vous l'avez devant vous. Chaque nouvelle victime du Rouge-Gorge enfonce les forces de l'ordre dans une confusion des plus denses. Et tant que nous n'en saurons pas davantage sur ses motivations, je crains bien que personne ne puisse...

CL-CLING !

Un vacarme métallique retentit derrière elle, suivi d'un cri. Tous reconnurent la voix dissonante.

— LE TABARNAC !

Julie se tut une seconde, puis conclut avec confiance :

— C'était Julie Villeneuve, à Montréal.

Plusieurs raisons m'ont poussé dans cette voie impopulaire. On y dénombre mes besoins d'accomplissement et de notoriété, mais ce n'est pas tout. À côté de tout ça, une passion persistait, une fascination compulsive pour les bonnes histoires. Face à la banalité de ma vie, c'est très jeune que je me suis tourné vers les épopées d'Ulysse et d'Hercule, les aventures de Tintin, d'Astérix, ou encore les grandes sagas du cinéma hollywoodien. Je m'abreuvais de ces récits comme un poivrot lève sa bouteille, anticipant avec fébrilité le prochain moment où je pourrais m'y réfugier de nouveau.

L'âge d'or des téléséries s'est installé peu de temps après et, au final, qui sait si toutes ces heures passées à vivre dans la peau d'un autre ne m'auront pas empêché de m'épanouir plus tôt dans un domaine plus commun. Un seul coup d'œil aux résultats que j'obtenais déjà dans ce métier si complexe et délicat effaçait les doutes quant à mes capacités à me démarquer. Mais l'heure n'était plus aux regrets, et remettre en question mes décisions antérieures gaspillerait de mon précieux temps : j'allais terminer ma propre histoire et lui écrire une fin adéquate.

Où en étions-nous ? Le Rouge-Gorge avait connu sa première ascension, puis s'était trouvé un parfait adversaire en Stéphane

Gauthier, un ennemi juré qu'il lui faudrait vaincre ou corrompre à la toute fin du récit. D'ici là, mon tueur s'était aussi mesuré à un premier adversaire secondaire, mais voilà… Je sentais qu'un petit quelque chose manquait toujours à l'ensemble pour l'équilibrer, un aspect commun à toute bonne aventure qui accentuerait la tension dramatique en plus d'en élargir l'auditoire : une femme. Oui, si Superman avait sa Lois, Hannibal, sa Clarice, et Sherlock Holmes, son Irène, il m'apparaissait on ne peut plus naturel de trouver à mon tour cette femme qui saurait créer des retournements et raviver ma flamme au besoin. Ne resterait plus qu'à la charmer et à la convaincre du prestige de ma profession…

Pendant de longues semaines, j'ai toutefois hésité à mettre mon plan en action, puisque l'astuce allait engendrer son lot d'impondérables : une jolie fille motiverait son héros et l'amènerait à se surpasser, mais je ne devais pas oublier que, dans le cas échéant, j'étais, par définition, le vilain. Et un méchant qui craque pour une douce court toujours à sa perte ; je ne le répéterai jamais assez. Alors, me faudrait-il feindre ces sentiments, en plus des autres mensonges que j'avais déjà à nourrir ? L'idée m'intimidait. Mon agenda ne semblait pas sur le point de s'alléger et — détail considérable — je voyais mal d'où m'apparaîtrait la moindre candidate. Toutes ces craintes disparurent toutefois, un jour où j'eus à faire dans le Centre-Sud, notre ancienne Cité des Ondes.

Entre-temps, j'ai reçu des nouvelles de mon oncle Stéphane. D'abord dans les médias, mais surtout — et de bien plus belle façon — par mon père. Un soir où ma mère me livrait un nouveau monologue téléphonique, elle lui passa le combiné sans crier gare. Homme de peu de mots, mon père redoutait néanmoins le poids du silence autant qu'il craignait de subir les foudres de sa femme s'il ne s'engageait pas dans suffisamment de conversations père-fils. Il passa alors aux aveux, me confiant que son pauvre cousin avait commencé à le traîner dans les bars. Pourquoi donc ? Pour parler de sport, de femmes, de tout ce qui pourrait lui changer les idées. Je ne pus m'empêcher d'esquisser un sourire.

À en croire le paternel, mon détective et lui se rencontraient maintenant jusqu'à deux fois par semaine, les séances finissaient de plus en plus tard et la consommation d'alcool augmentait au fil de ces thérapies improvisées. La situation commençait à en préoccuper plus d'un dans la famille. Certains auraient même suggéré à Stéphane de déléguer mon dossier à quelqu'un d'autre.

À cette demande, mon oncle se serait mis en furie, recevant le conseil comme une claque en plein visage. Je pouvais bien le comprendre : cet homme était fier comme un cheval et visait les grands honneurs. J'étais convaincu qu'un homme de sa trempe n'hésiterait pas à enfreindre les règles pour me coincer ; le genre de policier rebelle qui prêche la justice au détriment des lois... En mon for intérieur, je rêvais presque qu'il y parvienne, persuadé qu'il me tiendrait en aussi haute estime que je l'admirais, moi. Au fin fond de nos êtres, derrière nos différents habits, Stéphane et moi n'avions jamais été si semblables qu'en ce moment.

Ce sont ces pensées qui mijotaient dans ma tête tandis que je descendais à pied la rue Papineau ce jour-là... Celles-là, et le prochain coup pendable que je pourrais lui faire, à mon enquêteur préféré. Comme mon petit mot de la dernière fois avait réussi à l'énerver, je me disais que je pourrais poursuivre dans cette veine et lui poster de nouvelles attentions.

Ainsi j'honorerais mes défuntes idoles, et j'osais croire que Stéphane y verrait une piste à laquelle s'accrocher. Avec de tels indices sur mes inspirations, peut-être même finirait-il par me rattraper un tant soit peu, question de rendre cette course un cran plus stimulante.

Pour le moment, je marchais le long de cette grande artère en direction du nouvel appartement de Carl, mon collègue du bureau. C'est lui qui avait couvert mes absences durant ma semaine d'entraînement et il avait récemment décidé que ce service lui valait mon aide pour son déménagement. Ça me semblait juste, mais je n'allais pas me presser pour autant, et c'est pourquoi, en sortant de chez moi, je ne suis pas monté dans le premier autobus à croiser mon chemin. Pas plus que dans le deuxième. J'avançais plutôt à pas de tortue, me permettant de m'arrêter à chaque affiche publicitaire, agent de la Croix-Rouge et autres distractions.

C'est en traversant le boulevard de Maisonneuve que mes plans ont subitement changé. Sur ma droite, une personne plus importante venait d'apparaître. Cette personne, cette femme, allait devenir un tournant dans ce récit que je m'efforçais encore de composer. Car cette personne très spéciale, c'était Julie Villeneuve, ma journaliste à moi.

J'ai d'abord figé sur place — jamais je n'aurais cru un jour rencontrer cette icône de la télévision ! Ou du moins, je ne pensais pas avoir un jour à traverser cette partie peu fréquentable de la ville, où sont implantés les studios de sa station. Mais voilà qu'elle se tenait là, vingt mètres plus loin, à fumer le tabac au seuil d'une porte. Que devais-je faire ? Aller lui parler... mais sous quel prétexte ?

Le Rouge-Gorge, Éric ! Parle-lui du Rouge-Gorge !

Je le voulais bien, mais sans hameçon, je voyais mal comment m'y prendre... jusqu'à ce que mon regard en alerte se pose sur le dépanneur d'en face.

Bingo !

Aussi rapide que discret, j'ai couru m'acheter un paquet de cigarettes. N'importe lesquelles. Je suis ressorti en quatrième vitesse et j'ai rejoint ma cible qui, le nez collé sur son écran de téléphone, ne m'avait toujours pas remarqué. J'espérais seulement qu'elle ne repère pas la légère enflure de ma lèvre inférieure ni celle de mon arcade sourcilière. Mes blessures guérissaient à bon rythme et on ne les voyait presque plus, mais s'il fallait qu'elle me prenne pour un mal élevé, je ne me le serais jamais pardonné. Prêt, pas prêt, j'ai déballé ma boîte à cancer et adopté l'attitude appropriée, l'air de dire : « La cigarette tue, mais c'est moi qui le lui permets ».

— Excusez-moi... vous avez du feu ?

Julie a à peine réagi. Elle m'a tendu son briquet sans vraiment me regarder.

— Merci... mais hey ! Vous êtes pas journaliste ?

— Ouais. Julie Villeneuve, affaires criminelles.

Une première bouffée pour le spectacle et j'ai failli renvoyer mon dîner. Heureusement pour moi, mon travail m'avait endurci l'estomac et rien n'y parut.

— Ouais, ouais ! Ça me revient ! C'est vous qui suivez toute l'affaire du Rouge-Gorge. C'est *cool*, bravo. J'ai vu des images à la télé, ça doit pas être facile, des fois, de finir votre assiette !

La journaliste a tiré sur sa cigarette, le temps de me considérer. Elle a poursuivi en exhalant :

— C'est gentil. Ça prend toute notre attention. Disons qu'on n'est pas toujours en état d'entendre les encouragements.

— C'est pas bon, ça. Mon oncle se renferme aussi là-dedans. S'il continue comme ça, il va se rendre malade…

Très bien amené, mon Éric !

— Qu'est-ce que votre oncle a à voir là-dedans ?

Petite bouffée nonchalante avant la grande révélation.

— C'est Stéphane Gauthier.

Julie a failli s'étouffer à son tour.

— Non ! Pour vrai ?

Bonsoir, elle est partie !

— Ouais. Le monde est petit !

Comme si la nouvelle avait signalé la fin de sa pause, la journaliste a laissé tomber le reste de sa cigarette au sol et l'a écrasée longuement, songeuse.

— Wow ! Le grand sergent Gauthier qui traverse une petite déprime… J'aurais jamais cru entendre ça. Je l'ai interviewé une couple de fois, il donne pas l'impression d'un homme qui se laisse affecter facilement.

— Ouais, je sais. Tout le monde tient à son image, j'imagine.

— Est-ce qu'il en a parlé à quelqu'un d'autre ?

— Ça par contre, je saurais pas vous dire.

— Hum, hum…

Après la surprise, Julie est vite retournée à son état initial, un peu grave. Pire encore, il me semblait que l'ennui sur son visage s'allongeait en une sorte de tristesse. Était-ce de la compassion pour mon oncle ? Non, elle ne le connaissait pas à ce point. Quelque chose que j'avais dit, alors ? Où se cachait ma journaliste à moi, cette force de la nature dont j'admirais l'audace et le caractère ? Moi qui avais espéré la réjouir, mon intervention lui rappelait plutôt qu'elle ne maîtrisait pas l'entièreté de son dossier.

Dis quelque chose ! Tu vas la perdre !

— Mais hey ! C'est pas grave si vous l'avez pas vu ! Même si Stéphane passait ses fins de semaine chez le psychiatre, je pense pas que c'est ça que les gens voudraient entendre.

— Non, je sais...

— Bon, ben, c'est ça ! Si mon oncle a besoin de son air bête pour pogner le Rouge-Gorge, tant mieux pour lui. Vous, vous avez des faits à nous rapporter, pas les états d'âme de tout le monde. Vous êtes Julie Villeneuve, la *badass* des affaires criminelles, pas une autre chroniqueuse de... de parfums pour bébé et de décoration intérieure !

Un sourire timide se dessina sur les lèvres pincées de la journaliste.

— C'est vrai. Merci...

J'osais croire que Julie ne souhaitait le malheur de personne, mais apprendre qu'elle n'était pas la seule âme affectée par cette vague d'horreur devait la rassurer dans une certaine mesure. Son teint reprenait déjà des couleurs, imité par ses yeux qui semblaient se rallumer.

De mon côté, j'hésitais à en rajouter. Je repensais à cette amoureuse qu'il me fallait dénicher et, si Julie m'apparaissait toute désignée pour le rôle, elle me savait maintenant le neveu de Stéphane : la monter en bateau dans pareilles circonstances n'était plus dans les cartes. D'un simple coup de fil, elle découvrirait mon nom, mon travail et tout ce qu'il y avait à savoir sur moi. J'allais donc repartir bredouille, quand le vent a tourné.

— Bonne journée, Julie, et bonne chance !

— Hey ! Attendez une seconde !

J'ai retenu l'élan de mes pieds.

— Seriez-vous d'accord pour me donner une entrevue cette semaine ? Ça pourrait être vraiment intéressant de connaître la réalité des personnes impliquées, comme votre oncle...

Surpris par cette idée sortie de nulle part, j'ai d'abord sourcillé, jusqu'à ce que j'en saisisse les possibilités : ma fenêtre se rouvrait toute grande.

— Euh, je sais pas trop... Stéphane aimerait pas que je me mêle de ses affaires.

— Je comprends. Mais ça mettrait les gens en confiance, et il sentirait qu'on le soutient. Si c'est d'être reconnu qui vous inquiète, je peux vous garantir l'anonymat.

Un contrat de confidentialité ? Toutes les pièces tombaient en place. Une euphorie grandissante me chatouillait les joues et j'ai dû réunir toutes mes forces pour m'empêcher de sourire de toutes mes dents.

— Ah... Ben j'imagine que c'est possible d'abord.

— Super ! Je te laisse mon numéro. Appelle-moi quand t'as une seconde.

C'était parfait. Du moment que je ne révélais rien de trop précis pouvant me trahir, jamais Stéphane ne saurait qui osait le vendre aux médias. Aussi, venait-elle de me tutoyer ?

— Ça marche.

— Merci. Tu peux me rappeler ton nom, au juste ?

Oui, elle me tutoyait maintenant.

— Oh, désolé. Je me suis pas encore présenté... Mathieu Matteau. Enchanté.

Je me sentais terriblement mal d'ainsi me jouer de ces deux personnes que j'admirais pourtant. Ni mon oncle ni Julie ne méritaient une telle injure. Toutefis, j'avais déjà commis pire délit, comme le meurtre d'innocents, par exemple... Reste que les intérêts du Rouge-Gorge passaient avant mes propres scrupules moraux.

Lorsque j'ai quitté Julie ce jour-là, j'ai vite appelé Carl afin de m'excuser de mon retard. Accorder plus de considération à mon collègue aurait peut-être pesé dans ma balance karmique, mais il était trop tard pour les regrets : Carl m'a raccroché au nez. À voir la tête qu'il me faisait au travail le matin suivant, j'ai compris qu'il n'accepterait plus de me remplacer. Ça ne m'inquiétait pas vraiment : beaucoup d'autres confrères pouvaient remplir son rôle, et tous ne partageaient pas ses lubies de conspirationniste.

Le soir venu, j'ai envoyé à Julie l'étendue de ma plage horaire. Si son téléphone avait été équipé d'un afficheur universel, ç'aurait vite fait d'invalider mon pseudonyme, mais refusant de courir le risque, je m'étais assuré qu'elle m'inscrive à sa liste de contacts avant de la quitter. Les pouces sur le clavier, je lui ai donc tapé un court message texte :

« Est-ce que demain, c'est bon
pour toi ? »

J'aurais toujours pu l'appeler comme convenu, mais l'expérience m'avait appris que les femmes préfèrent ces contacts indirects. Ça les sécurise, en quelque sorte, de se cacher derrière un écran. Et elles s'y montrent plus enclines à déborder dans le familier. L'attente d'un retour peut toutefois s'éterniser, mais là encore, les habituées fonctionnent selon un système assez complexe. Certaines vous laissent patauger des jours durant, d'autres vous bombardent sans repos. Qu'importe la stratégie, le même objectif prévaut cependant : tester votre intérêt.

Quand ma correspondante a daigné me répondre, j'avais déjà mangé et lavé les casseroles.

« Impossible pour demain. »

C'était suffisant, mais pas idéal. Pour un meilleur résultat, il me faudrait atteindre la position du batteur et frapper sur ses balles. Pas l'inverse. Si je réussissais à lui renvoyer une conversation dans la mitaine, les probabilités dictaient qu'elle me la relancerait aussitôt.

« Un autre dossier pressant ? »

« Oui, si on veut. »

Évoquait-elle un dossier d'ordre personnel ? Mieux valait ne pas me mouiller.

« OK. Lundi ? Mais faut confirmer
vite. »

« Quelle heure ? »

« À quelle heure ton dossier part
travailler ? »

Et voilà madame Prudence qui sautait déjà à l'eau ! C'était bien beau, la théorie et les statistiques, mais quand venait le temps de divertir le sexe opposé, j'avais toujours la fâcheuse manie de cracher en l'air, pensant impressionner. À dosage léger, l'arrogance pourrait plaire à cette aventurière. Ou peut-être pas...

Julie ne me répondit pas de sitôt. Quand mon téléphone vibra de nouveau, deux heures avaient eu le temps de passer :

« Lundi 7 h. Roulé-Croûté. »

Comme de fait, mon tir avait raté la cible. Mes tripes me suppliaient de réessayer, mais confronté à ce genre de froideur pragmatique, mieux valait m'abstenir. Quant à notre entrevue, d'accord, c'était chose réglée, mais rien à Montréal n'aseptisait la romance comme deux œufs pochés un lundi matin, à 7 h... Soit. Cette mission chevaleresque n'était pas condamnée pour autant : en l'absence de tension romantique, gagner la confiance de Julie me serait plus facile, et peut-être accepterait-elle, par la suite, de me revoir dans de meilleures circonstances.

Toute cette excitation avait ouvert les valves de ma créativité et j'eus l'envie soudaine de partager ma joie. Mais avec qui et comment ? À force de monter et de descendre le fil de notre conversation, une idée fleurit : j'allais écrire une lettre à l'intention de la police. Eux qui pensaient à moi toute la journée, j'ai cru qu'ils aimeraient savoir qu'ils nourrissaient aussi mes songes.

Inspiré par mes prédécesseurs, j'ai revisité leurs plus grandes réussites en la matière. Ces échanges allaient des lettres écrites avec du sang aux intentions cryptées, mais ces clichés sentaient le réchauffé. J'espérais surtout qu'on ne me conçoive pas comme une vulgaire contrefaçon. Et il faudrait que ces notes encouragent la perception artistique de ma vision, de même que mon sens du spectacle. Peut-être pouvais-je alors aller piger un vers ou deux, ici et là, dans le répertoire de mes poètes et musiciens favoris ? Après plusieurs tentatives, j'aboutis à ceci :

Feel the weight of the Robin's glance
That glares upon you, helpless pawns.
Fear the claws of its judging hand,
May his mercy bring you the dawn.

Ça ne sonnait pas mal du tout ! Évocateur mais incisif. Combien de temps Stéphane gaspillerait-il à analyser ma strophe, convaincu d'y trouver quelque symbolique ? J'aurais toujours pu y glisser une référence ou deux, mais je craignais qu'on ne m'inculpe de nouvelles intentions erronées. Je m'amusais, voilà tout. À quand le jour où il se joindrait à moi ? J'allais imprimer ma note quand une dernière fantaisie me vint à l'esprit : j'ai rassemblé tous les magazines qui traînaient et je me suis mis à l'ouvrage.

Une paire de gants de latex aux mains, j'ai d'abord lavé chaque page de la moindre empreinte digitale avant d'y découper des lettres de toutes les formes et de toutes les couleurs. Une feuille blanche, un bâton de colle, et me voilà muni d'un superbe collage.

C'était sublime, mais je n'allais pas le déposer sur-le-champ. L'attente pouvait me rendre malade si elle le souhaitait, j'avais affaire en Stéphane à un homme d'une grande intelligence. Bien plus grande que la mienne, à tout le moins. Pareil pour Julie. Alors je tenais à leur en donner pour leur argent, en plus de m'acheter un nouvel alibi.

J'ai donc attendu dimanche, jusque très tard dans la nuit. J'ai enfilé ma tenue, puis je suis sorti livrer mon colis au Centre opérationnel de la Place Versailles. Au SPVM, tous les postes de quartier répondent à l'un des quatre centres opérationnels, celui du sud étant le plus imposant. C'est là que sont menées les plus grosses enquêtes, celles impliquant la mafia ou les motards. Mais l'œuvre d'un tueur en série ? Ça relève du département des crimes majeurs, et ces dossiers, le mien en tête, sont expédiés à l'est.

En choisissant ce lieu plutôt que la station de télévision ou les salles de rédaction des journaux, je devais bénéficier d'un sursis avant que la police ne partage le *scoop* avec les médias et, par la même occasion, avec ma journaliste préférée. Au moment où Julie et moi avalions nos dernières bouchées de pain sec le lendemain matin, ce n'était plus qu'une question de minutes avant que ne sonne son téléphone.

Le réputé Roulé-Croûté faisait face à la station de télévision. La place possédait un certain charme, nous plongeant dans un univers tiré du siècle dernier. De la grande fenêtre ovale jusqu'aux banquettes colorées, en passant par le bar à laits frappés et les dizaines d'artefacts à l'effigie d'Elvis, de James Dean et de Coca-Cola, cette ambiance anachronique captivait mes sens, m'amenant presque à lui pardonner ses plats plutôt froids et chiches.

La serveuse aussi m'inspirait à sourire. Diane, de son petit nom... C'était une de ces vieilles lionnes, maîtresses de leur domaine, qui avaient travaillé aux mêmes tables toute leur vie. Chaque petit *diner* que j'avais visité durant ma vie possédait sa lionne, et ces femmes tiraient toujours une grande fierté de leurs maigres acquis : les ivrognes de la nuit les louangeaient, les camionneurs du matin les courtisaient. Telles étaient l'étendue de leur pouvoir.

Quand Diane eut noté nos commandes entre deux mastications de gomme, j'attaquai :

— Donc ! Quelles questions t'aimerais me poser ?

— Plusieurs ! Mais tiens. Tu pourrais commencer par me parler de la situation familiale de Stéphane. Est-ce qu'il a une femme ? Des enfants ?

— Non, rien de tout ça.

— Mais ça reste un homme de famille, non ? Si vous deux, vous êtes si proches... Avec tes parents aussi, je présume ?

— Plus ou moins. C'est un solitaire... J'imagine qu'avec tout ce qui lui arrive, n'importe qui aurait besoin d'un peu de compagnie. Peut-être qu'on était juste disponibles au bon moment, je sais pas.

— Je vois, c'est bien.

Elle s'est mise à griffonner dans son petit calepin noir, m'offrant une ouverture.

— En tout cas, je te regarde travailler pis le journalisme a l'air pas mal moins plate qu'au cégep ! Rencontrer des gens, ajouter un déjeuner à ses déductibles pour les impôts... C'est juste dommage que les cours pour s'y rendre soient si pénibles !

— T'as étudié en journalisme ?

Je n'aurais pu dire si son intérêt relevait du personnel ou pas, mais à défaut d'être clair, il me semblait bien réel.

— Pas longtemps, seulement une session. Y avait trop de règles à suivre, trop de contraintes formelles... J'ai changé de branche pour la création littéraire.

À m'écouter improviser de la sorte, j'ai été le premier impressionné. Où avais-je appris à mentir avec autant d'aisance et, surtout, d'où me sortaient ces études littéraires ? On s'y rejoindrait plus facilement qu'avec mon jargon bancaire, j'en convenais, mais il ne fallait pas m'étendre non plus : elle s'y connaissait certainement plus que moi !

— Oui, c'est vrai qu'on est restreints au début, mais ça s'améliore après... Pour en revenir à ton oncle, tu m'as parlé samedi des difficultés qu'il éprouvait. Est-ce qu'il vous en parle concrètement ou vous avez surtout remarqué un changement chez lui ?

Belle esquive...

— Je sais pas s'il en parle précisément à mon père, mais il le traîne dans les bars de plus en plus souvent. Pis là ben, tu sais ce que c'est ! Plus on boit, plus on parle !

Ses yeux se sont mis à étinceler.

— ... Ah oui ?

— Le plus surprenant, c'est que ç'a jamais été un gros buveur, notre Stéphane ! Sauf peut-être du champagne au Nouvel An ou du vin avec un steak, mettons. Pas tellement plus.

— Et ton père en pense quoi ? Il l'a remarqué aussi ?

— Mon père a jamais été très bon pour gérer ces affaires-là. Même avec moi, plus jeune... C'est un peu pour ça que j'ai commencé à écrire, tu sais.

— Ouais... J'imagine qu'on a tous nos raisons de faire ce qu'on fait.

Manque pas ça !

— Tu penses ? C'est quoi, la tienne ?

— Bonne question ! Je... je sais pas. J'aime pas sentir qu'on me cache des choses. Je veux savoir tout ce qui se passe, pis quand je me rends compte qu'on m'a menti... je pète un câble, comme on dit !

La tête ailleurs, Julie a ricané pour elle-même. Elle a repris :

— En tout cas, maintenant les gens ont assez peur de moi. Je connais personne qui me ferait le coup deux fois !

Rien n'était moins sûr. À en croire son changement de ton, ma journaliste ne faisait plus référence aux défis de sa profession... Un proche l'avait-il trahie ? Si mon instinct voyait juste, ma blague désobligeante de samedi soir pouvait fort bien l'avoir blessée.

C'était trop tôt pour tirer des conclusions si graves, et nul doute que je n'étais pas la bonne personne y mettre mon nez, mais à bien y penser, elle apprécierait peut-être mon sens de l'observation et l'attention particulière que je lui portais...

— C'est toi qui l'as laissé ?

— Euh... je te demande pardon ?

— Ton chum. Ou ton ex, plutôt. Je te demande si c'est toi qui l'as laissé.

Elle s'est énervée tout à coup.

— Je m'excuse, Mathieu, mais je vois vraiment pas d'où tu sors tes...

— Arrête, tu le sais comme moi. Journaliste, écrivain, on est pareils ! On est plus attentifs aux détails. Tes reportages ont commencé à perdre de leur punch récemment. On est en pleine entrevue pis je te sens distraite ! Quand t'as pas répondu à mon commentaire samedi, ça m'a donné un bon indice.

Le regard de Julie s'est immobilisé, aspiré par le mien. Ses mains se sont rejointes au-dessus de son calepin avant de disparaître sous la table, mais ses épaules sont retombées, détendues. Un poids les avait quittées.

— Ça... ça se remarque tant que ça ?

Sa voix s'était attendrie, plus légère. J'étais entré dans la zone.

— Sûrement pas. Tout le monde a pas autant de temps à perdre que moi !

J'ai ri doucement, espérant qu'elle suive. Ça n'a pas fonctionné, mais j'avais su lui arracher un sourire. Elle semblait se ressaisir maintenant, presque soulagée. C'était tant mieux, car mon plan n'était pas de la briser. Je sentais néanmoins qu'il me fallait creuser encore, question que la valve demeure bien ouverte jusqu'à notre prochaine rencontre.

— En tout cas, moi, ça me rassure.

— Ça te rassure ?

— Ben oui ! Sur le coup, j'ai cru que c'était lui qui t'avait quittée à cause de ton travail pis comment ça t'affectait. Mais c'est lui que ç'a dû changer, pis c'est toi qui es partie... Ça montre que t'as pas encore perdu toute ta tête, non ?

Julie restait silencieuse, visiblement confuse, puis ses yeux se sont baissés vers ses ustensiles, perdus dans cette nouvelle perspective. J'approchais du résultat escompté, mais je ne tenais pas non plus à ce qu'elle m'associe à ce désagréable sentiment. Devais-je alors refermer la plaie ? Non. M'y jeter avec elle nous lierait plutôt d'une belle complicité. La misère cherche la compagnie, c'est bien connu.

— Excuse-moi. Faut que j'apprenne à me la fermer.

— Non, non. C'est correct, je suis pareille...

Un premier rire est survenu enfin, aussi timide qu'adorable. Elle a passé une main plus confiante dans la cascade de ses cheveux, puis s'est ouvert davantage :

— C'est jamais évident de laisser sa job derrière quand on sort du bureau.

Julie souriait de nouveau. Elle acceptait son sort, me reconnaissait comme un allié. Il ne restait plus qu'à boucler la boucle !

— Je te comprends, Julie. Pis c'est pas tout le monde qui...

Une vibration soutenue a fait trembler les verres sur la table, incisive et agressante comme le rugissement d'un réveille-matin tonnant au milieu d'un rêve de cape et d'épée. C'était le téléphone cellulaire de ma belle qui s'affolait enfin :

mon poème s'était rendu à bon port, et la station la réclamait d'urgence pour une programmation spéciale.

— Eh merde ! Je m'excuse, Mathieu, mais je dois vraiment y aller. On vient de recevoir un message du Rouge-Gorge ! Peux-tu croire ça ?

— Wow ! Eh ben, vas-y, cours ! Je m'occupe de la facture.

— Vraiment ? Merci, c'est gentil.

Elle se levait déjà.

— De rien. T'as tout ce qu'il te faut pour mon oncle ?

— Non, maintenant que j'y pense. Rappelle-moi plus tard !

La seconde suivante, Julie n'était plus là, envolée dans la secousse de ma propre explosion. Je me suis levé à mon tour et j'ai payé la vieille serveuse, lui laissant un généreux pourboire. Ce n'était pas qu'elle le méritait, mais ça n'avait pas d'importance : j'étais satisfait de ma matinée. J'avais tissé de bons liens avec ma flamme et — surtout ! — ouvert la porte à un prochain rendez-vous. Le sourire aux lèvres, j'ai joggé jusqu'à la station de métro la plus près, histoire de ne rien manquer de ce bulletin spécial.

Le lendemain, au travail, la lune m'appelait sans répit. Je n'irais pas jusqu'à dire que ma journaliste hantait mes pensées, mais oui, ça ça s'en rapprochait. Qu'on se détrompe, toutefois : il n'y avait là aucune trace de désir, d'attachement ou d'affection. À mon sens, l'amour se manifeste dans le ventre et les tripes, pas dans la tête.

Non, je songeais plutôt au déroulement de cette première rencontre. Je me repassais en boucle chaque moment, geste et réplique qui l'avait composée, les probables réactions en chaîne de ces actions, et jusqu'où j'oserais aller la prochaine fois. De là naissaient toutes mes interrogations : qu'espérais-je réellement accomplir en échafaudant cette relation mensongère, mis à part la profondeur narrative ? La perspective de me pavaner avec Julie à mon bras me faisait trépigner d'impatience, mais je me sentais difficilement capable d'ainsi profiter de ma journaliste sans rien lui donner en retour. Sa feuille de route m'inspirait un grand respect, et je tenais à ressortir de cette histoire gentilhomme malgré tout. Comment pouvais-je alors lui rendre la pareille ?

Je n'ai pas eu le temps de m'y attarder davantage, car mon téléphone de bureau s'est mis à sonner, me ramenant bruyamment sur Terre. Il possédait ce genre de sonnerie industrielle, celle qui vous roule un long sanglot, strident à souhait, et qui ne reprend son souffle qu'à l'instant où vous décrochez enfin le combiné. Vous répondez alors en criant à votre tour, retournant l'irritation aux oreilles de quiconque a eu le malheur de vous faire ainsi sursauter.

J'ai pris deux secondes pour me calmer, puis j'ai saisi l'appareil :

— Grande Banque de Montréal bonjour, je m'appelle Éric, comment puis-je vous aider ?

Un gloussement a retenti, familier et féminin, comme amusé par cette réponse dictée qui ne pouvait pourtant surprendre personne. Ma mère a pris la parole.

— Je m'excuse, mon chat, mais je pense pas qu'un jour je vais m'habituer à entendre ça !

— Qu'est-ce qu'il se passe, maman ?

— Ça va très bien, Éric, merci de t'en informer !

— Je vais bien aussi... Tu veux me voir bientôt ?

— Mais j'ai toujours envie de te voir, chaton ! Je t'appelle pour savoir à quelle heure tu termines.

Ce genre de question, venant de ma mère, n'augurait jamais rien de bon. D'une seconde à l'autre, elle allait me demander un service in extremis et m'acculer au mur comme elle seule savait le faire...

— Je termine tard, ce soir. Vers 11 h... Pourquoi ?

— OK... ben je m'excuse de te demander ça, mais ton oncle Stéphane est encore sorti...

— Ouais, et puis ?

Demande-moi pas ça !

— Ton père pourra pas aller le chercher aujourd'hui. Pis avant que Stéphane se mette de mauvaise humeur... En tout cas, il faudrait que tu y ailles pour lui.

— J'aimerais ça t'aider, mais ce serait diff...

— T'es un amour. Merci, Éric !

Elle a raccroché.

— Christ...

Le pire, c'est qu'assister en première loge aux déboires de mon oncle m'intriguait au plus haut point. Qui devenait-il lorsqu'il buvait de la sorte ? Pourrait-il m'en révéler davantage sur l'enquête ? Et s'il se battait avec quelqu'un ? Mais non. C'était justement pour le sauver de cet embarras que je devais m'y rendre... Quel gâchis.

Onze heures ont sonné et j'ai plié bagage. Mon sac sur le dos, j'ai entrepris de traverser le département du service téléphonique pour atteindre l'ascenseur, mais rendu à mi-chemin de ce que j'appelais mon « champ de légumes », j'ai perçu des pas qui semblaient me suivre. Probablement ceux d'un autre employé — plusieurs terminaient leur quart à cette heure —, mais voilà que ces pas accéléraient la cadence. Une vessie sensible pressée de soulager sa peine ? Non. Les toilettes les plus proches étaient dans l'autre direction. Alors qui ? Et pourquoi ?

J'imaginais déjà Stéphane me plaquer au sol, ses longs doigts enroulés fermement autour de mes poignets, un genou planté au centre de mon dos tordu. Victorieux, le détective me passait des menottes au métal chaud, tant il les avait tenues serrées dans ses paumes.

D'instinct, mes mains ont tiré sur les ganses de mon sac à dos pour le serrer contre moi. J'étais prêt à courir au besoin ; j'allais m'enfuir, m'exiler ! Il n'avait rien contre moi, et c'est moi qui déciderais quand Stéphane pourrait...

Carl m'a accroché par le bras.

— Hey !

Mes yeux se sont figés dans leurs orbites.

— Hey ! Carl... Ça va ?

Carl me tenait maintenant par les épaules. Un sourire qui se voulait rassurant étirait son visage, mais échouait à pleinement remplir son rôle. Des touches de nervosité s'en dégageaient plutôt. Mon collègue devait le sentir aussi, lui qui essayait de compenser par une gestuelle grossie et exagérément candide.

— Oui, oui ! Tout va bien chez nous.

— Ah ! Tant mieux.

Il a enlevé ses mains, les a posé sur ses hanches... Avait-il répété cette routine ?

— Écoute, Éric, je voulais juste m'excuser pour l'autre jour. Si t'as été retenu pendant mon déménagement, t'as été retenu pis c'est tout. J'ai pas de raison de te faire la gueule.

— Tu me faisais la gueule ? Excuse-moi, j'ai pas dû remarquer.

Aussi, j'en ai rien à battre...

— Ah non ? Ha ha ! C'est aussi bien de même. On a tous nos préoccupations.

— Ouais, j'imagine ! Je serai là la prochaine fois, c'est promis.

— OK, ben sûr ! C'est gentil.

Bonne chose de faite. J'allais tourner les talons quand j'ai senti une résistance : Carl avait attrapé un repli de mon sac et il le pinçait fermement pour me retenir.

— Hum... Carl ?

— Excuse-moi, Éric, c'est juste que... je voulais te demander...

— Ouais ?

Son sourire initial changeait à présent. Il devenait gêne ; il devenait doute. Carl s'énervait.

— Ben... Tu me connais, Éric ! Tu t'absentes à tout bout de champ, tu t'isoles de plus en plus... Ça, c'est sans compter mon déménagement. Tu pouvais pas penser que j'allais pas remarquer !

— Voyons, Carl ! Remarquer quoi ?

Remarquer que j'avais tué ?

— Remarquer que t'étais un *P. I.* !

— Un quoi ?

Il m'a repris les épaules, cette fois par excitation.

— Un *private eye*, un détective privé ! C'est la banque qui t'a engagé pour surveiller ses employés ? J'ai lu en ligne que c'était de plus en plus répandu.

— Franchement ! Un détective privé ! Carl, t'es ridicule. Tu regardes trop de films, sors dehors la fin de semaine.

Mais mon collègue n'en démordait pas, aveuglé par sa fantaisie.

— Arrête, Éric ! C'est correct, je vais pas te dénoncer ! Si tu pouvais juste m'aider avec une ou deux affaires par exemple, c'est sûr que...

C'était toujours mieux que l'autre éventualité, celle, moins colorée, dans laquelle j'aurais été forcé de le réduire au silence. N'empêche... Mon oncle m'attendait à l'autre bout de la ville et je n'étais pas d'humeur à épargner les sentiments de qui que ce soit.

— Non, Carl. Pas ce soir.

— Peut-être que je pourrais t'aider ? Je connais tout le monde, je serais comme ton espion ! L'espion d'un espion !

— Carl ! C'est non ! On m'a engagé pour occuper les mêmes fonctions que toi, pis tu m'excuseras, mais j'ai ni le temps ni l'envie de te le prouver ce soir. J'ai pas été juste avec toi, je vais me reprendre, mais là, j'ai ma journée dans le corps pis la famille m'attend. Bonne nuit.

En plein dans ses dents croches !

À peine navré, je me suis retourné pour de bon. L'ascenseur était à portée, rien au monde ne m'aurait ralenti dans ma hâte. Quand les portes se sont ouvertes pour m'accueillir, j'ai ignoré sans peine les dernières paroles du lunatique :

— Inquiète-toi pas, Éric ! Ça reste entre nous deux !

L'épaisse porte de métal est venu mettre un terme à toute cette perte de temps. Je n'avais plus rien à tirer de Carl et, maintenant qu'il avait viré complètement grelot, je regrettais d'avoir toléré ses élucubrations si longtemps. Un détective privé… moi ! Ma tête élançait à trop y penser, mais j'allais devoir calmer le jeu très bientôt : je n'avais besoin ni d'une fouine ni d'un ennemi.

Une lumière s'est allumée une fois que j'ai eu atteint le rez-de-chaussée. Le sac sous le bras, déjà prêt à m'écraser sur une banquette, j'ai traversé le hall au trot, puis sauté dans un taxi. Mon père m'avait envoyé l'adresse du bar où rejoindre Stéphane ; je pouvais souffler un brin.

Vingt dollars plus tard, j'étais arrivé à destination.

Faites que ça embraye…

Contre toute attente, l'intérieur de l'établissement s'avérait plutôt accueillant. C'était propre et chaleureux ; une bonne quarantaine de jeunes riaient ici et là, jouant au billard ou s'attroupant autour du juke-box. En temps normal, j'aurais même bien aimé l'endroit : tout semblait neuf, moderne, mais rustique à la fois. On nous transportait à travers les âges, un peu de la même façon qu'au restaurant de la veille. Les murs étaient ornés de bois sculpté, les banquettes en cuir s'agençaient au ton sobre de l'endroit et de longues tablettes soutenaient d'énormes jarres remplies tantôt d'œufs dans le vinaigre, tantôt de langues de porc... Décidément, une nouvelle tendance rétro s'installait peu à peu.

Assis seul dans son coin, Stéphane sirotait un whisky sans glace, les épaules voûtées. Les carcasses de ses précédentes consommations avaient été ramassées au fur et à mesure, mais le nombre de sous-verres écornés sur sa table s'élevait à six, peut-être huit. J'ai fait signe au vieux barman de m'apporter l'addition de mon oncle et je me suis approché de ce dernier. Comme il me faisait dos, j'ai dû l'interpeller :

— Salut, Stéphane...

— Eh *boy* ! Si c'est pas mon neveu... Qu'est-ce tu fais là ?

— C'est mes parents qui m'envoient. Ta facture s'en vient, on va aller te coucher, OK ?

— Ben voyons donc ! La nuit commence à peine, mon Éric ! Tire-toi une chaise.

— Non, écoute, il faudrait vraiment y aller maintenant.

Le tenancier est arrivé, une longue facture à la main, et j'ai cru que c'était dans la poche. Mais mon soûlard d'enquêteur voyait la chose d'un tout autre œil.

— Ti-Guy ! Apporte une bière à mon neveu préféré !

Eh, bordel…

— T'es sûr, Stéphane ? Moi, je pense qu'il venait plutôt pour…

— Hey. On va rentrer quand on va rentrer.

J'ai échangé un court regard avec « Ti-Guy ». Le malaise était partagé, mais, l'un comme l'autre, nous avions manqué de répartie.

— Bon… Ben, je vais te prendre une blonde en bouteille, s'il te plaît.

Le barman a hoché la tête et est reparti en direction des réfrigérateurs pendant que je m'installais aux côtés de mon oncle, qui a vite fait de retrouver son air abattu.

— L'enquête avance pas, Stéphane ?

À ces mots, ses yeux ont changé de nouveau. De leur découragement initial, ils ont pratiquement viré au rouge.

— Câlice d'hostie… Que c'est qu'on est censé faire quand un malade mental nous fait passer pour le dernier des caves ? Pis qu'en plus, t'as ton boss qui te pousse dans le dos, mais qui veut pas te donner les ressources dont t'as besoin ? Tabarnac !

— Vous manquez de personnel au département ?

— Manquer, tu dis ? Si c'était juste de moi, je mettrais l'armée sur tous les toits de la câlice de ville ! Un bazooka dans chaque main ! Mais faut surtout pas que le bon monde ait peur, hein ? C'est ben plus poli de les laisser se faire saigner comme des porcs !

— OK. Mais... quand tu faisais le tour des quartiers au début... t'es passé par le Plateau-Mont-Royal ?

J'avais enchaîné sans réfléchir. Après tout, n'était-ce pas là ma seule motivation, en mettre plein la vue ? Oui, bien sûr... sauf qu'à ce moment, piétiner l'épave de mon oncle pour me rapprocher de ma finale hollywoodienne ne m'allumait pas du tout. Une victoire plus personnelle satisferait-elle mes ambitions ?

— Ha ha ! Voyons, Éric ! Tu penses que, pendant la journée, il se promène avec un foulard dans le cou pis un accordéon en dessous du bras ? Est pas pire !

Merci, l'ami !

— Écoute, j'y connais rien, mais avec le message qu'il t'a laissé cette semaine, c'est clair que c'est un fanatique ! Un collage de revues, un poème... Franchement ! C'est comme pour le bar ici. Le Rouge-Gorge veut faire ça à l'ancienne, mais il mise trop sur le *look* pour être n'importe quel crétin... C'est un artiste raté, je te parie ce que tu veux.

Stéphane en a presque échappé son verre. Tout fier, j'ai dû me retourner pour lui cacher mon fou rire tandis qu'arrivait Ti-Guy avec ma pinte.

— Euh... OUI ! Ha ha ! T'es un génie ou quoi ?

— Comme je te dis, je parle peut-être à travers mon chapeau, mais ton Rouge-Gorge a encore tué personne sur le Plateau, non ?

Juste du monde autour. Il doit croire qu'il appartient à une classe supérieure ou je sais pas quoi… Fait que laisse-toi pas niaiser par ses petits messages. C'est tout ce qu'il attend, que t'appelles la cavalerie.

Perdu dans ses rêveries, mon détective ne m'entendait plus. Il calculait, notait et listait tout ce qu'il aurait déjà à faire le lendemain. Mais c'était tant mieux : il avait retrouvé le moral et j'allais pouvoir rentrer dormir. Bientôt, j'aurais besoin de toutes mes énergies.

— Merci ben, mon Éric… Je vais voir où ça mène, tout ça, pis si t'as raison, tu lâches ta job ! Je vais te mettre une étoile sur ta chemise pis te traîner partout avec moi !

— Ha ha ! Ouais, on verra ça.

Quelques minutes plus tard, l'addition était réglée et nos vessies, vidées. Nous avons grimpé à bord de sa voiture pour prendre la route, la tête remplie d'idées. Mon plan avait changé. Il me faudrait m'ajuster, mais ça paierait au retour. Stéphane méritait une histoire aussi excitante que la mienne et j'osais croire que l'une n'empêchait pas l'autre. De plus importante façon, je ne pouvais pas non plus me permettre de tout reprendre à zéro s'il venait à m'abandonner — les parfaits ennemis ne couraient pas les rues ! —, alors aussi bien embrasser le danger.

Bercé par le roulement du moteur, mon oncle s'est endormi à mes côtés, le visage pressé contre la vitre. Je l'ai conduit jusque chez lui, puis j'ai appelé un taxi.

Qu'il faisait bon donner.

L'alcool coulait à flots, on trinquait au son des rires et les boules colorées se percutaient sur le tapis vert de la table de billard : quelques jours à peine avaient suffi à mon oncle pour me ramener dans sa taverne d'époque. Cette fois, par contre, c'était pour une raison bien différente, et je n'étais pas le seul invité.

Stéphane avait rapatrié son unité au grand complet, en plus de mon père et de moi, pour célébrer les premières bonnes nouvelles depuis un bail : grâce à mon « hypothèse » de l'autre soir, mon oncle avait convaincu son département d'installer sur le Plateau-Mont-Royal une troupe complète et permanente d'agents en civil. Tous s'entendaient alors pour dire que le Rouge-Gorge ne mettrait pas longtemps avant de se prendre la patte dans le piège. Pour ça, il aurait également fallu qu'il n'en soit pas le premier informé, mais bon, on repassera.

Je m'évertuais donc à partager leur enthousiasme, moi-même légèrement éméché. Je prêtais une oreille attentive aux mille et une histoires des différents officiers, chacune plus cocasse, plus osée et plus grivoise que la précédente. Et lorsque le projecteur se déplaçait au-dessus de ma tête, je pouvais toujours compter sur mon père pour me gêner en racontant l'une de mes bêtises d'enfant — pas la plus digne de mes nuits, mais du moment que ça m'achetait leur sympathie… pourquoi pas.

Cependant, ce n'est pas au bar qu'avait commencé cette péripétie puisque, un peu plus tôt, j'avais rejoint la belle Julie Villeneuve pour notre deuxième rendez-vous. Habile de mes mots, je l'avais persuadée de venir prendre un petit café à l'européenne dans un bistro à deux pas de chez moi. On s'y était rejoints vers 20 h 30 et tout s'était déroulé pour le mieux. D'ailleurs, n'eût été le coup de fil surprise de Stéphane, il est probable que j'aurais pu clore ce dossier-là pour de bon, escortant Julie jusqu'à mon lit dans un suprême élan de passion… Il faut croire que ma bonne étoile jugeait m'avoir suffisamment choyé ce soir-là.

— T'aimes ton moka ?

— Oui ! Merci, Mathieu.

— Y a pas de quoi.

Un silence, puis un jeu de regards. Ma promise avait repris le dessus sur elle-même et ça m'enchantait de la regarder. Sa magnifique crinière d'ébène brillait de son lustre d'origine, sans compter l'éclat renouvelé de ses grands yeux bleus, plus perçants que jamais… J'aimais croire que j'y étais pour quelque chose, si on oublie que j'avais aussi contribué à sa détresse initiale.

— Comment va Stéphane ? Il s'est repris en main ?

— Je sais qu'il travaille sur une nouvelle piste. Ça doit le motiver… Tu lui as pas reparlé ?

— Ni ton oncle ni personne du service a voulu répondre à nos questions. Aucun commentaire, rien !

— Normal. Pas un *bully* au monde aime se faire traîner dans la boue, tu sais. Fallait pas s'attendre à ce qu'ils s'en vantent.

— Ton oncle ? Un *bully* ?

— Bah… On devient pas policier avec une bourse littéraire non plus !

Elle a souri de nouveau, d'un air plus sincère que la simple approbation : c'était ma chance.

— Pis toi… du nouveau avec l'ex ?

Et juste comme ça, le gouffre s'est rouvert : ses yeux ont fui, agacés, mais ce n'était pas dirigé contre moi. Je voguais en eau calme, à ses côtés dans sa peine.

— Oui pis non… C'est correct parce qu'on ne vivait pas ensemble, mais ça reste une grosse rupture. C'est quand même trois ans de ma vie que je dois oublier.

— Je comprends. Si je peux me permettre, ma mère te dirait de rien effacer du tout… C'est bon pour l'expérience, l'apprentissage pis les autres trucs de mère.

— Ha ! Oui, elle aurait raison…

Un second silence s'est installé, de loin plus pesant que le premier, bien que tout aussi plaisant. Car sans qu'elles ne se touchent pour autant, j'ai remarqué combien nos mains se tenaient proches. Et Julie ne pouvait pas l'ignorer non plus, elle qui fixait constamment le bout de ses doigts. Pouvais-je en comprendre qu'elle m'estimait désormais son ami ? Pas vraiment. Ou du moins, pas assez pour en faire un cas. Mais elle devait néanmoins apprécier mon écoute, car elle m'a relancé :

— Bon ! C'est assez. Parle-moi de toi maintenant !

— Tu veux savoir quoi ?

— Tout ce que tu veux… Comment tu peux vivre de tes textes à ton âge ? Et t'as écrit quoi, au juste ? J'ai rien trouvé à ton nom. T'utilises un pseudonyme ? Impossible que tu gagnes assez… T'espères te trouver une riche mécène ?

Hé, là, du calme !

J'avais intérêt à ne pas me planter. Avoir su que la conversation tournerait ainsi, j'aurais pris la peine de me façonner quelques histoires en surplus, mais je m'étais présenté les mains vides. Mieux valait garder l'attention sur le pan personnel de cette vie fictive plutôt que de m'inventer des ouvrages qui n'existaient pas.

— Wow ! C'est beaucoup de questions en même temps, ça ! Pis qu'est-ce qui te dit que je suis pas déjà père de famille ?

— Franchement, Mathieu... C'est pas ma première *date*, tu sauras.

Une... une date ?

Mes yeux se sont écarquillés. Venais-je de perdre les rênes de cette relation ? Oui, mais d'une bien jolie façon.

— C'est bon, c'est bon. Mais je te parlerai pas de mon travail aujourd'hui. Mes projets sont pas mal plus séduisants si je te les cache !

— Ah ouais ? Ça marche, mais je te préviens : je vais finir par trouver, même s'il faut que je mette tous mes recherchistes là-dessus !

— Bonne chance avec mon pseudonyme, en tout cas ! Je dis ça de même.

— Merci !

Puis sont venus les rires.

Cette petite joute de taquineries s'est poursuivie jusqu'à notre sortie du café. Nous avons marché sans nous presser vers chez moi — à moins que sa voiture n'ait été garée dans cette direction — et nos épaules se frôlaient dangereusement. Au loin, je pouvais déjà apercevoir mon balcon qui perçait derrière le feuillage des arbres. À l'intérieur, tout avait été préparé en cas de réussite : rien ne traînait par terre, une bonne bouteille reposait au frais et Joshua Radin attendait dans la stéréo.

Encore quelques rues...

La lune nous observait, complice, et Julie la regardait aussi, tout sourire, dans une détente qui m'inspirait une belle confiance. Une fille qui n'aurait pas intérêt à poursuivre une soirée en privé serait déjà passée en mode défensif. Je n'osais rien dire, de peur de gâcher ma lancée.

... Plus que quelques mètres !

— T'habites pas loin ?
— C'est une façon de le dire. Tu vois le balcon rouge ? Juste derrière les...
Mais ma phrase n'a jamais abouti, interrompue par mon téléphone qui s'était mis à crier à pleins poumons.

NOOOOON !

Le nom qu'affichait l'écran illuminé m'a fait grimacer. J'ai décroché dans un soupir.
— Éric ? Dépêche-toi, je t'attends au bar !
— Stéphane, tu tombes assez mal...
Mais l'enquêteur a raccroché avant que je puisse ajouter le moindre mot ; une nouvelle tradition familiale, apparemment, qu'il avait dû apprendre de ma mère.
— Tout est correct ?
— Pas vraiment, non... C'était mon oncle.

— Oh non ! Il lui est rien arrivé, toujours ?

— Je sais pas. Je… je m'excuse, Julie, mais je dois y aller.

— Ben non, excuse-toi pas ! Je comprends, vas-y.

À ce stade-ci de notre aventure, aucun de nous ne semblait connaître la bonne convention sociale à adopter pour ce genre d'au revoir. Durant quelques secondes d'hésitation, nos regards se sont amusés à se fuir. Mais le temps pressait et j'ai dû trancher.

— Bon, bien, on s'appelle !

Je n'avais pas l'intention de me retourner ni rien, mais Julie avait apparemment un autre plan : elle m'a laissé prendre de l'avance avant de me rattraper.

— Mathieu, attends.

Toujours étranger au son de mon nouveau prénom, j'ai bien failli ne pas m'arrêter… jusqu'à ce qu'elle m'accroche l'avant-bras. Sans rien dire, elle m'a attrapé par la nuque, en douceur, refermant son autre main sur mon gilet. Elle s'est hissée sur la pointe des pieds et a déposé un léger baiser au coin de mes lèvres.

WOUUUUUH !

— À bientôt.

Je l'ai finalement laissée, un pincement au cœur, puis je suis monté dans le premier taxi que j'ai croisé. Comme le chauffeur s'avérait un homme compréhensif, il a accepté de me conduire au bar le plus lentement possible, avant de m'imprimer un reçu des plus salés. Rendu devant Stéphane, je planifiais de lui tendre la facture de cette gentille revanche, bien qu'une fois de plus, mes plans n'eussent pas fini de changer.

En ouvrant la porte du bar, j'ai bien cru avoir une syncope. Une véritable foule d'enquêteurs et de policiers s'étaient rassemblés sous l'invitation de mon détective, et plus encore tentaient de se joindre au groupe, reconnaissant l'homme maintenant célèbre qu'ils avaient dû voir au bulletin de nouvelles. C'était mon signal pour déguerpir, mais avant que je ne puisse fuir à toutes jambes, mon oncle m'a agrippé au passage, me traînant jusqu'à la table d'honneur où mon père nous attendait.

— Éric ! Je me demandais si t'allais venir.

— Hey ! Papa... tu fêtes aussi ou c'est déjà ton heure du dodo ?

Je fulminais, mais ma flèche a traversé la pièce sans que personne ne s'y pique. Ce n'était pas que j'avais encore une dent contre mon paternel pour m'avoir accablé du rôle de chaperon, mais il ne m'arrivait pas souvent de m'immerger dans une pareille foule. Avec la musique qui jouait à tue-tête et les fortes haleines fermentées de tous ceux qui s'approchaient pour me saluer, il ne m'en a pas fallu plus pour être pris d'un horrible tournis.

— Ben voyons donc ! Ça s'est pas bien passé pour le reconduire, mardi passé ?

— Oui, oui... j'imagine.

Une grosse main d'homme est alors surgie de nulle part pour nous interrompre. Revoyant d'instinct celle de Ramirez qui m'avait presque défiguré, j'ai failli sursauter. Au lieu de m'étrangler, celle-ci s'est contentée de cogner une gigantesque bière sur le bois dur de la table.

— Tiens, mon gars !

Une bonne tape sur l'épaule, puis le vieux tenancier a fait un clin d'œil complice à Stéphane. Celui-ci lui a ensuite tendu un billet de dix dollars dont il ne reverrait jamais la monnaie.

— Bon... Tu disais, papa ?

— J'allais te dire que je dois remplacer un autre collègue demain matin. C'est le temps des vacances, tu sais ce que c'est... Ça te dérange pas de me dépanner encore ?

Gé-ni-al...

Je n'ai pas osé mentionner mes autres plans. Peut-être mon père aurait-il admis que sauter une jolie journaliste prévalait sur toute chose, mais il aurait aussi bien pu décider de me sermonner sur la valeur de la famille ou, pire — et on ne veut jamais risquer d'entendre ça ! —, sur les sacrifices hormonaux que lui-même avait dû consentir à la suite de ma conception. J'allais donc lui donner raison lorsque mon oncle favori est venu me servir la meilleure excuse pour éviter le volant :

— Embraye, Éric ! Bois ta bière, qu'on fête un peu !

Sans hésiter, j'ai soulevé l'énorme bouteille avant de m'en verser près du quart dans le clapet.

— Bravo, mon fils... très brillant.

Une mince coulisse couleur de blé m'a perlé la bouche jusqu'au menton, provoquant une certaine tension autour de la table. Tous me fixaient étrangement, comme si chacun avait suivi notre conversation et attendait maintenant ma réponse... À moins que ce ne soit autre chose qui piquait ainsi leur curiosité ? Oh oui ! L'instant suivant, mon estomac s'est soulevé d'un trait, puis c'est sans prévenir que j'ai craché un large jet de bière chaude comme de la pisse : les rires ont éclaté à l'unisson, des chaises sont tombées à la renverse et Stéphane lui-même n'a pu retenir quelques larmes d'hilarité.

— Une bière tablette ! Très drôle, les gars...

Le délire de mon public en boisson s'éternisait, inépuisable. J'en ai profité pour aller me laver le visage aux toilettes et réfléchir à une nouvelle riposte contre ce piège que me tendait mon père.

Je lui avais fait signe de patienter, mais en vain : quand je suis ressorti des toilettes, tout propre et armé d'arguments, le paternel avait déjà disparu... Sur son siège, il ne restait qu'un gribouillis sur une serviette de table : « Je te rembourse le taxi ! » La farce ne m'amusait plus du tout et j'ai senti monter la colère. Quel âge me donnait-il pour encore me traiter comme un enfant ? J'étais le Rouge-Gorge, moi, et je méritais le respect ! Combien d'hommes avait-il tués, lui ? Combien de femmes ?

Sauf que le crier n'aurait servi à rien, sinon à me faire tirer à bout portant... Je me suis donc rassis sous les derniers applaudissements de certains, et c'est en me joignant aux rires que j'ai commandé une seconde bière. Bien froide, celle-là.

J'écoutais les histoires d'adultère des nombreux policiers d'une oreille distraite. Ailleurs dans ma tête, je revoyais défiler les pages de mon vieux recueil de fabliaux. Dans ces saynètes-ci, toutefois, les chapelets avaient été remplacés par des étuis à pistolets et, les proses, par des contractions de biceps. Vraiment, l'art du quiproquo venait d'atteindre de nouveaux sommets !

Cons comme des couilles...

Aussi j'en perdais d'autres segments parce qu'aux cinq minutes, mon regard fuyait vers ma montre, pris par la pensée qu'une femme, la première depuis longtemps, m'espérait peut-être encore quelque part, chez elle, seule dans son lit... ou souffrais-je seulement d'une surconsommation de notre culture populaire ? Julie, elle, allait bientôt me prouver qu'elle appartenait réellement à une classe à part.

— Bon, bien moi, j'vais devoir y aller, mon *chum* !

— Même chose pour moi, *boss*... Merci de l'invitation !

— C'est parfait, les gars ! Merci d'être passés.

Peu à peu, tous ont fini par se retirer, de sorte qu'aux alentours de 2 h du matin, il ne restait plus que mon oncle et moi, de nouveau seuls dans un bar endormi. Ti-Guy commençait déjà sa fermeture, frottant ici et là à coups de vieux chiffon. En attendant qu'il nous somme de partir, nous avons décidé de nous essayer au billard. Stéphane n'en était pas à ses premiers « essais », et comme de fait, il allait me servir toute une leçon. C'était d'autant plus fâcheux étant donné l'état dans lequel se trouvait mon compétiteur : il s'était envoyé à lui seul près d'une bouteille entière de sa liqueur préférée, sans compter toutes les pintes de bière qu'on avait dû lui payer. Le problème, c'est qu'une fois entre nous et sans personne à impressionner, l'ivresse a rouvert la porte à sa déprime. L'ami souriant et festif avait quitté le bar avec ses collègues, laissant la place à l'enquêteur misérable qu'il s'était efforcé de cacher.

Impossible pour moi de déduire la cause de cette nouvelle crise, vu tout ce que je lui avais déjà offert. De toute façon, Stéphane gardait le silence, alors je n'ai pas insisté : s'il n'avait pas envie d'en parler, ce n'est certainement pas moi qui m'enliserais dans sa psyché sans raison.

Quand le confort a tiré sa révérence, nous avons décidé de le suivre. Nous nous dirigions vers la porte, toujours muets, les mains dans les poches, quand un vieil homme est entré dans un grand boucan, nous bousculant presque au passage. Vêtu en clochard, il empestait la sueur et la pisse, toussant et râlant en direction du bar tandis qu'il comptait sa monnaie.

— Hey, *barman* ! Donne-moé une Bud !

— Désolé, mon gars. On est fermé, reviens demain.

— *Bullshit* ! Y reste encore quatre minutes avant 3 h ! Sers-moé ma bière !

Guy en avait vu d'autres, bien sûr, et c'est avec calme qu'il planifiait gérer la situation. Mais lorsque j'ai lancé un regard interrogateur à mon oncle, cherchant à savoir s'il valait mieux attendre avant de sortir, celui-ci avait déjà pris une décision. Les poings serrés, Stéphane marchait vers le sans-abri d'un pas ferme.

— Embraye, hostie ! Je sors pas d'icitte sans ma bière !

Du moins, je présume que c'est ce que le clochard s'apprêtait à dire, car il n'a jamais eu le temps de finir sa phrase : mon oncle l'a rejoint par-derrière et attrapé par la gorge, lui coupant net le souffle. Trop faible — ou était-ce par lâcheté ? —, l'homme s'est laissé tomber au sol, mou comme un linge. Guy a fait mine d'intervenir, mais le détective avançait déjà vers la sortie, traînant sa victime par une poignée de ses cheveux sales et gras.

J'ai figé sur place, trop surpris pour dire quoi que ce soit. Stéphane est passé sous mon nez sans me regarder, m'ignorant aussi bien qu'il faisait fi des insultes que lui crachait le vieillard en furie.

La porte s'en est allée danser au vent quand l'enquêteur l'a finalement ouverte, et un Ti-Guy inquiet a suivi Stéphane dehors, maintenant décidé à raisonner son fidèle client. J'ai bougé à mon tour, m'approchant du seuil pour ne rien manquer, fasciné.

— Laisse-le faire, Stéphane ! Ça vaut pas la peine !

— Lâche-moé, christ de mongol !

Mais l'alcool l'avait enfin piégé, et mon oncle n'entendait plus personne. Je parvenais mal à comprendre la situation, car cette nuit-ci s'était pourtant déroulée dans le plaisir. Fallait-il croire qu'il ne s'agissait que d'une question de temps ? De malchance ? Le sans-abri m'aurait avoué que oui.

Stéphane a levé son poing loin derrière lui, tenant le clochard bien en joue, et voilà. Tout allait débouler : l'officier en boisson allait commettre une agression et c'en serait fini de mon rival, la pression l'achevant en moins de deux. Je continuerais d'errer encore quelques mois, espérant trouver un nouveau sens à mes actes, et c'est à moi que viendrait ensuite s'en prendre cette même déprime, implacable, elle qu'aucune victime n'aurait suffi à rassasier.

Les secondes défilaient ainsi au ralenti, mettant la table à l'impact du coup, jusqu'à ce qu'un subtil détail vienne déranger le cours des choses : au loin, à vingt ou trente mètres de nous, une série de sons singuliers a retenti. J'ai tourné les yeux vers le bruit, et tout ce que j'ai eu le temps de voir fut l'enseigne imprimée sur la camionnette dont on venait de claquer les portières. Cette enseigne, qui s'étirait sur tout le flanc du véhicule, c'était celle de notre principale station de télévision…

— Ah… la TABARNAC !

Stéphane s'arrêta de justesse.

— Quoi qu'y a ?

— C'EST LA TÉLÉ !

Je l'ai saisi par le bras et ramené de vitesse à l'intérieur tandis qu'il s'emmêlait les pieds, confus à souhait. Déjà à mi-chemin entre la camionnette et notre position, un cameraman courait à toute allure, équipé d'un arsenal complet. À ses côtés coursait également sa patronne, ma chère Julie Villeneuve, micro à la main.

— Guy ! Barre les portes !

— C'est fait !

Sans réfléchir deux secondes, j'ai caché mon oncle dans le placard à balais. Il peinait à se tenir debout, étourdi par l'alcool, mais au moins, dans cet état, il ne risquait pas de protester. J'ai jeté un œil entre les rideaux tirés, et ç'a suffi pour me confirmer le pire : Julie a tendu un billet de vingt dollars au clochard qui l'a remerciée avant de partir, le sourire fendu jusqu'aux oreilles. Elle m'a surpris à l'épier en se retournant. Je me suis éloigné de la fenêtre.

— T'as une idée pour la suite, fiston ?

— Non, mon Guy... J'espérais que t'aies déjà fait ça !

— Cacher un policier bourré avec mes guenilles pour lui éviter la première page du journal ? Ha ha ! Non, mon gars...

— Ouais. Moi non plus, je vais te dire.

Au même instant, ma cuisse s'est mise à vibrer, agitée par le téléphone cellulaire dans ma poche. Évidemment, c'était Julie qui m'attendait à l'autre bout du fil. J'ai décroché, candide, désireux de savoir ce qu'elle avait à dire pour sa défense.

— Hey, Julie... tu dors pas ?

— Essaie pas, beau brun, je pense qu'on a fini de jouer.

— Ouais, il paraît... T'appelles pour m'acheter moi aussi, ou ça coûte moins cher de juste me manipuler ?

— Tu peux ben parler ! Te servir de ton oncle pour te taper la belle journaliste... C'est pas tellement mieux, tu sais ? Moi, c'est mon travail.

À mes côtés, Guy me regardait d'un drôle d'œil, se demandant si c'était bien avec notre traqueuse que j'échangeais ces mots, et comment c'était même possible. Il a chuchoté :

— Toi, mon Éric, t'as beaucoup de choses à m'expliquer...

— Je sais. Donne-moi une minute.

Pendant ce temps, on pouvait entrevoir la silhouette fouineuse de Julie, tentant de discerner ce qui se passait de l'autre côté des minces rideaux rouges.

— Fait que tu me proposes quoi, là ? On est dans une belle impasse.

— Tu me laisses entrer. Pis quand j'en ai fini avec ton oncle, on reprend notre soirée où on était rendus ?

— Intéressant... mais non. Tu mènes tes reportages comme tu veux, mais tu fais ça loin de moi. J'avais pourtant été clair.

— Une fille s'essaye !

— Bonne nuit, Julie... À bientôt !

— Ha ! Belle confiance... Bonne nuit.

Elle a raccroché, puis s'en est retournée à sa camionnette avant de démarrer tranquillement. Enfin seuls, on a pu rallumer les lumières et s'asseoir un peu, le temps que j'explique à Ti-Guy le fin fond de cette histoire... Oh ! Et on a sorti Stéphane du placard, aussi. Il cognait des clous, avachi sur un seau et hébété devant ce qui venait de lui arriver.

— Fait qu'elle a aucune idée de ton vrai nom, ni rien ?

— Pas encore, on dirait.

Guy a éclaté d'un rire épuisé, mais bel et bien diverti. Je m'étais évidemment gardé de tout lui raconter, évitant les passages où je rapportais réellement à Julie les problèmes de mon oncle, même s'il allait sans doute tirer ses propres conclusions. Quoi qu'il en soit, j'étais convaincu de pouvoir compter sur sa discrétion auprès de Stéphane, ou encore si ma journaliste se présentait à lui.

— Assure-toi juste d'une chose, Éric : blesse pas ton oncle là-dedans. C'est une bonne personne qui passe juste un mauvais quart d'heure. Tout le monde passe par là un moment donné.

— Promis.

On s'est serré la main, et c'est un détective quasi somnambule que j'ai ensuite conduit à sa voiture, devant presque le soulever par moments.

Après l'avoir littéralement bordé dans son lit, j'ai pris le chemin de la maison, troublé. J'avais toujours su ma journaliste capable de grands accomplissements et je me réjouissais qu'elle ne me déçoive pas, mais de là à me réveiller brusquement au centre de sa toile si habilement tissée, piégé depuis le départ... Après Ramirez, et maintenant Julie, il faudrait que je commence à estimer mes adversaires à leur juste valeur.

Avec tout ça, il y avait un bail que je n'étais pas sorti me dégourdir les ailes et refermer les serres sur l'une ou l'autre des proies potentielles qui figuraient encore sur ma petite liste du moment. Je désirais aussi ne pas faire languir Stéphane et son escouade trop longtemps, ce qui m'a motivé à orchestrer mon prochain coup à même son territoire à haute surveillance, soit le Plateau-Mont-Royal, et ce, malgré mes standards.

La prestation s'annonçait d'une complexité inouïe, puisque ce quartier n'hébergeait qu'une minime proportion de ma clientèle cible. Je me voyais forcé de sélectionner un nouvel élu une fois sur place, sans recherche ni raison. Je ne devais pas non plus oublier les dizaines d'officiers en civil qui patrouillaient dans les rues à ma recherche ; il m'aurait été fatal de m'en prendre à l'un d'eux par mégarde.

De plus, à cause de la récente descente médiatique de Julie, j'angoissais constamment à l'idée qu'elle et ses vicieux instincts puissent m'attendre quelque part, cachés derrière je ne sais trop quel buisson, dans l'espoir que je la conduise jusqu'à mon oncle... En d'autres termes, pour un gars qui espérait un défi à la hauteur de ses moyens, c'en est tout un que je m'étais dégotté !

En y repensant bien aujourd'hui, peut-être aurait-il été plus sage pour moi de patienter quelques jours supplémentaires et de mieux me préparer. Ou carrément d'abandonner l'idée... Pas que le résultat final m'ait déplu, mais si d'autres avenues auraient certainement terni la saveur de mon triomphe, il reste que je ne serais pas passé si près de me faire pincer...

Puisqu'il le fallait bien, j'ai remémoré les événements du bar au principal intéressé, en omettant de mentionner ce que j'avais confié à Ti-Guy. Peut-être que Stéphane aurait préféré l'oubli à la honte, mais ainsi, je pouvais espérer qu'il éviterait ma nouvelle antagoniste comme la peste. Et si elle essayait de lui révéler mon secret, les chances qu'il la croie sur parole flirtaient avec la nullité. J'ai ensuite repris l'entraînement, peu à peu, faisant pleinement confiance au programme qui m'avait déjà permis d'affronter Ramirez, et de lui survivre. L'horaire matinal causa moins de dommages à mon organisme que la première fois que j'y avais adhéré, et mes muscles endormis ne souffraient plus aussi longtemps. Mine de rien, je devenais plus fort, physiquement, et ça n'avait rien pour me décourager.

Presque chaque soir, après les enchaînements d'exercices et d'étude, je me déplaçais sur les lieux de ma future scène de crime pour en noter les qualités comme les défauts. D'une terrasse à une autre, alternant entre bars et cafés, je m'attablais devant mon ordinateur et guettais mes traqueurs, patient. C'est d'ailleurs à ma grande déception que j'en eus rapidement identifié plus d'une demi-douzaine, arpentant les trottoirs et rôdant autour des passants dans la plus suspecte des discrétions. Par moments, j'avais peine à croire l'amour inconditionnel que je portais encore à certaines téléséries policières, elles qui, soir après soir, présentaient d'incroyables cerveaux analytiques, tandis que nos détectives à nous, dans le monde du réel, se rapprochaient bien plus de n'importe quel détenteur d'un D.E.P. en maçonnerie…

Ils paradaient tous là, devant moi, émetteur à l'oreille et calepin à la main, essayant tant bien que mal de décoder les comportements des passants. Belle ironie : j'en faisais tout autant de mon côté, souvent perché à quelques mètres à peine de leur tête. Lorsque la nuit tombait enfin, ces drôles de moineaux s'appropriaient chacun une parcelle du territoire pour m'y attendre, motivés par l'espoir de m'apercevoir courant et sautant sans retenue, coiffé de mon capuchon et la peau noire, s'il vous plaît !

Décidément, ils n'avaient rien compris du tout, car j'allais frapper sous peu, bien entendu, et en plein cœur du secteur, mais uniquement parce qu'eux s'y tenaient déjà aux aguets, et pas l'inverse. « Le Rouge-Gorge *pourrait* être un artiste frustré du Plateau », avais-je suggéré à Stéphane — quel imbécile irait comprendre qu'un tel idéaliste voudrait s'attaquer à ses pairs ? Les hommes chargés de nous protéger, il faut croire…

Trois petits jours de préparation, de mascarade et d'attente plus tard, j'ai décidé que j'en avais assez vu : le temps était venu pour mes courtisans de me recevoir, et je me sentais fin prêt à leur livrer la marchandise. J'ai donc fermé les livres d'école, rassemblé tous mes effets, puis je me suis mis en route pour le théâtre, un nouveau survêtement sous le bras. Celui-ci, plus léger, convenait mieux à la chaleur étouffante de l'été. Sa couleur bourgogne n'égalerait jamais l'écarlate que j'arborais dans mes rêves les plus fous, mais déjà, on tenait là une tenue plus évocatrice qui servirait bien cette nuit très spéciale.

L'excitation de ce retour au travail se voyait doublée par la pièce à laquelle j'avais choisi d'assister pour l'occasion.

Je la connaissais fort bien. Il s'agissait d'une création collective écrite et produite par la cohorte de finissants de mon collège, du temps de ma première année en administration. Selon mes souvenirs, les thèmes de l'œuvre avaient tendance à en déprimer plus d'un, ne manquant pas de souligner l'hypocrisie de notre société face à l'homophobie, au racisme et à d'autres idéologies perverses qu'elle tolère malgré son discours bien-pensant. L'iniquité des classes s'y voyait également exploitée, et le spectateur moyen en ressortait généralement choqué, pris d'une nausée gênante devant ses propres convictions.

La représentation avait subi plusieurs changements rafraî-chissants, notamment du côté de la distribution. Mais comme dans toute bonne pièce de ce genre, créée dans la collectivité, personne n'avait songé à alléger certains rôles, voire à en sup-primer quelques-uns, sapant du coup la crédibilité du projet. Quoique, pour mieux en juger, il m'aurait fallu rester jusqu'à la toute fin : une fois l'entracte annoncé, je dus filer en douce.

À l'extérieur du théâtre, je gardai le profil bas, caché au centre d'un groupe de fumeurs. Ma montre me tirait par le bras, me rappelant l'indiscipline qui avait failli gâcher ma dernière danse, mais je ne désirais pas plonger la tête la première non plus : Julie savait où j'habitais et elle pouvait fort bien m'avoir suivi jusque-là. La dernière chose dont j'avais besoin, c'était de me retrouver piégé, coincé en sandwich entre la police et les médias. J'ai donc scruté l'horizon, puis assuré mes arrières… Rien à signaler ? Je pouvais déguerpir.

Atteindre le Plateau m'a demandé près d'une quinzaine de minutes. J'y ai pénétré par la rue Saint-Denis. J'ai ensuite piqué vers l'est sur Mont-Royal, où un immense terrain de jeu s'ouvrait à moi : à mesure que j'avançais, je croisais ruelles et racoins, pris d'assaut par une jeunesse insouciante venue s'approprier les bars et les bistros de la communauté artistique. C'en était tel qu'au final la crainte de ne pas trouver de candidat adéquat m'a bien vite quitté. J'ai bifurqué dans un passage étroit et désert avant de finalement me camper dans l'obscurité, prêt à surgir.

Le premier à se présenter devant moi ne m'a pas convaincu. Non seulement parlait-il au téléphone, ce qui aurait laissé au large un témoin auditif, mais la conversation qu'il y tenait semblait légitime. C'était quelque chose au sujet d'un projet humanitaire, et ce type me donnait l'impression d'y voir avec honnêteté. Alors je l'ai laissé filer, confiant de dénicher moins valeureux. Mais quand j'ai vu qui auditionnait après, je ne l'ai pas trouvé drôle : un père de famille, à peine plus vieux que moi, faisait avancer avec maladresse une poussette contenant son fils endormi sous les couvertures. Sans doute essayait-il seulement de rentrer chez lui à la suite d'une longue soirée passée au parc, tentant de contourner le boucan des grandes rues festives pour ne pas réveiller son jeune enfant...

Je pouvais facilement m'imaginer mon propre père, quelque vingt années plus tôt, imiter cet homme pour m'accommoder. L'idée de le tuer m'a donc quitté l'esprit en vitesse ; ce genre de traumatisme infantile crée de dangereux psychopathes. Allais-je risquer qu'un futur Dexter Morgan revienne venger le meurtre de son père dans quelques décennies ? Non merci. Cependant, la validité de mon alibi s'émiettait et, il faudrait bien m'y résoudre : je ne trouverais pas le sans-dessein idéal dans ce quartier... jusqu'à ce qu'on exauce mon souhait.

Salut, toi !

Un troisième passant s'est alors manifesté. Une femme, cette fois. Dans les rondeurs, elle me rappelait la grosse Joëlle, ma toute première victime. Elle se dandinait aussi de manière identique, comme si jamais personne ne lui avait enseigné l'usage de ses genoux. Pour compléter l'illusion, cette Joëlle 2.0 parlait toute seule, grommelant dans un charabia pas plus cohérent que celui de sa sœur spirituelle, ce qui nous a enchantés sur-le-champ, ma montre nerveuse et moi-même.

Sans plus attendre, j'ai sorti l'arsenal : une toute nouvelle lame de prisonnier fraîchement assemblée. Le capuchon relevé, les lunettes fumées sur le nez, et me voilà prêt. Plus léger qu'à mon habitude, j'avais abandonné le port de la cagoule au profit d'un petit foulard pour davantage de confort en ces temps chauds. Même chose pour les claques et le sac à ordures qui étaient restés à la maison, car l'expérience Ramirez m'avait appris qu'un vêtement absorbait suffisamment en cas de dégâts... à condition qu'il ne soit pas déjà saturé de ma sueur ! Quant aux claques qui m'avaient déjà rendu un fier service, pourquoi en aurais-je encore besoin ? Le sol sec et rigide ne retiendrait jamais les empreintes de mes pas et, de l'oisillon qui volait à ras le sol au printemps, j'étais devenu un véritable maître de mon environnement, capable de plonger sur mes proies sans qu'une feuille ne tremble. Le temps était venu de retirer mes petites roues d'entraînement...

Quand j'ai relevé la tête, Joëlle 2.0 se trouvait déjà à plus de cinq mètres de moi, mais au moins, elle me tournait désormais le dos. C'était parfait, à l'exception qu'il ne lui restait plus qu'une infime distance à parcourir avant d'atteindre la place publique, et d'ainsi sortir de ma portée. Je me suis redressé, et c'est avec la finesse d'une araignée que je me suis avancé, déposant doucement mes petites pattes pointues sur l'asphalte dur, les unes après les autres, et m'assurant que mon ombre projetée au mur ne rejoigne pas le champ de vision de mon œuvre en devenir.

Elle était là, à tousser et à grogner devant moi tandis que, du bout du nez, je parvenais à sentir le parfum lourd et humide de son haleine portée par la brise, trace des horribles aliments frits qu'elle devait engloutir au quotidien. J'ai tendu le bras, savourant pleinement le déploiement de chaque articulation, et j'ai serré le manche de ma dague brandie comme s'il s'était agi de la gorge même de ma victime que je tenais en mire. J'ai humé de nouveau, les yeux mi-clos, puis vint enfin ce moment que j'espérais tant, ce court instant si spécial et particulier qui se cristallise tout juste avant de donner la mort : vos sens se libèrent, votre corps se relâche, et vous jureriez qu'un ange est descendu des cieux pour vous porter. Vous vous envolez lentement, en suspens, un peu comme dans une montagne russe, en équilibre au sommet face au vide. La gravité vous aspire ensuite, vous entraînant dans la descente.

C'est drôle, parce qu'à bien y penser, on croirait que c'est plutôt moi qui valsais avec la mort à cette heure. Quoique les deux sentiments se rapprochent ; j'allais l'expérimenter ensuite. Le seul bémol à ce genre d'épiphanie, c'est qu'en l'espace de quelques secondes, elle vous laisse totalement vulnérable à la réalité qui vous attend en bas. Et je l'ai appris à la dure ce soir-là, puisqu'au lieu de flotter jusqu'à ma victime, une de mes fines pattes d'araignée s'est posée sur un caillou… et j'ai glissé.

En une fraction de seconde, tout a basculé : Joëlle 2.0 a fait volte-face, alertée par le grincement de la pierre, et avant que j'aie seulement la chance de comprendre la situation, elle a bondi vers l'arrière, tombant avec fracas sur son pare-chocs

énorme et flasque. Dans un même effort, l'ogresse s'est épou-
monée d'effroi, la gueule portée vers le ciel :

– LE ROUGE-GOOOOORGE !

La scène m'a pétrifié. Et pas seulement parce que les cris
m'avaient surpris. Non… de mémoire, c'était la première fois
que je prenais réellement le temps de goûter à mon crime, de
m'en imprégner pleinement et d'y trouver mon compte comme
je m'étais promis de le faire à la suite de mon initiation. C'était
une chose que de placer un mort et de jouer dans son sang
comme je le faisais depuis le début, mais c'en était une autre
que d'anticiper l'acte en soi, d'en vivre chaque seconde et de
le savourer… Le travail, c'est pas mal, mais il faut savoir en
tirer du plaisir. Autrement, on s'en lasse, et c'est à ce moment
que surviennent les erreurs de mollesse… En gros, si j'ai figé
de la sorte, c'est que je parvenais mal à m'expliquer pourquoi
c'était au plus fort de ma passion que je me retrouvais aux
portes de la négligence.

Eh merde…

Quoi de mieux pour me sortir de ma torpeur que le rugissement strident d'une sirène de police ? Provenant de toutes
parts, un écho porteur de mauvaises nouvelles résonnait à mes
oreilles : on avait entendu les cris et lancé la cavalerie.

… COURS !

Un tintamarre de bottes driblait à mes oreilles, annonçant
le peloton de policiers qui coursait déjà en direction des hur-
lements. Je les ai imités sans plus attendre et j'ai pris mes
jambes à mon cou. Mais les chiffres jouaient contre moi,

et réussir à tous les semer relevait du fantasme. Toutes mes cartes étaient-elles jouées ? Oui… à moins qu'ils ne puissent pas m'associer à leur description du Rouge-Gorge.

Sans ralentir la cadence, j'ai arraché lunettes et foulard, avant d'enrouler mon poignard dans celui-ci et de tout fourrer dans un sac de toile beaucoup trop délicat pour la cause. Je me suis ensuite engagé dans une allée sur ma gauche, déboussolé, puis dans une deuxième sur ma droite. Ne me restait plus qu'à m'extirper de ce foutu kangourou… Je comptais les secondes, paniqué, parce que ma tête se refusait à passer le col. Un instant, j'ai même cru que c'est ainsi qu'on me retrouverait, suffoqué, au sol, pris dans un chandail. Je l'ai finalement forcé, le déchirant sûrement, puis je l'ai enfoncé dans mon sac qui a fendu à son tour.

— Trouvez-le ! Y est par ici !

Les pas se rapprochaient, à l'est comme à l'ouest, et cette maudite ruelle ne possédait pas le moindre escalier de secours. Pouvais-je emprunter les égouts ? Pas une option. Je pouvais toujours miser sur l'escalade, mais impossible d'atteindre les toits avant qu'on ne me repère, en admettant qu'on ne me tire pas dessus avant.

Pense ! Pense ! Pense !

Un conteneur à déchets se trouvait face à moi, adossé au mur et monté sur palettes. J'ai baissé les yeux sur mon sac, puis ça m'est venu sans réfléchir : j'en ai ressorti ma lame et j'ai tassé le reste sous l'immense poubelle. Avant de changer d'idée, je me suis positionné à côté d'un trou d'homme, j'ai appuyé le verre contre ma peau, puis je me suis tranché la gorge. Un jet rougeâtre a giclé sous mes yeux avant que mon cou, suivi de ma poitrine, ne se réchauffe au contact de l'épais coulis qui déferlait de ma plaie brûlante.

Ah ! Tiens… Intéressant.

Je suis tombé à la renverse, pris d'horribles spasmes, tandis que ma précédente sensation de vide revenait peu à peu. Les formes s'estompaient autour de moi et j'ai failli perdre connaissance. En reposant ma tête, j'ai entrevu le couteau que je serrais encore entre mes doigts rouges, ma lame toute vierge que j'avais osé souiller de mon propre sang… Dans un dernier tour de force, je me suis étiré jusqu'à la bouche d'égout et j'ai laissé tomber le verre dans une de ses fentes.

Lorsque la police m'a enfin découvert, je planais déjà ailleurs. La seule image que j'ai vue ensuite, si ce n'en est pas une que mon cerveau avait fabriquée, c'est celle de mon oncle Stéphane, le regard dévasté, qui bouscule un mur d'officiers pour venir assister les ambulanciers qui entament le massage cardiaque. Après ça, que du noir. Ou du blanc, je ne sais plus… Mon ange saurait mieux décrire la scène.

— Julie ? Julie, vous m'entendez ? Je pense que je vous perds.

— Oui, Pierre, un petit instant !

— Dites-nous ce qui se passe, Julie ! Êtes-vous sur les lieux ?

Impuissant sur son plateau de télévision, Pierre avait été appelé d'urgence pour présenter ce bulletin improvisé. Sans moniteur ni coiffeur, il tenait l'antenne comme il le pouvait, juché sur le bout d'un siège inconfortable qu'on n'avait pas eu le temps d'ajuster. Son teint pâle trahissait sa fatigue, de même que ses cheveux en broussaille. La lumière aveuglante des projecteurs se réfléchissait sur la sueur de son front sans poudre, puis se perdait autre part, absorbée dans les crevasses asymétriques de sa vieille peau.

— Julie !

Pierre foudroya le technicien d'un regard meurtrier, puis la communication reprit.

— Pierre ! Pardonnez-moi, il y a attroupement ici. On doit surveiller notre équipement. Vous m'entendez bien ?

— Oui, oui, ça va, je vous entends mieux. Éclairez-nous sur les événements, on croirait que la ville est en feu !

— C'est tout comme. Tout un quadrilatère a été fermé ici, en plein centre du Plateau-Mont-Royal.

Derrière la journaliste, des gyrophares par dizaines frappaient l'objectif de leur éclat. L'écran passait du rouge au bleu, puis virait au mauve. Des pointes de blanc perçaient également l'agencement, donnant un indice sur le nombre d'ambulances et de camions de pompiers qu'on avait aussi dépêchés sur les lieux. La foule grouillait par vagues, sa curiosité piquée malgré la peur. Des policiers tâchaient de la diriger à peu près, mais les uns criaient par-dessus les autres.

— Vraiment ? Ne me dites pas que c'est encore ce Rouge-Gorge qui a causé toute cette commotion !

— J'ai bien peur que oui, malheureusement. Si l'on en croit les rumeurs, le SPVM, mené par le sergent-détective Stéphane Gauthier, aurait voulu tendre un piège au tueur en tentant de prévoir où aurait lieu la prochaine attaque.

— Ah. Des rumeurs... donc, aucune confirmation de l'officier responsable ?

— Eh bien... Non. Pour l'instant, on ignore encore tout du processus qui les a menés jusqu'ici, mais vous devez me croire, je n'ai jamais vu autant de policiers au même endroit !

— C'est ce que les gens peuvent lire sur Facebook, oui...

Si Julie entendait mal le cynisme de son patron, ses lèvres pincées au-dessus du micro laissaient croire qu'elle pouvait très bien se l'imaginer. Elle continua malgré tout :

— Des unités de tous les niveaux sont là, des agents en civil, des patrouilleurs... J'ai même vu tout à l'heure ce qui ressemblait à une unité antiterroriste.

— Alors, voilà ! Enfin quelque chose de concret ! La Ville prouve à ses citoyens qu'elle est prête à déployer toutes les ressources nécessaires pour la protéger.

Le bon rapport avait détendu le présentateur, qui se permit de relâcher ses épaules jusque-là voûtées. Il poursuivit d'une voix plus claire :

— Sait-on au moins si un suspect a été appréhendé ?

— C'est dur à dire pour l'instant, Pierre. Tout le monde court partout et je n'ai pas l'impression que je pourrai apostropher qui que ce soit pour lui poser la question. Ce que je peux vous confirmer cependant, c'est qu'on compte pas moins de deux ambulances qui sont entrées dans la ruelle derrière moi. Est-ce qu'il y aurait deux victimes ? Y a-t-il eu un autre combat ? Les mises à jour viendront au courant de la nuit.

— Hum, hum, je vois... Merci, Julie, je vous remercie de votre effort, encore une fois. Nous vous reviendrons dans peu de temps pour davantage d'information, si vous en avez. D'ici là, restez des nôtres, à la maison, puisque après cette courte pause, le docteur Müller, un historien qui se spécialise dans les crimes contre l'humanité, sera avec nous pour nous parler de son dernier ouvrage lancé le mois dernier.

Jingle.

Planté sur la chaussée depuis de trop longues minutes, Antoine, le cameraman, secouait ses jambes pour en chasser les crampes. Il décrocha le lourd appareil de son épaule engourdie, puis le déconnecta du réseau en attendant les prochaines instructions.

— Qu'est-ce qu'on fait, Julz ?

— Je sais pas. On n'aura pas d'entrevue ce soir... en tout cas, pas moi !

— Tu veux que j'aille piquer quelque chose ? Le gars de TV4 barre jamais son camion...

— Quoi ? Non ! T'es con.

— Comme tu veux ! Au pire, on s'est toujours pas servis de notre matériel de l'autre soir au bar. Tu penses pas que ton détective par-lerait plus si on lui en glissait un mot ?

— Non, non, non. On n'a rien capté, pis son neveu a dû le prévenir. T'as pas des fils à rouler quelque part ? J'essaie de réfléchir.

Le trentenaire adolescent s'éloigna, nonchalant dans sa « tuque d'été ». Il avait fait son travail, et c'était bien tout ce qui comptait à ses yeux. Les journalistes, les criminels... tout ce beau monde venait et repartait. S'il avait fallu que les techniciens s'arrêtent à tout bout de champ pour se soucier de leurs petits malheurs à tous, il y aurait longtemps que les stations de télévision auraient remplacé leurs bulletins de nouvelles par des captures redirigées depuis un fil d'actualité Twitter.

Quant à Julie, elle en avait assez entendu. La journaliste appelle-rait la régie pour les prévenir, avant de rentrer chez elle. Qu'elle le veuille ou non, il y avait assez de vidéastes amateurs sur place pour tout rapporter avant que le chef d'antenne ne daigne lui revenir. Sa meilleure chance d'obtenir une exclusivité ? Errer en ville jusqu'à ce que le Rouge-Gorge la choisisse à son tour comme victime. Si par chance elle survivait à l'attaque, elle pourrait peut-être donner son premier vrai reportage en quatre mois, la gorge pansée, étendue sur une civière à l'arrière d'une de ces ambulances.

Julie s'impatienta en voulant détacher son oreillette. Elle tira dessus comme s'il s'agissait d'un fil de coton décousu qu'il aurait suffi de casser. Mais le petit appareil n'allait pas céder, passé sous ses vêtements et épinglé au tissu. La journaliste insista, motivée par le besoin urgent de se défouler. Elle tira de nouveau, grogna, puis se tortilla avant de se rendre à l'évidence : elle ne gagnerait rien ce soir-là... à moins que ses instincts ne se réveillent de leur long coma.

— Antoine ?

À force de trépigner et de gesticuler, elle avait fait fuir quelques spectateurs qui craignaient qu'elle ne les assomme par inadvertance. Son angle de vue s'était ainsi élargi, offrant à qui voulait bien regarder une vérité jusque-là gardée secrète : malgré tout le poids du contingent policier, le périmètre prétendument protégé autour du quartier n'était pas étanche.

— Antoine !

Mais aucune réponse ne vint. Des écouteurs sur la tête, le cameraman s'était enfermé dans la fourgonnette de la station pour visionner son dernier enregistrement.

— Ah pis, qu'il mange de la marde !

Moins d'une vingtaine de mètres plus loin, une voiture avait quitté son poste entre un garage et la clôture d'un terrain adjacent. Était-ce une auto-patrouille qui était attendue ailleurs ? La voiture d'un résident inquiet qu'on abîme son bien ? Julie n'attendrait certaine-ment pas de le découvrir. Une brèche avait été créée, et qui sait quand elle se refermerait. La journaliste sortit son téléphone intelligent de sa poche et en activa la caméra.

Son reportage, elle le terminerait toute seule puisqu'il le fallait. Et si son diffuseur la snobait une nouvelle fois, eh bien soit : quelqu'un, ailleurs, paierait le gros prix pour mettre la main dessus... si personne ne la surprenait en plein délit d'infraction.

La tête basse, Julie s'engouffra dans l'obscurité.

Très peu de choses, de nos jours, parviennent encore à rallier les hommes. Amour et souffrance trônent toujours au sommet de la liste, évidemment, mais que faire quand plus personne n'appose la même définition à ces concepts pourtant vieux comme le monde ? Confronté au doute, le commun des mortels choisit donc de glorifier ce qui le différencie, le distingue de ses pairs, créant ainsi davantage de raisons de les détester. Alors on s'éloigne les uns des autres, puis on regarde mourir l'inconnu, satisfait.

Tout ça n'importe qu'à celui qui respire, car une fois le fil d'arrivée franchi, un phénomène étrange se produit : la lumière s'empare de nous, nous soulève et nous emplit d'une incroyable sensation de bien-être et de paix. D'accord, peut-être ne nous envolons-nous pas tous vers la même destination, mais au-delà de ce qui nous attend dans la mort, celle-ci nous conforte par sa nature protocolaire. C'est du moins ce dont nos revenants ont témoigné : toutes croyances et origines confondues, tous ces voyageurs affirment avoir alors vu défiler les grands moments de leur parcours sur Terre.

Se pouvait-il que ces élus nous trompent, qu'ils soient les ambassadeurs d'une hallucination collective ? En ce qui me concerne, si lumière blanche il y eut, je lui faisais sans doute dos.

Et au lieu de me hisser vers le ciel, j'ai plutôt cette drôle d'impression d'avoir longuement nagé, revisitant quelques endroits familiers. J'ai un souvenir vague du centre-ville, à deux pas du travail, du Vieux Port où j'aimais m'aventurer plus jeune... Le grand parc La Fontaine me revient aussi à l'esprit, son fameux étang, et ma rue à moi que j'avais longée des milliers de fois.

Cependant, cette drôle de sensation me fouettait plus qu'elle ne m'apaisait, m'obligeant à me débattre pour qu'on me laisse voguer tranquille. Mais une force m'en empêchait, visiblement obstinée à me garder ficelé dans les filets brûlants de l'univers du tangible, du monde du laid. Par deux fois, j'ai bien cru réussir à m'en échapper, me libérant en partie des serres de l'emplumé qui me retenaient... Non, je ne voulais pas y retourner. Je me foutais bien que ce monstre m'ait extirpé de ma médiocre existence. Je ne lui devais plus rien. Mon histoire ne connaîtrait jamais sa conclusion, et le nom d'Éric Delacroix resterait synonyme d'abandon.

... Ah oui ?

Partir de la sorte, vraiment ? Pourquoi mon père devrait-il essuyer la plus grande honte au final ? Pourquoi devrait-il découvrir que son fils menait une double vie de tueur en série, et qu'il s'était donné la mort en cours de route, incapable de résoudre les casse-têtes qu'il avait lui-même élaborés ? Quand le moment est venu pour moi de trancher, j'ai fermé les yeux, toujours indécis, léguant de ce geste les honneurs de mon jugement dernier à la discrétion de quiconque tirerait le plus fort... Mon sort scellé, cela deviendrait alors sa responsabilité, son fardeau à traîner. Mais si le verdict devait tomber en faveur de mon retour parmi les vivants, je m'engageais à lui rendre la monnaie de sa pièce.

Parole d'assassin.

Un noir opaque, hermétique.

Avant de m'inquiéter, je souhaitais d'abord comprendre où j'avais cette fois abouti. Était-ce le néant, ce fameux terminus des athées ? Mes sens ne trouvaient pas plus de réponse que moi. Un petit picotement me chatouillait de l'intérieur, sans plus, jusqu'à ce qu'un léger bourdonnement naisse enfin dans mes oreilles. Mes oreilles... En possédais-je toujours ? Il me semblait que oui. Et plus je me concentrais à écouter ce grésillement, plus il se muait en un genre de mélodie, grave et ondulante. Les notes se sont modelées, distinctes, puis des syllabes sont apparues. Qui parlait, au loin ? Ne naviguais-je pas seul, sur ces eaux troubles ?

— On l'a débranché du respirateur artificiel hier soir. Son état est stable pour l'instant... Mais on n'en saura pas plus tant qu'on n'aura pas reçu les résultats des derniers tests. Ils devraient arriver dans la prochaine heure.

— Merci, docteur. On va rester encore un peu.

À moins d'assister, impuissant, à je ne sais trop quelle hallucination, tout portait à croire que j'avais bel et bien survécu. Du moins, en partie, car il me restait encore un détail à vérifier avant de rendre mon verdict.

J'ai pris conscience de mes poumons, eux qui avaient repris du service, puis de mes narines qui se chargeaient de les alimenter. J'ai compté à rebours depuis trois, puis inhalé un maximum d'air — mon torse s'est ainsi gonflé dans un mouvement inégal, et la pression contenue a eu tôt fait de décoller mes lèvres, qui ont expulsé le tout dans un bruyant soupir.

— Éric ? Éric ! T'es là, mon chat ?

Mes yeux refusaient de s'ouvrir, décidés à me garder dans l'obscurité. Mais à force de contracter puis de relâcher les muscles de mon visage, mes paupières ont fini par s'assouplir, puis par céder : un sillon de lumière éclatante m'a giflé la rétine, brûlant les ténèbres qui m'habitaient.

— Regarde-moi, fiston. Tu peux m'entendre ?

Oui, oui, une minute...

L'image restait floue, comme pixélisée. Elle se précisait toutefois un peu plus à chaque seconde qui s'écoulait, et un portrait d'ensemble a commencé à prendre forme. Sans plus attendre, j'ai tenté de me redresser du mieux que je le pouvais, anxieux à l'idée de m'observer les poignets.

— Bouge pas, mon grand ! Tu vas rouvrir ta plaie. On est là, détends-toi...

Mais je m'en foutais. Il fallait absolument que je sache dans quel état je me trouvais, alors j'ai tout donné pour enfin vérifier la seule chose qui m'importait. Une première main m'est apparue, libre et dénudée, puis la seconde m'en a dit tout autant sur sa mobilité. En d'autres termes, personne n'avait cru bon de me menotter au lit, et le Rouge-Gorge vivait toujours, bien blotti au fond de son nid.

— Quelle plaie ?... ARGH !

Prononcer ces quelques mots m'avait envoyé une décharge de douleur dans la gorge. Je me la suis agrippée à deux mains plutôt qu'une, découvrant par la même occasion l'épais bandage qui me pansait le cou.

— Calme-toi, Éric, tout est correct... Tu t'es fait attaquer, mais t'es en sécurité maintenant !

— Il m'a tranché la gorge ?... Le Rouge-Gorge m'a ouvert la gorge ?

— Bien, euh... oui, mon chat. Mais t'es vivant pis en bonne santé, OK ? C'est tout ce qui compte.

Visiblement, ma mère supportait bien mal la situation. Elle peinait à retenir ses larmes. D'aussi loin que je me souvienne, elle avait toujours éprouvé de la difficulté à gérer quelque conflit que ce soit. Une fois son sac vidé de ses anecdotes anodines, elle ne savait plus quoi dire. Mon père ne se montrait pas plus doué, mais il réussissait néanmoins à le cacher. C'est pourquoi c'est lui qui est resté à mon chevet, le temps que ma mère sorte chercher le docteur et se moucher.

— Comment tu te sens ?

— Je sais pas... fatigué...

— Ouais... Tu nous as fait assez peur.

— Comment c'est arrivé ?

— Personne le sait vraiment. Stéphane patrouillait dans le Plateau avec son équipe quand ils t'ont trouvé. On pense que le tueur voulait s'en prendre à une femme, mais elle l'a vu pis il s'est enfui... Il a dû te frapper au passage pour... pour...

À cette image, mon père a détourné les yeux à son tour, trop ému pour ravaler son émotion, mais bien trop fier pour pleinement l'assumer. Ma mère est réapparue dans le cadre de la porte au même moment, suivie par un docteur empressé. L'expression sur son visage reflétait la surprise, tandis qu'il feuilletait une chemise bien remplie. Il s'est présenté à moi, curieux, puis a vite fait de mesurer ma tension artérielle, réaction rétinienne et de faire les autres tests protocolaires, avant de m'expliquer point par point ce qui m'était arrivé.

D'après son rapport, mon agresseur m'avait tranché la gorge de son arme artisanale, mais pas de manière assez appliquée et profonde pour atteindre les voies respiratoires. Une artère majeure avait cependant été touchée et, dans l'ambulance, les soigneurs avaient dû s'y prendre par deux fois pour me réanimer, moi qui me vidais de mon sang.

Deux fois… Je suis cliniquement mort deux fois.

Ils ont réussi à me garder en vie jusqu'à l'hôpital où l'on m'a plongé dans un coma artificiel pour mieux m'opérer. Mais je ne m'étais toujours pas réveillé depuis, sans doute à cause d'un choc psychosomatique de quelque sorte… Le pire étant maintenant derrière moi, une courte convalescence et du repos bien mérité allaient me remettre sur pied en moins de deux, m'a assuré le docteur.

— Je vais envoyer une infirmière changer votre pansement, mais la plaie se cicatrise déjà très bien, monsieur Delacroix. Vous êtes pas mal chanceux !

— Merci…

— Madame, monsieur, vous pouvez rester encore un peu, mais il serait bon qu'Éric dorme aussi. Il faut qu'il récupère.

— D'accord, on comprend ça.

Mais le docteur n'est pas sorti sur-le-champ et, malgré le sursis alloué, il est allé patienter sur le seuil de la porte pour presser mes parents. Mon père m'a serré l'épaule, ma mère m'a embrassé, puis tous deux ont pris le chemin de la maison, me promettant de revenir dès le lendemain. Pour ma part, je ne désirais pas perdre davantage de temps : quand l'infirmière est arrivée pour vérifier mon pansement, j'ai entrepris une longue séance de remue-méninges.

En quelques heures et quelques cent pas, j'ai tenté au meilleur de mes capacités de tracer le schéma des plus récents événements, leurs conséquences directes, puis leur possible influence sur la suite de mon histoire. On ne m'avait peut-être pas encore associé au Rouge-Gorge, mais on m'y lierait dorénavant à titre de victime, alors fini le temps où je pouvais feindre ignorance et indifférence face à l'affaire. Avec cette énorme cicatrice sous le menton, on me reconnaîtrait partout sur la place publique et on me poserait des questions auxquelles j'avais besoin de me préparer. Mais d'abord, je devais me rétablir et sortir de cet hôpital de toute urgence si j'espérais un jour récupérer mon attirail laissé sur le Plateau.

J'ignorais comment et pourquoi, mais si je n'étais pas déjà au cachot, c'est que la police n'avait pas encore mis la main sur mon sac ni sur ma lame. Les recherches ne pouvaient être terminées. S'ils devaient comprendre que leur tueur n'avait jamais quitté les lieux ce soir-là, on ne donnerait pas cher de mes plumes ! Je me demandais aussi ce qu'il adviendrait de ma relation avec Stéphane, lui qui m'avait secouru des griffes de l'oiseau. Me verrait-il toujours comme son égal, un allié pouvant l'épauler, ou percevrait-il en moi la demoiselle en détresse qu'il lui faudrait protéger ? Et Julie... À cette heure, je figurais forcément en première page de tous les journaux, et pour couronner le tout, elle devait maintenant connaître ma véritable identité.

Malheureusement, il ne lui restait plus de passe-droit et j'allais devoir me débarrasser d'elle. Je n'avais pas besoin d'une pareille fouineuse pouvant me lier à son enquête par les deux bouts, en plus de me savoir si bon menteur...

Quelques idées ont émergé à cet effet, la plus prometteuse impliquant une missive du Rouge-Gorge en personne, adressée à Julie. Il lui demanderait de le rejoindre, seule, dans un lieu reculé, pour une entrevue. La réduire au silence ne me coûterait pas trop d'efforts. Il ne me resterait plus qu'à passer chez elle pour m'assurer qu'aucune de ses notes et recherches ne me soupçonne d'être l'homme sous la capuche.

Je suis resté quelques jours supplémentaires à l'hôpital, le temps que ma plaie guérisse suffisamment pour me sauver du suivi régulier. Entre-temps, j'ai eu droit à plusieurs visites, à commencer par mes parents qui craignaient que je m'ennuie. Ma mère m'a apporté quelques plats maison à réchauffer pour m'éviter les horreurs à saveur de carton de la cafétéria de l'hôpital. Lorsque son travail l'a contrainte à un départ précoce, elle est partie en coup de vent, abandonnant mon père derrière elle.

À lui voir la tête, sûrement avait-il promis à sa femme de m'amener à m'ouvrir. Car ma mère, malgré sa peur chronique des « vraies affaires », ne s'était jamais gênée pour mousser le partage en famille et les conversations profondes, à condition qu'elle n'y serve que de médiatrice ou d'intermédiaire. C'est donc à mon père que revenait toujours l'honneur d'intervenir. Mais s'y mouillait-il vraiment ? Le plus souvent possible, son mari, porte-étendard de sa testostérone, optait à coup sûr pour un précieux moment de silence.

Ça me rappelait cette journée lointaine où ma mère avait passé l'après-midi tout entier à m'interroger au sujet de ma première copine d'adolescent. Plus commode, mon père s'était plutôt retenu d'émettre un traître mot tandis qu'il me conduisait chez la fille en question. Une fois sur place, il m'avait simplement lancé un paquet de préservatifs, puis serré l'épaule. Un hochement de tête bien senti, et le message était passé : je n'ai jamais osé jouer à l'imbécile... à moins que le meurtre en série ne compte sur cette échelle.

Tout ça pour dire qu'il ne s'est pas confié bien des secrets dans cette chambre d'hôpital. Le paternel et moi sommes plutôt restés assis l'un à côté de l'autre pendant près de deux heures, les yeux rivés sur un vieux film du jeune Jean-Claude Van Damme. Nous avons applaudi, parfois sursauté, puis, au déroulement du générique, mon père m'a salué avant de partir rédiger son rapport à ma mère. J'avais confiance qu'il parlerait en ma faveur, et c'est ce que j'ai toujours apprécié chez lui : il prendrait la balle pour l'équipe, exigeant seulement que je lui rende la pareille en temps donné.

Au dernier jour, mon oncle Stéphane est finalement passé prendre de mes nouvelles. Il s'est d'ailleurs pointé à ma porte tout juste alors que je pliais bagage. Appuyé sur le cadre, décontracté, il m'a surpris en cognant tandis que je lui tournais le dos.

— Je te dérange ?

— Oh ! Hey... Non, non. Entre !

J'anticipais cette visite depuis mon réveil. À l'excitation se mêlait une certaine anxiété, mais j'avais confiance qu'il ne me soupçonnait de rien. N'empêche... jusqu'à ce qu'on le confronte à la vérité, un faible pincement demeure à l'estomac du menteur. Et maintenant que Stéphane se tenait devant moi, j'étais venu, j'avais vu, et il ne me restait plus qu'à le vaincre.

— Je voulais venir plus tôt, mais c'est l'enfer au poste.

— Ah non, fais-toi s'en pas. J'ai pas eu le temps de m'ennuyer, de toute façon !

— Montre-moi donc ça, ton cou… Ça guérit bien ?

— Ouais, quand même… Avaler me fait encore mal, mais c'est pas ça qui va rouvrir la plaie.

D'une main délicate, j'ai décollé un coin du pansement pour découvrir ma cicatrice. À ce stade, elle ne mesurait maintenant que quatre à cinq centimètres de long et ne brillait presque plus de sa couleur brun-rouge d'origine. Mais son apparence n'avait pas perdu de son mordant, et Stéphane a grimacé en la voyant. Elle devait aussi lui remémorer quelques douloureuses sensations du soir de l'incident, personne ne pouvant se préparer à trouver son neveu dans un bain de sang.

— De quoi ç'a l'air ?

— D'un Rouge-Gorge…

— Euh, je… Quoi ?

Méchant blagueur, mon Stéphane…

Le détective a quitté son cadre de porte, pince-sans-rire, et il est venu s'asseoir sur le bord du lit tandis que je réapposais mon pansement. Quand je me suis assis à mon tour, son air a viré du sérieux au grave, et j'ai tout de suite senti que quelque chose se préparait… mais quoi ?

— Écoute, Éric. Je vais pas te mentir, je me serais pas déplacé ici juste pour te rendre visite. Si j'ai eu mon après-midi de congé, c'est parce que j'ai une proposition à te faire.

« Avoue tes crimes et t'auras une plus grande cellule » ?

Je ne devais pas fléchir devant de telles absurdités : personne ne possédait le moindre indice, et perdre mon assurance ne m'aiderait en rien.

— Quel genre de proposition ?

Mon oncle a inspiré juste assez d'air pour nourrir le genre de soupir nasal qui suivit. Un peu comme un chien rebuté par ce qu'il a sous la truffe.

— Tu te souviens quand je t'ai dit que, si ta piste du Plateau était bonne, je te ferais consultant sur l'enquête ?

— Ouais, c'était assez drôle.

— Ouais...

Stéphane a plongé sa main sous le revers de sa veste, avant d'en sortir une gomme à la menthe. Et tout le temps qu'il me déballait son discours, il la développait avec minutie, ne quittant sa gâterie des yeux qu'au moment de la lancer sur sa langue.

— Tu t'es fait attaquer par un psychopathe, Éric. Pis t'as survécu. Après ça, les médias ont jamais voulu retenir l'information comme on le leur a demandé. Tout le monde sait t'es qui, tout le monde sait t'es où... Tu ferais quoi, à la place de l'autre malade ?

— Je... j'imagine que je viendrais me rendre visite.

— Moi aussi.

Ah oui ?

C'est au terme de cette déclaration qu'il m'a regardé pour la première fois. Sa gomme claquait sous ses molaires, m'épargnant un silence qui m'aurait assourdi.

— C'est pour ça que j'ai bourré l'hôpital d'agents en civil quand on t'a admis ici.

— Wow ! J'avais même pas remarqué...

— Advenant que t'aies d'autres intuitions comme l'autre soir, t'as deux options devant toi : tu passes le reste de l'enquête entouré de mes espions qui vont te suivre jusque dans ta douche, ou tu m'accompagnes sur le terrain pour travailler avec les recherchistes pis nous aider à trouver celui qui t'a fait ça.

— C'est... c'est tout un choix, ça.

J'étais sans mots. D'accord, on m'offrait là une occasion sans pareille, mais me joindre à la police... Ce dévouement à l'histoire allait-il trop loin ? Au nom de l'aventure, j'étais déjà mort, sans compter la carrière de mon oncle que j'avais aussi compromise. Jusqu'où pouvais-je encore voler avant de me brûler les ailes au soleil ? Plus cette histoire avançait, et moins j'avais d'emprise sur elle. Je devais reprendre les rênes de ma courbe dramatique si j'espérais la boucler à ma manière. Telle se présentait ma véritable croisée des chemins : saurais-je encore me satisfaire de la simple victoire du petit tueur méthodique, ou me faudrait-il me sacrifier pour mon œuvre, la laissant m'emporter avec elle dans le chaos de son plein potentiel ?

— Éric ? T'en penses quoi ?

— Ah ! Excuse-moi. J'en pense que c'est super, mais je peux pas lâcher ma *job* d'un coup non plus.

— Ta *job*, je m'en occupe.

Stéphane me fixait toujours du coin de l'œil, pour ne pas dire qu'il me dévisageait presque. J'imagine qu'il nourrissait ses propres inquiétudes, se demandant s'il saurait assurer ma sécurité ou s'il était en train de signer mon arrêt de mort. Et qu'en pensaient mes parents, dans tout ça ? Leur avait-il seulement avoué ses plans ?

— Tu me donnes une journée pour y réfléchir ?

— Oui, bien sûr.

— Merci.

Je connaissais ma réponse, bien entendu. J'allais accepter son offre et perdre au combat plutôt que d'attendre patiemment la fin du compte à rebours. Mais pas question de laisser transparaître mon excitation et, si je devais maintenant coller mon détective dans son enquête, il me faudrait d'abord retrouver mon matériel.

Mon oncle a roulé en boule l'emballage de sa gomme avant de l'envoyer voler d'une pichenette. Il s'est levé, chiquant la mesure, puis a rejoint la large porte de ma chambre. Je le sentais encore dérangé par je ne savais quoi. Juste avant de disparaître dans le couloir, il s'est retourné vers moi, les mains sur les hanches.

— Je te ramène chez vous ?

— Ouais, OK. Merci !

Nous sommes arrivés chez moi en un peu moins d'une heure. Stéphane a garé la voiture au bord de la rue, sans toutefois en éteindre le moteur. En ajustant le rétroviseur, il m'a fait signe du menton pour attirer mon attention sur ce qu'il épiait derrière nous : quelques mètres plus loin, une voiture sombre aux vitres fumées patientait de l'autre côté de la rue.

— Merde... Tu penses que c'est lui ?

Attention, Broadway, j'arrive !

— Le Rouge-Gorge ? Ben non, Éric. C'est ta nouvelle garde personnelle. À partir de maintenant, ils vont te suivre partout où tu iras. Ça, c'est leur numéro de portable.

L'enquêteur s'est penché vers l'avant pour tendre le bras. Un vieux gobelet à café au rebord mâchouillé prenait la poussière dans le porte-verre, côté conducteur. À quelques centimètres, le porte-verre du côté passager faisait office de poubelle, rempli d'emballages de gommes à mâcher, de bâtonnets de suçons et d'autres déchets. Stéphane en a sorti une facture chiffonnée qu'il a étalé à peu près sur le tableau de bord pour la défriper. Stylo en main, il y a tracé vite fait les dix chiffres d'un numéro de téléphone. C'était tout. Pas de nom ni de titre, seulement dix chiffres griffonnés en pattes de mouche. Il m'a tendu le papier.

— Si jamais il t'arrive quelque chose, tu leur envoies un message texte. N'importe quoi. Un mot ou une lettre, pis ils débarquent dans la seconde... c'est bon ?

— Oui, oui, je comprends.

— Enregistre le numéro dans ton portable sous un nom que tu vas reconnaître, parce que si eux remarquent quelque chose qui cloche, ils vont t'écrire aussi. Pis t'as trente secondes pour répondre. Sinon...

— Sinon ils débarquent...

— En plein ça.

Cette deuxième éventualité me plaisait moins. Je n'appréciais pas vraiment de me retrouver à la merci de ces gorilles et de leur initiative, mais soit : telles seraient les nouvelles règles du jeu.

— Aussi, on a dépêché d'autres agents pour surveiller tes parents. Rien nous dit qu'ils sont à risque, mais on n'est jamais trop prudent.

— C'est sûr... Autre chose ?

— Oui. Demain, quand tu vas m'appeler pour me donner ta réponse, oublie pas que je dois quand même t'amener au poste le plus tôt possible. Qu'importe ce que tu décideras.

— Ah oui ? Comment ça ?

— Parce que t'es la victime d'une tentative de meurtre et un potentiel témoin oculaire... Ça va nous prendre ta déposition.

Un autre avant-midi de plaisir, il faut croire !

— OK.

— Excellent. Va te reposer, maintenant.

— C'est bon. Merci pour le *lift*.

Je suis sorti de la voiture et j'ai envoyé une main polie à mon oncle qui s'éloignait. Pour la farce, je me suis aussi retourné vers mes escortes pour les saluer à leur tour. Bien entendu, ils n'ont pas bronché d'un poil, à moins que j'aie simplement mal vu... On n'y voyait rien, à travers ces vitres foncées.

Entrer dans mon appartement m'a empreint d'un sentiment fort agréable, un soulagement qui devait s'apparenter à celui du marin qui met pied à terre après de longs mois en mer. Immédiatement, j'ai laissé tomber ma valise sur le plancher et, sans même retirer mes chaussures, je me suis jeté sur mon lit. Ce qu'il faisait bon d'être chez soi... et si la récupération de mon sac me pressait de ressortir, m'y lancer avant la tombée de la nuit ne me disait rien qui vaille. Alors aussi bien en profiter pour prendre des forces et peaufiner ma stratégie d'évasion.

J'ai allumé la télévision, espérant dégotter un bon film ou deux à regarder. Rien au programme ne m'intéressait, et j'ai plutôt opté pour une télésérie qui « manquait à ma vie », à en croire les critiques. L'intrigue tournait autour d'un professeur de chimie qui s'improvise revendeur de drogue — histoire ô combien captivante, par ailleurs, malgré son dénouement qu'on voit venir des lieues à l'avance : le pouvoir monte à la tête de l'antihéros jusqu'à ce qu'il s'y embourbe... Reste que c'est parfois au parcours qu'il faut s'attarder plutôt qu'à la destination, et les auteurs de cette série l'auront bien compris.

Tout se déroulait pour le mieux, assez pour que j'en arrive à me perdre dans la fiction et à oublier mes propres soucis, du moins jusqu'à ce que mon estomac se mette à gargouiller à la conclusion du deuxième épisode. La faim me prenait, et ni mes armoires ni mon réfrigérateur n'avaient été approvisionnés depuis belle lurette. J'ai alors étiré le bras pour atteindre mon cellulaire et me commander une belle grande pizza, mais voilà qu'une rafale de bruits sourds m'a subitement interrompu : on cognait à la porte.

J'allais répondre quand un message texte a fait vibrer mon appareil :

« Comment tu vas ? »

L'écran affichait « Aurélie Rose », petit nom affectueux que j'avais donné à mes gardiens.

... Déjà des problèmes ?

La main sur la poignée de porte, je l'ai tournée malgré tout. Les récents événements me portaient à l'oublier, mais la menace réelle, c'était moi et personne d'autre. La porte s'est ouverte en douceur, grinçant sur ses charnières : Julie Villeneuve était là, plantée devant moi... En voilà une que je n'espérais pas revoir de sitôt. Élégante, elle se tenait droite comme une reine dans un long imperméable taupe. La tête haute, ses cheveux presque noirs avaient été remontés, mais pas noués dans la même tristesse dont ils se mouraient du temps de sa déprime. Plus que jamais, toute l'assurance du monde émanait des yeux éclatants de Julie : elle inspirait le respect, imposante et majestueuse.

— Salut, Éric... Je peux entrer ?

Son ton harmonieux me chatouillait les oreilles. J'ai regardé l'écran de mon téléphone, songeant au temps qu'il me restait pour désamorcer la bombe et stopper la cavalerie. J'ignorais les intentions de ma vis-à-vis, et cela aurait bien pu me faire hésiter. Mais quel mal pouvait-elle m'infliger désormais ? J'ai tapé ma réponse sur le clavier : « Tout va bien. »

— Fais comme chez toi.

— J'y comptais bien.

J'ai refermé derrière elle.

J'ai conduit Julie au salon, à moins que ce ne soit elle qui m'y ait plutôt dirigé, et nous nous sommes assis sur deux causeuses qui se faisaient face. À mon sens, ça tirait un trait sur notre défunte proximité, mais la belle s'installait à son aise, beaucoup plus que je ne l'aurais moi-même été dans son propre repaire. Elle a cependant préféré garder son pardessus, indice évident qu'elle ne comptait pas s'éterniser. À moins qu'elle n'exprimait là une certaine prudence, une nouvelle pudeur qu'il me serait possible d'exploiter au besoin ? Il faut croire que mon séjour dans les limbes avait affaibli mon esprit analytique...

— T'es venue chercher des excuses ? Une nouvelle entrevue ?

Elle a ricané, amusée par ma naïveté.

— Non, beau brun... J'aurais bien aimé passer te voir à l'hôpital, mais on m'a refusé l'accès toute la semaine.

— T'auras rien de plus en venant me voir ici.

— Une fille a pas le droit de s'inquiéter ? Je voulais voir comment t'allais.

— C'est sûr. J'en doute pas.

— Mais si tu sens l'envie de te confesser, c'est pas moi qui vais t'en empêcher non plus ! Je suis quand même curieuse de savoir pourquoi tu l'as fait. Changer ton nom, juste comme ça... parce que même James Bond assume le sien, tu sais ?

Surveille-toi, elle cache peut-être un micro.

— J'ai changé mon nom pour me protéger, tu dois te l'imaginer... J'avais pas confiance que tu garderais mon anonymat. Faut croire que j'ai bien fait.

— Absolument. C'est tout à ton honneur ! Mais c'est toi qui m'as approchée, Éric. Tu savais très bien ce que tu risquais. Pourquoi t'as voulu exposer ton oncle comme ça ?

— C'est rien de personnel. Je voulais faire partie de l'enquête, pis je voulais t'avoir dans mon lit. C'est tout. La fin justifie les moyens, tu devrais comprendre ça.

Bon, bien ! Tant pis pour les micros !

— Niaise-moi donc.

— Qu'est-ce tu veux que je te dise ? Je m'ennuie vite.

Au son de ces mots, Julie a ri de nouveau, quoique sans décrocher ses perles de mon regard intrigué. Sentant qu'elle attendait que je la relance, j'ai enchaîné avec ce qui s'avéra mes derniers mots avant longtemps :

— Bon bien, tout est dit... Mais ça m'explique toujours pas pourquoi t'es venue me voir ici.

Comme si elle cherchait une réponse — ou se demandait comment la formuler —, Julie a dirigé l'éclat de ses iris au plafond, se tapotant le menton d'un doigt, en réflexion. Elle s'est ensuite levée, dépliant lentement ses longues jambes dorées.

— Eh bien, je commence à penser qu'on réagit peut-être aux mêmes stimuli. L'adrénaline, l'excitation... le fantasme.

Debout devant moi, elle a posé ses mains sur la boucle de sa ceinture et j'ai compris ce qui m'attendait : son air joueur s'était muté en une expression de désir. Affamée, elle esquissait un sourire qui ne plaisantait plus du tout. Ma journaliste a tiré sec sur la ceinture de son imperméable, qui lui est tombé des épaules...

C'est... pas... vrai ?

Je n'ai pu faire autrement que de suivre des yeux le vêtement en chute libre. À chaque étape de sa descente, il me dévoilait une nouvelle partie d'un trésor jusque-là romancé, une légende ancienne que chantaient les galériens pour calmer la mer. Une peau laiteuse, une poitrine en éveil, des courbes étourdissantes qui tournaient et tournaient et glissaient jusqu'à se perdre à la racine de jambes qui n'en finissaient plus de pointer...

Éric Delacroix ! Ferme ta bouche !

Mes doigts s'enfonçaient dans le faux cuir de ma causeuse ; mes genoux se tordaient vers l'intérieur. J'avais devant moi la *pin-up* originelle, la mère de toutes les muses, la tueuse de Vénus, si délicieuse et parfaite. Je croyais halluciner. Quelle mouche l'avait piquée pour qu'elle se donne ainsi à moi ? Ne manquait plus qu'un saxophoniste sorte du placard pour nous jouer un de ces jazz fondants.

On respire par le nez !

Joueuse, consciente de la brèche surréaliste qu'elle venait de créer, Julie s'est alors mise en marche, un petit pas à la fois. Chacune de ses deux grandes lances s'allongeait à mesure, marquant la musique du « toc... toc » de ses talons hauts sur le bois verni, seules traces survivantes de la carriériste que j'avais admirée jusque-là. L'amazone qui avançait vers moi à ce moment fléchit tout à coup, et c'est à quatre pattes que la prédatrice franchit les derniers pas qui la séparaient de son festin.

Bouche bée, je n'osais pas broncher — en admettant qu'elle m'en ait donné le droit ! Julie s'est bientôt arrêtée à mes pieds. Mon cœur accélérait la cadence ; mon souffle perdait le tempo. Je craignais de perdre la vue tellement l'éclat de ses yeux brûlait les miens. Elle me regardait toujours, affamée et vibrante. Après tout ce que nous avions traversé, pouvais-je encore lui faire confiance ? Mine de rien, elle venait littéralement de se mettre à nu. Qu'avais-je à risquer en embarquant dans son jeu ?

J'ai finalement acquiescé et, sans prononcer le moindre mot, Julie a débouclé ma ceinture.

Les draps humides et souillés s'accrochaient de peine et de misère au matelas meurtri duquel on les avait arrachés. Les oreillers traînaient également au sol, partis rejoindre les vêtements qu'on m'avait violemment dérobés. Il se faisait tard lorsqu'on a eu terminé et, à travers la fenêtre, les derniers rayons du soleil couchant embrassaient la peau moite de nos corps avachis, ces deux corps suintants et frétillants qui s'étaient tout donné, épuisés bien qu'extasiés.

Julie avait posé sa tête dans le creux de mon épaule, assez clémente pour me libérer de l'emprise de ses yeux maintenant clos. Du bout de ses doigts fatigués, elle me grattait gentiment le torse de haut en bas, tandis que je lui caressais une mèche de cheveux. On était bien, drogués aux endorphines et finalement en paix avec cette tension sexuelle évidente que nous aurions été bêtes d'ignorer plus longtemps.

Mais toute bonne chose a une fin, et je ne désirais pas abuser de cet instant en l'étirant davantage ; j'aurais risqué de diluer la saveur de son souvenir. Je me suis donc redressé, freinant la romance, et j'ai rompu le silence.

— Ça fait que... tu couches souvent avec les gars qui te mènent en bateau ?

— Ha ha ! Non... D'habitude, c'est moi qui tire les ficelles.

— Ah bon ! Content que ça t'ait fait de l'effet !

— Ouais. Ça, les secrets, le danger...

J'ai pouffé d'un rire sincère, surpris par cette notion de « danger » qu'elle associait à notre relation. C'était comme si elle pouvait prévoir le malheur qui l'attendait, mais croyait qu'une simple partie de jambes en l'air pouvait la sauver du sort que je lui réservais. Bien au contraire, ce présent qu'elle venait de m'offrir allait me faciliter la tâche : je pouvais désormais disposer d'elle, empêtré d'un regret en moins.

— Tu penses qu'on est en danger, Julie ?

Elle s'est alors tournée vers moi, replantant dans mon âme son regard séducteur et félin qui m'a noué la langue comme lui seul savait le faire. D'un sourire tout aussi désirable, ma journaliste a alors formulé une autre de ces phrases bonnes à exciter un tueur :

— À toi de me le dire.

J'aurais pu éjaculer de nouveau tant le sentiment de puissance m'étreignait fortement : elle était là, nue dans mes bras, à me poser cette question anodine qui, pourtant, possédait le poids de mille hommes et l'attrait de mille femmes. C'est d'ailleurs à ce moment que j'ai découvert pourquoi, dans les films de superhéros, le vilain finit toujours par dévoiler son plan machiavélique — Dieu que c'est tentant ! Sauf qu'il fallait me ressaisir et lui résister. Sur un ton vertueux, presque amoureux, je n'ai trouvé pour réponse que la plus pénible des syllabes à prononcer :

— Non.

Elle m'a souri de plus belle.

— Bien...

Nous sommes restés ainsi encore un temps, étendus l'un sur l'autre, lâches et confortables, nous racontant ce que chacun envisageait pour la suite des événements. Je lui ai glissé quelques mots au sujet de la proposition de Stéphane, chose qui l'a aussitôt allumée, puis elle m'a confié à quoi ressemblaient ses propres rêves et ambitions, sa peur d'être mise au rancart par la poussée continuelle d'une relève de journalistes toujours plus jeunes, toujours moins chers, à qui l'on offrait de vastes occasions qui ne lui étaient déjà plus accessibles.

— C'est un métier dans lequel on doit toujours refaire ses preuves.

Julie était persuadée que livrer une histoire du calibre de celle du Rouge-Gorge, exclusive et vécue de l'intérieur, confirmerait la valeur de ses talents. Ça expliquait pourquoi elle s'en prenait si agressivement à mon oncle, puis en partie comment elle s'était retrouvée dans le lit d'un survivant à peine cicatrisé... Mais s'y prenait-elle de la bonne façon ? Probablement pas. Cependant, si l'expérience menaçait de prendre le champ, rien ne m'empêchait de l'exposer à son tour, la présentant au monde comme la vipère qu'elle était réellement.

Pour l'instant, ma belle espérait seulement montrer la laideur et la fragilité de notre monde que venaient perturber des actes certes violents, mais à la fois tellement esthétiques, poétiques et — toujours selon ses mots — humanistes. Après tout, ce n'était qu'à cette même laideur, aux cancers de ce monde, que le Rouge-Gorge s'attaquait, dans un ultime espoir de l'embellir.

— Je me demande vraiment pourquoi une société devrait s'en tirer aussi bien en exploitant ses malades, a-t-elle conclu.

— Wow...

Julie me fixait maintenant de ses deux grandes billes toutes rondes, un regard d'enfant que je ne lui connaissais pas encore.

Elle semblait chercher quelque approbation, mais son discours me rendait mal à l'aise : je n'aimais pas qu'elle m'accorde plus de crédit que je n'en méritais, et j'appréciais encore moins qu'elle parvienne presque à me convaincre, tellement son hypothèse transpirait la passion.

Elle partait aussi d'une fondation solide, car mon pseudo-système de sélection semi-aléatoire lui donnait raison : je ne m'en étais pris qu'aux sous-classes de la société, à des vau-riens insignifiants qu'il ne me faisait ni chaud ni froid de voir disparaître. La fantaisie n'irait pas plus loin, cependant, et j'appréhendais l'inévitable déception de Julie, advenant qu'elle saisisse la simplicité égocentrique de mes choix au moment de rencontrer ma lame.

J'aurais adoré lui offrir cette gloire pleinement méritée ; cela n'exigeait de moi que je la prévienne quand mon heure aurait sonné. Julie m'aurait rejoint juste à temps pour couvrir ma grande finale et tadam : tout le monde aurait goûté à sa part du gâteau ! Mais pour ça, j'avais encore besoin de maîtriser où, quand et comment se terminerait la course du Rouge-Gorge, et laisser une journaliste aussi brillante et motivée me talonner, elle qui me savait déjà enfoncé jusqu'au cou dans cette affaire, devenait un luxe que je ne pouvais malheureusement plus me permettre.

— Qu'est-ce que t'as ?

— Rien, rien. Je pense juste à ce que t'as dit... T'es assez convaincante, je me sens quasiment mal de lui avoir survécu !

— Désolée... Je vais y aller.

— Bien non, Julie ! Pars pas comme ça ! C'était une farce, j'aurais pas dû.

— Non, non, je sais. Inquiète-toi pas. Mais j'ai pas mal de travail qui m'attend. C'est plus sage que je m'y remette.

Pour une femme qui m'avait si bien manipulé par le passé, elle mentait maintenant plutôt mal. Mais c'était pour le mieux : la nuit était enfin tombée, et la hâte d'aller mettre la main sur mes biens perdus me reprenait de plus belle. Écorcher Julie au passage m'évitait le fardeau de devoir la virer de mon appartement — je n'allais pas manquer une si belle occasion.

Julie a renfilé sa peau de nylon. De mon côté, je me suis contenté de nouer un drap en toge, question de l'escorter jusqu'à la porte en toute dignité. La mine basse persistait sur le visage de ma tendre, mais je n'ai eu qu'à imiter son air désolé pour qu'elle me remercie de mon empathie.

— On se revoit bientôt ? J'ai encore le champagne que je nous avais mis au frais la dernière fois.

— Du champagne, hein ? Je sais pas... As-tu l'intention d'aller travailler pour ton oncle ?

— Sûrement...

— Alors on va sûrement se revoir, bel homme.

Elle m'a lancé un clin d'œil complice, puis a déposé un léger baiser sur le coin de mes lèvres. Les siennes goûtaient encore le sexe, douces et sucrées. Ma journaliste s'est ensuite éloignée d'un pas ferme, sans jamais se retourner, comme la professionnelle qu'elle était redevenue. La tuer me peinerait, je le sentais déjà, mais ses ambitions vivraient toujours puisque, en général, partir de la sorte élevait les célébrités au statut de demi-dieu. Et s'il y a une chose dont le Québec raffole davantage que de ses vedettes, c'est de ses victimes. Julie n'aurait plus jamais à craindre que ses jeunes compétiteurs ne la détrônent.

Une réflexion en amenant une autre, il m'apparut de moins en moins évident d'envisager ma vie post-meurtrier si j'optais pour ne jamais me rendre à la police... C'est ce qui a fait le succès du Zodiaque, mais que me resterait-il, mis à part cette notoriété impossible à réclamer ? Rien. Je n'aurais plus qu'à attendre patiemment de mourir, errant comme un misérable dans ce monde terne que j'aurais défraîchi et usé jusqu'à son épuisement. Tout ça pour quoi ? Pour espérer qu'une fois sous terre, Carl ou un autre obsédé des complots essaierait de noircir les blancs de cette enquête incomplète... à moins que personne n'y parvienne ? Dans ce cas, au prix de ma reconnaissance, mon alter ego grandirait en tant que symbole, avant d'accéder au titre de légende, voire de divinité mythologique. L'agonie comateuse qui m'attendait valait-elle cette effervescence métaphysique ?

C'étaient là des questions qui ne nécessitaient pas de réponses immédiates et, comme mon appétit, elles allaient devoir attendre : j'ai sauté sous la douche, puis je me suis habillé illico avant de plonger l'appartement dans l'obscurité. Chaussé et prêt à partir, j'ai patiemment attendu que mes chaperons me croient bien calé au fond du lit. Une fois satisfait, je suis sorti par la porte arrière, vérifiant seulement que personne dans les parages n'ait décider d'étendre son linge sur la corde à une heure aussi tardive.

Depuis les hauteurs de mon balcon, j'ai jaugé le degré de difficulté que représentait la prochaine étape de ma fugue : la grande palissade qui clôturait la cour arrière de mes propriétaires ne serait pas facile à gravir, avec ses travers cornus et, surtout, sa couronne de barbelés... d'où l'idée de miser sur la voie des airs.

De mon balcon, je me suis élancé sans trop d'inquiétude au-dessus d'un vide que j'ai même osé regarder, atterrissant sans peine chez le voisin d'à côté. Personne n'était là pour me surprendre et, de ce perchoir, j'espérais atterrir en un seul morceau sur la toiture d'un petit cabanon en retrait. Retenant mon souffle, je me suis laissé tomber en faisant bien attention de fléchir les genoux. BAM ! Le bruit de l'impact avait-il résonné si fort ? Je me suis ressaisi aussitôt, et j'ai profité du peu d'équilibre que m'offrait ma position précaire pour prendre mon élan. Lorsque mes pieds ont quitté le sol de nouveau, j'ai dû les soulever le plus haut possible pour éviter le fil de fer dentelé qui menaçait de les écorcher.

Aucun médecin certifié ne recommanderait à son patient de s'adonner à des acrobaties du genre à la sortie d'une importante opération. En fait, aucun médecin au monde ne conseillerait de pareilles idioties à qui que ce soit, pas même au quidam le plus en forme. Il l'avertirait également de ne pas succomber à une femme en rut tout juste avant la séance. Voilà deux idées qui m'ont traversé l'esprit tandis que je m'écrasais lourdement sur l'asphalte cahoteux de la ruelle derrière chez moi... La douleur poignante du choc m'a cependant infusé assez d'adré-naline pour me garder bien éveillé le reste de la nuit. C'est ce qu'on appelle « voir le verre à moitié plein ».

Avant de prendre la route, il ne me restait plus qu'à tendre une oreille attentive, question de vérifier si mes mouvements avaient alarmé les gardes en patrouille. Un silence bienvenu m'a donné le feu vert et j'ai pu prendre la route du Plateau, pressé d'en finir avec cette chasse au trésor maudit.

J'ai atteint l'intersection de Saint-Denis et Mont-Royal en un peu moins d'une demi-heure de marche. J'aurais pu monter dans un bus, mais j'estimais que la mémoire me reviendrait plus vite par les pieds. C'étaient mes pieds qui m'avaient guidé dans ma course mortelle, et c'étaient mes pieds qui m'entraîneraient dans son sillage. Déjà, ils se souvenaient de s'être engagés dans la première ruelle derrière la boutique d'un prêteur sur gages. Une fois ma planque initiale repérée, cependant, la suite nageait dans le flou, intangible... J'avais suivi le sosie de Joëlle vers le sud, pour rebrousser chemin au moment de m'enfuir. Mais avais-je ensuite tourné à droite, à gauche, puis encore à gauche, ou bien était-ce plutôt à droite, à droite et à gauche ? Tant de combinaisons pour un parcours pourtant si court !

Pendant ce qui m'a paru une éternité, j'ai ainsi tourné en rond sans répit ni avancement, retombant systématiquement sur mon lieu de départ. Une nervosité palpable se mêlait à ma fatigue, un mélange peu rafraîchissant qui se soldait trop souvent par une bouillonnante frustration. J'ai donc changé de tactique, abordant au passage les itinérants que je rencontrais. Bien entendu, certains profiteurs ont voulu me vendre leurs fausses pistes à gros prix, mais en éliminant les théories les plus saugrenues du lot, j'ai pu trianguler les hypothèses plus honnêtes avant de me vider complètement les poches. L'endroit se situait un pâté de maisons plus loin, à l'est de Christophe-Colomb.

Si j'avais d'abord pensé m'y rendre en marche rapide, celle-ci s'est vite transformée en véritable course à mesure que j'approchais de ma destination. J'ai trouvé la chose absurde : compte tenu du court trajet que j'avais à parcourir, les chances qu'un malheur ne survienne chatouillaient le zéro. Schrödinger avait scellé le sort de son chat... Cela dit, depuis mon réveil à l'hôpital, je n'avais su que refouler ma pressante anxiété vis-à-vis de cette première situation qui échappait totalement à ma maîtrise. Maintenant qu'on me rendait un certain pouvoir d'action, je m'emballais comme jamais à la simple pensée d'ouvrir moi-même cette fichue boîte à gaz.

En arrivant sur les lieux, j'ai tout de suite reconnu la scène de mes souvenirs : une allée étroite aux toits inaccessibles et dépourvue d'escaliers de secours. Puis, rayonnant de plus belle au centre de ce tréteau nu, trônait le conteneur à déchets tant espéré... Tout était là, comme je l'avais laissé, mis à part les retailles de ruban rouge qui traînaient ici et là, derniers vestiges de l'occupation policière qui avait suivi.

Sans plus attendre, je me suis élancé tel un affamé avant de me jeter au sol, plongeant un bras aveugle sous le gros objet vert. J'ai fouillé, tâté et gratté de toutes mes forces entre les lattes épineuses des palettes de bois, mais mes doigts presque en sang n'ont rien rencontré. Ma nervosité s'est alors muée en peur fourmillante, et changer d'angle, puis de bras, n'a pas aidé la cause. Cette peur s'accentuait déjà en panique générale, me hurlant de la soulager. J'ai allumé l'écran de mon téléphone cellulaire et projeté son éclat devant moi : rien.

Étendu sur le dos, les cheveux dans la poussière, j'ai fermé les yeux... Je me souviens encore du vent qui envoyait rouler mes larmes vers l'arrière, puis de ma respiration sautillante qui tentait en vain d'aspirer les sons plaignards que laissaient échapper mes cordes vocales. J'étais pathétique, pas moins grotesque qu'un enfant qui anticipe une bonne correction et espère l'amoindrir en feignant qu'il a déjà mal. Qu'allait-il m'arriver, après ce soir ? Que pouvais-je faire, sinon attendre qu'on vienne me chercher ? Les éboueurs pouvaient toujours avoir remarqué mon sac, puis l'avoir jeté dans le compresseur, mais quelles étaient les probabilités ?

Avec la popularité grandissante des émissions d'enquêtes scientifiques, je ne pouvais concevoir que Stéphane et ses troupes aient raté un objet aussi crucial qu'évident, lancé à quelques mètres à peine de mon corps mutilé. Mais tout ça remontait à plus d'une semaine, et on avait déjà dû procéder aux analyses de mon ADN. Pourquoi diable n'étais-je pas déjà en prison ? Se pouvait-il qu'un bon samaritain ait voulu m'accorder un sursis, me féliciter pour ma prouesse et attendre que je mérite réellement mon arrestation ? Non. C'était la plus absurde des conclusions et, en avoir eu la force, je me serais giflé à deux mains pour me punir d'y avoir pensé.

Du côté des bonnes nouvelles, la bouche d'égout à mes pieds ne semblait pas avoir bougé. Ma lame de prisonnier reposait donc en paix, à l'abri des regards, mais rien n'aurait suffi à me consoler. Il n'y avait que mes doigts meurtris pour comprendre ma douleur, et mes pleurs pour l'apaiser. Du reste, je ne savais plus quoi penser. Où étaient passés mon aplomb, mes calculs, ma rigueur ? Stéphane avait vu juste ce matin-là, et par la plaie rosée qui traversait mon cou, l'image du Rouge-Gorge se reflétait en moi plus qu'en quiconque. À ce moment, cependant, je ne m'étais jamais senti aussi loin de mon oiseau...

Les minutes ont passé, la crise aussi. Je songeais à rentrer quand quelque chose a fini par me chatouiller la main, celle qui reposait toujours sous le conteneur. Qu'est-ce que c'était ? Un papier ? Une feuille de quelque sorte semblait pendouiller depuis le dessous de la grosse boîte métallique. Je ne m'en suis pas immédiatement préoccupé, continuant simplement de flatter la chose du bout des doigts, mais sa seule existence a fini par piquer ma curiosité en manque de réponses.

Tiens, ça se décolle...

Le morceau de papier m'est resté dans la main, arraché à la paroi, et soudain, il m'a semblé plus grand. En faisant bien attention de ne pas trop le déchirer, je l'ai tiré doucement jusqu'à moi avant de le porter devant mes yeux encore mouillés. C'est à ce moment que mes larmes ont séché : ce que je tenais entre mes doigts salis de noir et de rouge, cette relique qu'on m'avait personnellement laissée, n'était nul autre qu'un collage identique à celui que j'avais déposé à la porte du SPVM : « Je sais qui tu es. »

Non...

Mon regard affolé a volé d'un mot à l'autre, d'une lettre à la suivante, auscultant nerveusement les formes colorées qu'on avait découpées dans un magazine aux pages cirées. Sans loucher un instant, je me suis redressé par automatisme, puis j'ai laissé la gravité m'adosser contre la gigantesque poubelle pour mieux encaisser la nouvelle : je n'étais plus seul, à présent. Quelqu'un avait accepté mon invitation à jouer.

Était-il de calibre pour m'affronter ? Sûrement, puisque mon cœur battait déjà la chamade. Rien ne me garantissait toutefois la bienveillance de ses intentions — pouvais-je alors me permettre de jouer ? J'y perdrais une partie du contrôle, bien entendu, mais je ne me trouvais pas dans la meilleure position pour négocier non plus. Mon admirateur secret me savait francophone, et il avait aussi compris que je reviendrais ici, son message m'y attendant patiemment. Il ne pouvait s'agir que d'un véritable professionnel aux ambitions aussi tordues que les miennes, sinon davantage ! Non seulement s'imposait-il comme une réelle menace, inquiétante et dangereuse, mais surtout, son bon goût pour la théâtralité avait mérité mon attention : je ne le décevrais pas.

Je me suis dépoussiéré les vêtements, essuyant du même coup le sang de mes plaies, et j'ai plié le papier pour le ranger dans une poche de mon pantalon. En quittant la ruelle, je me suis demandé si mon nouvel ami m'observait déjà, perché sur un toit comme j'en aurais moi-même eu l'idée. Pas une ombre ne bronchait cependant, et j'ai repris la direction de la rue Saint-Denis. J'étais si fier, si excité des retournements de mon histoire, que j'ai voulu célébrer en grand : je me suis payé un taxi.

C'est une fois assis à l'arrière de la voiture que j'ai sorti mon téléphone. J'expliquais un itinéraire confus au chauffeur tandis que, de mes mains agitées, je tapais un unique mot au clavier. J'enverrais ce message à mon oncle et, même s'il n'attendait pas ma réponse avant le lendemain, je tenais à partager avec lui la fraîcheur de mon enthousiasme : « J'accepte. »

C'était Stéphane.

Mon oncle détective avait découvert ma véritable identité, confisqué mes précieux objets, puis laissé cette note sous le conteneur. À tout le moins, c'est la conclusion à laquelle j'en viendrais à la fin de mon stage à ses côtés. Parce qu'à bien y penser, aucun éboueur, passant ou itinérant n'aurait su me retrouver sans passer sa trouvaille sous un microscope. Non, il fallait absolument que l'auteur du message me connaisse, à défaut de m'avoir vu m'ouvrir la gorge ce soir-là. Et il n'y avait personne, je l'aurais juré sur ma vie. Surtout qu'un pareil individu, sorti de nulle part, devait déjà souffrir des mêmes sordides idéaux avant même de me rencontrer, ce qui coûtait son lot de crédibilité au facteur chance.

Oui, j'allais bientôt comprendre que seul un membre des forces de l'ordre pouvait démontrer une telle bravade. Et qui était mieux placé pour revêtir cet habit que l'enquêteur en charge de me coincer, ma chair et mon sang, lui que j'avais osé bafouer de manière si personnelle ? D'ailleurs, au point où il en était, Stéphane avait beaucoup moins à perdre qu'à gagner, mis à part cette fameuse promotion…

Il est lui-même venu me chercher à la maison le lendemain matin, laissant derrière nous un couple de mastodontes presque endormis dans leur voiture, bien contents d'apprendre que leur mandat serait maintenant allégé. En direction de la Place Versailles, nous sommes passés par le service au volant d'un Tim Horton's, escale stéréotypée qui m'a bien fait rire.

— J'ai le droit de me prendre un déjeuner, ou c'est des beignes obligatoires ? Ha ha !

— Ça dépend... Tu tiens à rire de tout un corps de police à ta première journée ?

— Euh... Non. Vu de même.

Une fois devant le moniteur, Stéphane a dicté son choix au commis avant de lui spécifier sèchement qu'il y aurait une seconde addition. J'ignorais quelle mouche pouvait bien l'avoir piqué, mais cet air grave qu'il me présentait depuis l'hôpital commençait à peser lourd. N'étais-je plus le neveu sympathique qui l'avait ramassé dans les bars et sauvé de ses démons ? Sur le coup, je me suis toutefois contenté de payer ma commande, docile, et le détective m'a conduit jusqu'au poste dans un profond mutisme.

Arrivés à la fosse aux lions, nous sommes entrés par le débarcadère du « panier à salade » et, suivant le parcours d'un détenu qu'on aurait fraîchement pêché, un tour du propriétaire s'est entamé. Stéphane parlait bien lentement, prenant le temps de me décrire, étape par étape, chaque détail du protocole d'admission des prévenus. Il s'y prêtait avec un tel sérieux que, à un certain moment, il m'était devenu impossible de ne pas complètement m'immerger dans cette mise en situation, m'imaginant malgré moi dans les souliers d'un de ces captifs.

Je délirais, évidemment, mais il faut dire que mon oncle ne m'aidait pas non plus à me secouer de cette mauvaise impression, allant jusqu'à relever mes empreintes digitales et à prendre ma photo dans la salle de bertillonnage : « Seulement pour rire », qu'il disait.

Bien joué, détective...

Quel autre choix me restait-il, sinon me plier à son jeu ? Je ne pouvais tout de même pas m'inventer une allergie à l'encre...

Vint ensuite le dépôt des pièces à conviction, puis les trois ailes cellulaires. Une aile supplémentaire, mais beaucoup plus petite que les trois premières, était entièrement réservée aux femmes ; on n'a pas cru bon de me la faire visiter. Au lieu de cela, on m'a plutôt invité à m'installer au fond de la cellule d'isolement, minuscule cachot en béton froid de moins de six mètres cubes. Son sol formait aussi un léger entonnoir qui pointait vers un drain.

Splendide !

D'humeur clémente, il faut croire, mon farceur de guide s'est heureusement abstenu de faire la blague hilarante de m'y enfermer. Mais à se fier au regard de glace qu'il dirigeait sur moi, gageons que l'idée a dû lui traverser l'esprit.

Puisqu'il n'avait plus rien à me montrer à cet étage, nous sommes ensuite montés au premier, là où nous attendaient les bureaux du poste et toute son équipe.

Arrivé en haut, une partie juvénile de moi espérait encore tomber sur un décor télévisuel, élégant et quasi futuriste, esthétique, bien loin de ce qui m'attendait sur ce plancher modeste : c'était beige, gris, et les simples tables surmontées de divisions puaient les coupes budgétaires. Je me suis retenu d'en faire mention, et les gens que j'y ai rencontrés ont vite su réchauffer la place. Il y avait d'abord Claudine, la femme des archives, Fillion, Deschamps, puis une poignée d'autres « bleus » dont je connaissais déjà certains visages.

Tout ce beau monde m'a accueilli avec sympathie et générosité, rien pour chasser l'humeur asociale de mon oncle. Mais l'agréable réception n'aurait su durer davantage, et l'atmosphère a eu tôt fait de s'alourdir quand une meute d'enquêteurs est débarquée. Parmi eux marchait Normand Forget, le coéquipier de Stéphane, et lui non plus n'avait pas la tête à rire.

— Gauthier…

— Forget.

— C'est le neveu ?

Il me dévisageait, me jaugeant de la tête aux pieds, du fond de ses yeux creux.

— C'est ça. Il va agir comme consultant pour le reste de l'enquête.

— Un consultant… Hum, hum.

L'officier m'a tendu une main désinvolte, comme allégée du respect qu'elle ne portait pas.

— Sergent-détective Normand Forget. On va travailler ensemble, il paraît.

— Enchanté, mais… vous êtes sergent-détective aussi ? Je pensais que c'était Stéphane, euh… Gauthier, le patron.

— Ah ouais, hein ! Ton oncle t'a dit ça ?

Le sergent-détective Forget s'est esclaffé bruyamment, ramenant ses couteaux oculaires sur son partenaire de qui il attendait une explication. Avec humour, bien sûr, quoique personne n'ait jugé bon se joindre à lui dans son rire. Ç'aura néanmoins forcé Stéphane à sortir de sa bulle, lui qui semblait encore égaré dans quelque sombre réflexion.

— On est tous des sergents-détectives, Éric. Selon l'enquête, on est entre quatre et douze à se faire assigner, pis c'est le lieutenant qui nomme le gars en charge. Pour ce dossier-là, c'est moi.

— Ouais, pour ce dossier-là…

Le collègue de mon oncle avait avancé d'un pas pour appuyer son intervention.

— L'officier responsable se choisit un bras droit. Ça, c'est moi. Pis après, on délègue.

— Ah bon…

Décidément, ce pauvre Forget éprouvait toute la misère du monde à digérer son rôle de second. Une certaine aura entourait mon cas, certes, mais ce ne serait pas le dernier mystère en ville et Forget aurait bientôt la chance de diriger mon oncle à son tour, s'il ne l'avait pas déjà fait auparavant. Alors, pourquoi tant de rancœur ?

— Pis ce lieutenant-là, qui crée les chicanes… je l'ai déjà rencontré ?

— Non, il vient moins souvent au bureau. On sait qu'il prépare sa retraite.

Un nouvel esclaffement surgit de la gorge du sergent-détective.

— Ouais ! Pis on se demande bien qui va prendre sa place ! Pas vrai, mon Stéphane ?

— Ça pourrait être n'importe qui…

Ça ne m'en a pas pris davantage pour saisir tout l'enjeu de la situation : le haut gradé qui avait attribué mon dossier à Stéphane nommerait également le prochain lieutenant, et il devait déjà avoir un œil sur mon oncle s'il lui avait offert cette occasion en or de se démarquer. Relayé aux lignes de côté, sans réelle chance de se faire valoir une dernière fois, Normand ne le savait que trop bien. S'il désirait encore le poste, il lui restait peut-être l'espoir que son coéquipier s'écroule sous la pression et perde la carte avant l'élection, comme quoi nos précédents démêlés avec les médias avaient bien failli lui rendre un grand service.

— Bon ! Ça fait qu'on commence par où ? Vous avez du nouveau depuis ma... Eh merde, c'est quoi ça ?

En voulant changer le sujet, je me suis laissé surprendre par un artefact que je n'avais pas remarqué jusque-là : sur un des bureaux, trônant au sommet d'une pile de papiers annotés, se tenait un gigantesque godemiché, rose et décoré de brillants, monté sur une espèce de socle plaqué.

Les bleus et les enquêteurs présents ont suivi mon doigt des yeux et, à la vue de l'objet en question, tous ont explosé d'un fou rire incontrôlable. Seuls mon oncle et Forget avaient su se contenir, et ce dernier s'est contenté d'un soupir avant de se diriger vers sa propre table de travail.

— Ça, c'est la Graine du mois, m'a dit Stéphane. On se réunit toutes les fins de mois pis on la donne à celui qui a fait la plus grosse niaiserie... C'est moi qui ai parti ça dans le temps.

— Ha ! Ben voyons, Stéphane ! C'est donc bien drôle !

Mais même la mention du trophée grivois, souvenir d'une époque plus simple et plus joyeuse, n'a su arracher le moindre sourire à mon détective débiné. Je commençais sérieusement à m'inquiéter de sa condition et, dès que le temps me le permettrait, il me serait primordial de retrouver la chimie qui nous liait encore quelques semaines plus tôt. Avec une petite tournée chez Ti-Guy, peut-être ? Ou dans n'importe quel trou où Stéphane passait désormais ses nuits...

— Suis-moi, c'est par ici.

— OK... Forget vient pas ?

— Pas au bureau. Y est pas très content qu'on ait accepté de te faire rentrer. Il s'est fait des copies, pis il travaille dans son coin depuis deux jours.

— Je vois...

Stéphane m'a alors conduit vers une toute petite pièce sans fenêtre qu'un vieil ordinateur désuet se chargeait de meubler, branché en plein centre du mur du fond. On s'y sentait très à l'étroit, si bien que j'ai dû inspecter le sol pour m'assurer qu'on ne se trouvait pas dans une seconde cellule d'isolement réaffectée. L'endroit semblait toutefois en règle, sans entonnoir ni drain, alors je me suis gardé de commenter.

— Et voilà... C'est tout ce qu'on a sur ton artiste.

Sur notre gauche, un gigantesque babillard en liège couvrait l'intégralité du mur de béton. Dessus avaient été épinglés divers documents, allant des fiches d'identité de mes victimes aux clichés tirés de la caméra de sécurité du guichet automatique, le tout répertorié selon une légende codifiant ces éléments pour mieux les traduire sur une carte de la ville, puis sur une ligne du temps... C'était tout simplement magistral, assez pour que mon oncle ait besoin de me sortir la tête des nuages.

C'était plus fort que moi ; je me sentais complètement aspiré par cette redécouverte de mon propre parcours, cette exploration nouvelle de tous ces moments auxquels je n'avais jamais eu le temps de m'attarder, comme les restes entaillés de Ramirez dans une mare de son sang, le petit mot d'excuse que j'avais écrit au-dessus, ou encore ce collage laissé à leur intention, lettre colorée dont s'était par la suite inspiré mon nouvel acolyte...

— Éric ? Tiens, c'est tout ce qui manque au tableau. T'es prêt à voir ça ?

— Oh, excuse-moi... C'est quoi ?

Stéphane me tendait une enveloppe brune non scellée, d'épaisseur moyenne. Je ne m'en étais pas rendu compte en la prenant, mais maintenant que j'avais retrouvé mes sens, je comprenais bien de quoi il s'agissait : ma propre fiche. À mesure que j'en feuilletais les clichés, des images sanglantes me revenaient à l'esprit, certaines m'aidant même à combler les écarts de mes visites dans les limbes.

— T'es correct ?

— Oui, oui. Ça va.

On y voyait sous tous les angles mon corps inerte, gisant dans une position mollasse qui manquait singulièrement de dignité. Venaient ensuite les gros plans, d'abord ceux de mon visage blême et suintant, puis de mon horrible plaie, cicatrice de ma témérité... Le jeu en a cependant valu la chandelle : si je n'avais pris ce risque, je n'aurais jamais abouti ici, barricadé dans l'enceinte du dernier lieu où l'on viendrait me chercher. Alors non, la vue de ces photographies ne m'a pas dérangé le moins du monde. Bien au contraire, elles m'ont empli d'une immense fierté, sauf qu'une fois de plus il me fallait cacher ce sentiment et feindre ce qu'on espérait de moi, soit la peur, la détresse et autres réactions pathétiques.

J'ai donc offert à mon oncle le spectacle qu'il attendait, épinglant d'une main molle et hésitante ma fiche au babillard. J'ai touché mon pansement, détourné le regard, puis, pour démontrer tout mon désir de gravir cet Everest, j'ai finalement souri à Stéphane, les yeux gonflés de courage. Mais lui m'observait toujours de cette même façon étrange : essayait-il encore d'évaluer ma condition physique ou était-ce désormais mon état mental qui le préoccupait ? D'une manière ou d'une autre, je savais bien que j'aurais à lui prouver ma valeur de nouveau, ce qui impliquait fort probablement un nouveau tableau tout frais sur lequel travailler bientôt.

— Tu penses en avoir assez pour nous imaginer un petit quelque chose ?

— Peut-être ! Je vois juste les victimes, par contre. Tout ça provient des scènes de crime… Tu gardes ailleurs les fiches des suspects ?

— On n'en a aucun.

— Aucun suspect ? Ben voyons… Je veux ben croire que ça fonctionne pas comme au cinéma, mais personne répond au profil ?

— Tu veux dire un Noir ? Un Noir anglophone qui voudrait se sortir de sa vie en cul-de-sac ? Y en a des milliers, Éric. On en a suivi des dizaines, pis interrogé presque autant.

— OK, mais c'est pas tout ce qu'on sait ! Le Rouge-Gorge reste un pseudo-artiste aux ambitions démesurées. Il faudrait questionner la direction des grandes écoles d'art, les responsables de certains programmes universitaires… Est-ce que ces places-là gardent les données de tous ceux qui auditionnent ?

— Oui. C'est déjà couvert.

— Pis personne parmi tous ces gars-là était mordu d'ornithologie ?

— Non, pis ce serait pas pertinent.

— Ben voyons, Stéphane ! Pour qu'il prenne le nom d'un oiseau, il doit sûrem…

— On l'appelait Rouge-Gorge aux nouvelles pis sur Internet ben avant qu'il nous dessine des ailes. C'est nous autres qui avons avancé qu'il faisait ça pour l'art. Pis tout le monde en ville est capable d'écrire trois lignes en anglais.

On se réveille, détective ?

— C'est sûr que, vu de même...

— La non-sélection des victimes, le poème, le collage... Notre gars a compris qu'en beurrer épais était plus facile qu'effacer ses traces.

Adossé au mur, Stéphane me déballait sa misère les bras croisés, sans une once de nervosité dans la voix. Pour ma part, j'aurais dû me réjouir de son calme, féliciter mon oncle d'avoir surmonté ses troubles d'anxiété, mais une question persistait : pourquoi faire appel à mes services s'il avait perdu tout espoir de pincer le Rouge-Gorge ?

— OK ben... comment je devrais aborder ça ?

— Si tu me pointes le nord pour faire diversion, où est-ce que je devrais regarder ?

— Au sud... mais là, tu me parles d'une girouette qui danse au vent, d'un gars qui pointe dans toutes les directions...

— Ouais.

Stéphane m'a jeté un coup d'œil à sa montre, puis a quitté son mur.

— En tout cas. Installe-toi, je vais aller faire le café.

— Hum, Stéphane ?

Il s'est arrêté, nonchalant.

— Est-ce que je suis le premier consultant à m'embarquer sur une enquête comme ça ?

— Non. On fait souvent appel à des psychiatres ou à d'autres spécialistes. Ça dépend des cas.

— Ouais, des spécialistes... mais des comme moi ? Tu penses vraiment que je peux vous aider ?

Avant de me répondre, Stéphane m'a contemplé de nouveau. L'hésitation n'a duré qu'un instant, mais j'ai bien cru y retrouver l'homme aux nerfs fragiles que j'avais déjà bordé dans son lit. A resurgi ensuite l'enquêteur plus vaillant qui avait sonné à ma porte au début de l'été, mais seulement pour laisser place à l'énigmatique chaperon qu'il était devenu depuis.

— Je pense qu'avec toi au poste, on n'a jamais été aussi près d'attraper le Rouge-Gorge.

Laisse-moi te surprendre.

Le détective est sorti de notre placard à balais, me laissant seul face à moi-même, face à mes crimes. Je suis allé m'asseoir sur la vieille chaise à roulettes qui faisait face au pauvre ordinateur et, aidé d'une légère poussée contre le pupitre, j'ai doucement roulé jusque devant le babillard, prêt à réfléchir. Car le temps me manquait, malgré les apparences, et je me demandais bien quoi inventer cette fois.

Dans le meilleur des mondes, j'aurais renchéri avec ma thèse de l'artiste dérangé et tâché de la maintenir jusqu'à m'être suffisamment accoutumé à mon nouvel environnement. Sauf que cette avenue exigerait bientôt des modifications majeures à ma signature, puisqu'un véritable artiste carbure aux émotions fortes et sincères, guidé par sa sensibilité et esclave de ses humeurs. « Un style évolue », disait mon cousin peintre, et être forcé de le traduire dans mes démarches ne me disait rien qui vaille.

Par contre, un changement d'hypothèse trop brusque minerait non seulement la stature de mon alter ego, son travail et ses motifs, mais risquait également de compromettre mon propre nom et ce que j'avais accompli sous cette identité : j'avouerais ainsi m'être trompé sur la signification du Plateau-Mont-Royal dans la psyché du Rouge-Gorge. Ajoutons à ça le miracle qui m'avait sauvé de la mort, et voilà qui faisait de moi l'homme le plus chanceux en ville… Le problème, c'est qu'il n'y a rien comme un trop-plein de chance pour éveiller les soupçons. Alors, que faire ?

— On est confortable, le Messie ?

— Quoi ?

Sans que je ne m'en rende compte, le sergent Forget avait quitté son bureau pour me rejoindre et se tenait maintenant sur le seuil de notre local, les bras croisés bien serré et adossé au cadre de la porte. Son air maussade ne s'était toujours pas estompé et, décidément, il désirait partager sa bile avec moi.

— Je te demande si t'es confortable sur notre chaise. Déjà qu'on n'a rien qu'un ordinateur branché aux archives, tu penses pas qu'on devrait au moins pouvoir s'y asseoir ?

— Bien oui, excusez-moi... Vous en avez besoin ?

J'ai tout de suite regretté ma question, m'en voulant d'avoir nourri l'hostilité de cet homme qui me souhaitait si ouvertement ailleurs. Alors je n'ai pas attendu sa réponse pour m'exécuter et ramener la chaise à sa place.

— Tout le monde au poste en a besoin. Empêches-en pas l'accès à ceux qui travaillent vraiment ici.

Et voilà, la valve était ouverte. Mais il n'était pas question que je laisse le sergent m'entraîner dans une querelle de bureau.

— Pardon, sergent. Je savais pas.

Je lui ai adressé un sourire désolé, puis je me suis retourné vers le babillard. En vérité, Forget n'avait que faire de la chaise, et il n'a pas attendu pour me déballer la raison véritable de son interruption.

— Ça durera pas, Éric.

— Comment ?

Je me suis retourné de nouveau, plus irrité qu'intrigué.

— La merde que tu nous chantes... Ça pue. Je le sens, pis j'ai bien hâte de voir ce que tu caches en dessous.

— Je m'excuse, sergent, mais je suis pas sûr de vous suivre.

Le pire, c'est que je n'y comprenais vraiment rien. Mis à part ces histoires de promotion et de course au chevron, j'ignorais quelles puces mon supérieur pensait bien m'avoir trouvées. Il s'approchait maintenant, regardant par-dessus son épaule pour s'assurer de sa discrétion.

— Prédire la prochaine attaque du Rouge-Gorge, se trouver sur son chemin quand on le poursuit, lui survivre... Pense pas que t'es au-dessus de tout le monde, mon christ. Pis si ton oncle a mieux à faire que de s'ouvrir les yeux, comprends bien que moi, je vais t'attendre au détour.

Oh-oh !

C'était finalement arrivé : on avait joint tous les bouts et compris que quelque chose clochait avec moi. Cependant, le sergent détenait-il la moindre preuve pour m'accuser formellement, ou ses affirmations étaient-elles nées d'une intuition ? À moins que Forget ne se cache derrière le message et la disparition de mon sac... Jusque-là, toutes les hypothèses tenaient encore la route. Il me faudrait fouiller les antécédents de mon nouvel adversaire.

— Vous... vous pensez que j'ai tué tout ce monde-là ? C'est pas possible, la photo montre bien qu'il est...

— Je pense pas que t'aies les couilles, non. Mais tu sais quelque chose, pis tu vas l'échapper bientôt. Crois-moi.

— Tout va bien, ici ?

Derrière le sergent, mon oncle venait de réapparaître, carafe de café et tasses à la main.

— Tout est parfait, mon Stéphane. On faisait juste connaissance. Pas vrai, fiston ?

Stéphane est allé déposer le café près de l'ordinateur, fronçant les sourcils dans ma direction. Il connaissait bien son collègue et devait facilement s'imaginer le genre d'hostilité dont celui-ci était capable. Lui confirmer ou non que tout allait pour le mieux en révélerait beaucoup sur ma propre éthique de travail : rapporter et chigner, ou tout refouler en une belle boule d'anxiété. Toujours difficile de choisir le meilleur de deux maux.

— Éric ?

— Ah, écoute ! Le sport, les femmes…

Dos à mon oncle, le sergent a approuvé ma décision sans vraiment le faire, son visage de marbre refusant de broncher d'un millimètre. Ses yeux accrochés aux miens se chargeaient cependant d'ancrer dans mon crâne la certitude que nous n'en avions pas fini avec cette discussion. Mais ce qu'il allait vite apprendre, c'était que le prédateur, dans cette pièce, c'était moi et personne d'autre.

— Le sergent est seulement venu me confier quelques-unes de ses idées, et je pense qu'on tient quelque chose…

L'air de Forget a vite changé. Pas nécessairement dans la contraction de ses traits, mais plutôt dans l'effort qui s'en dégageait et, au lieu du regard sérieux qui me mettait en garde l'instant précédent, tout son visage annonçait maintenant qu'il me sauterait dessus à la première occasion.

— Ah oui, fiston ? Et qu'est-ce que ce serait, hein ?

Stéphane s'est approché, posant une fesse sur le coin du bureau. Les bras croisés, lui aussi devait bien se demander quelle bombe j'allais leur jeter à la tête cette fois-ci.

— Stéphane, il faut regarder au centre.

— Au centre de quoi ?

— Si quelqu'un t'envoie courir dans toutes les directions, c'est qu'il se cache au centre de la carte.

Devant moi, le sergent fulminait d'impatience.

— De quoi est-ce qu'il parle, Gauthier?

— Messieurs... combien d'hommes noirs travaillent au SPVM?

Le reste de cette première journée s'est déroulé dans le plus grand des secrets. Mon oncle a gobé ma déclaration comme j'avais espéré qu'il le ferait, allant s'assurer que personne d'autre ne m'ait entendu avant de fermer la porte du local. De son côté, le sergent Forget est demeuré de glace, choisissant plutôt de s'approprier notre unique chaise à son tour et de s'y asseoir. Sa posture relâchée ainsi que ses traits perplexes exprimaient une curiosité nouvelle — il ne s'était certainement pas attendu à une telle audace de ma part. Ne lui restait plus qu'à voir comment j'allais me sortir de ce pétrin.

— Éric... Là, je vais te demander de prendre deux secondes pour y penser, parce que c'est pas une théorie qu'on peut juste lancer comme ça. Forget, c'est de toi que ça sort ?

— J'en sais pas plus que toi, Gauthier. À qui tu penses, Éric ? La caporale Bonin ? Franchement...

— Je sais pas, sergent, mais c'est vous-même qui l'avez dit. C'est tout un hasard que le Rouge-Gorge ait frappé exactement où on pensait qu'il le ferait, quand on pensait qu'il le ferait.

— Sacrament ! Tu te moques de moi ? Tu nous as dit qu'il habitait dans le quartier, qu'on avait affaire à un artiste raté !

— Oui, sauf qu'on n'y a pas pensé comme il faut. Si vraiment c'est un artiste élitiste, pis que, depuis le début, il touche pas au monde du Plateau... pourquoi il changerait d'idée tout d'un coup ?

— Parce qu'il est jaloux de leur succès, on en a déjà parlé.

— Mais sergent ! Si c'était le cas, vous pensez pas que *tous* ses meurtres auraient été concentrés dans ce coin-là ? C'est la seule fois où il y est allé. Un idéaliste va pas dévier de sa mission comme ça.

Le regard vissé dans le mien, mon détective nous écoutait avec attention, soupesant chacun de mes mots. Il doutait de moi, évidemment, mais en toute honnêteté, j'éprouvais le même scepticisme envers cette idée folle et soudaine. Toutefois, celle-ci nous amènerait à nous aliéner le reste de l'équipe et, avec un peu de chance, je n'aurais plus à m'inquiéter d'un service de police en entier. Et pour ce qui était de mon grand rival, je prenais la gageure que mon besoin d'aventure courait dans la famille : il devait me suivre, je le sentais.

— C'est sûr que le Rouge-Gorge a l'esprit créatif pis tout le reste, mais il faut qu'il en sache plus sur l'enquête que ce qui se dit aux nouvelles... Soit il a un pied dans la place, soit il a un complice qui lui rapporte ses infos. Pas le choix.

Puis il y a eu un temps mort, comme si l'on sentait que le prochain à parler devrait prendre une décision, comme si l'on savait que le prochain à parler devrait capituler... Et c'est mon oncle qui a enfin cédé :

— OK.

OUI ! Ha ha ha !

Stéphane avait tranché. Me quittant finalement des yeux, il s'est servi une grande tasse de café noir qu'il s'est envoyée cul sec dans la gorge — sans whisky sous la main en pareille occasion, j'imagine que n'importe quelle boisson pouvant lui brûler l'œsophage l'aidait à se ressaisir. Il s'est levé, puis a quitté le local en direction des bureaux. Quand il est réapparu, le détective ne portait plus son pardessus et en avait sorti son téléphone cellulaire qu'il m'a lancé. Je l'ai attrapé de justesse.

— On va établir une nouvelle banque de suspects de tous les hommes de race noire du poste. On commence par éliminer les cadres et les hauts officiers. Je veux connaître leurs alibis, leurs habitudes, tout. Je veux savoir ce qu'ils mangent au déjeuner. Après on descend les échelons, pis on finit par le personnel de soutien. Forget, tu vas me lister tout ça en ordre de priorité, pis Éric...

— Oui ?

— Rien pour l'instant. T'attends qu'on en sache plus. D'ici là, tu peux prendre chaque élément du babillard en photo pis nous monter un nouveau dossier. On doit pas toucher ce tableau-là, il faut pouvoir travailler à côté. Essaie aussi de nous taper une synthèse pour tout ce qui est pas visuel.

— Ça marche.

— Ah pis, les gars...

— Oui, Gauthier, c'est confidentiel. Je pense que le jeune avait compris le concept, pas vrai ?

— Oui, Stéphane. Pas de trouble.

— C'est bon.

Tandis que je me penchais au-dessus de la paperasse pour entamer ma tâche, mon oncle s'est versé une deuxième tasse de café, vidant la petite carafe sans même m'en avoir offert. Mais qu'importe : cette nouvelle hypothèse l'occuperait au maximum, et qui sait si elle ne lui rendrait pas son sourire ? Quant à Forget, il s'est levé de l'unique chaise et est sorti sans dire un mot. Je ne l'ai pas regardé faire, mais j'aime croire que, en passant le seuil de la porte, il m'a envoyé un dernier avertissement de ses fusils oculaires. Un petit « Nous nous reverrons ! » que je méritais.

En après-midi, l'atmosphère ne pesait pas moins lourd et aucun de nous trois ne tenait à briser le silence le premier. J'avais terminé de reproduire chaque fiche et photographie tout juste avant l'heure du dîner et, maintenant que j'entamais la rédaction de ma « meurtrographie », d'autres sentiments inhabituels émergeaient en moi, proches de la nostalgie, bien que je fusse également très critique envers mon propre arc dramatique. Car à mesure que je tapais le survol de mes premiers tableaux, je me rendais compte que c'est tout ce qui m'était possible d'écrire : un survol. Avec le recul, je constatais qu'il manquait sérieusement de chair à ces premiers chapitres de mon œuvre, comme si j'avais été incapable de transposer toute l'importance de ma genèse sur mes victimes.

La vérité, c'est que je n'avais rien à leur transmettre, ni à Joëlle ni aux autres, puisque je n'étais rien de plus, à ce moment, qu'un enfant sans histoire gêné de sa médiocrité. Et force est d'admettre qu'au jour de ma retraite, si l'on venait à m'arrêter, c'est bien la seule chose dont j'aurais honte. Pas de la vie ordinaire qui m'avait choyé jusqu'alors, mais de ces petits crimes pathétiques et dénués de sens qu'il m'avait fallu commettre pour m'en sortir... Je n'étais certainement pas le premier à avoir reculé d'une case pour avancer de deux, mais justement, j'aurais dû être meilleur. Le Rouge-Gorge valait mieux que ça.

S'alignaient ensuite mes trois exécutions suivantes, similaires aux précédentes, puis ce que mes poursuivants décrivaient encore comme ma première erreur de parcours, soit ma prestation devant caméra, soutenue de feu Puck Palmer. Pour avoir regardé le résultat sur images à maintes reprises, il me fallait admettre que l'ensemble manquait d'adresse, qu'importe la version de mes propres souvenirs. Mais étant donné que, des mois plus tard, toute la ville recherchait toujours un jeune Noir encagoulé, je pouvais facilement arriver à me pardonner ce manque de prestance et à qualifier l'opération de réussie.

Non, c'est légèrement plus tard qu'étaient arrivés les débordements, sous les formes de Ramirez, de Julie et de mon oncle. Quoiqu'aucun d'entre eux ne m'ait forcé à la moindre action non plus... Ah! Quel arrogant j'avais été de jeter aux flammes l'enseignement de mes mentors. Qu'aurait fait Jack à ma place? Ou encore mon bon Zodiaque? Ils se seraient sans doute contentés d'atteindre leurs objectifs initiaux sans prétendre pouvoir tout rafler, sauf qu'il était maintenant trop tard pour capituler : j'avais plongé la tête la première, et c'était à moi de maîtriser ma chute.

On a interrompu mon introspection en cognant à la porte. Stéphane s'est levé pour aller répondre, cachant sous d'autres documents une première série de dossiers que le sergent Forget lui avait apportée.

— Fillion... T'as besoin de l'ordi? Y est hors service.

— Ah ouais? Hostie... une vraie pine au cul! Mais non, je venais vous demander si vous alliez chez Ti-Guy après la *job*.

— Non merci.

— Allez! C'était quand, la dernière fois? Éric, on compte sur toi?

J'aurais parié ma chemise que mon oncle déclinerait de nouveau l'invitation, mais il m'a plutôt lancé un regard par-dessus son épaule. Si l'attention m'a d'abord flatté, croyant qu'il attendait mon avis, Stéphane m'a vite fait comprendre qu'il n'était toujours pas prêt à me rapatrier dans son cercle décisionnel.

— Sais-tu quoi ? On va passer vers 18 h.

Il a refermé la porte et s'est remis au boulot comme si de rien n'était. J'ai dû le regarder bêtement pendant de longues secondes, incapable de saisir la réflexion qui venait de s'articuler en lui. La bonne nouvelle, c'est que mes escortes allaient devoir patienter encore un peu avant de se remettre à me suivre au pas.

— T'as pas à venir aussi, tu sais...

— Oh non, ça va me faire du bien de me changer les idées !

Le reste du quart s'est terminé dans la tranquillité et, alors même que mes acolytes rassemblaient leurs premières informations, ils ont rapidement pu rayer de leur liste une bonne poignée de cadres et d'officiers. Ce n'est pas Forget qui allait se plaindre de ces progrès, soulagé que Stéphane nous épargne une première soirée d'heures supplémentaires. Lorsque nous nous sommes sentis fin prêts à entamer la phase suivante de notre enquête, nous avons fermé nos livres avant de nous séparer : le sergent Forget est parti de son côté, pendant que mon oncle et moi avons pris la direction d'un troisième restaurant rapide en moins de neuf heures... Ça peut sembler excessif, bien entendu, mais vu la qualité des plats que j'ai moi-même la capacité de me préparer, je ne pouvais que m'en réjouir.

On a mangé en silence, comme le voulait désormais la coutume, quoique l'inconfort entre nous m'apparaissait de moins en moins persistant. Peut-être Stéphane appréciait-il maintenant que ni lui ni moi ne nous sentions obligés de combler le silence ? Qui sait... D'une manière ou d'une autre, cette dynamique commençait à me plaire, m'évitant du même coup d'avoir à lui mentir sans arrêt. Quand 17 h 45 est apparue au cadran, mon oncle m'a simplement fait signe de me lever, et nous avons repris la route en direction du bar.

Pour deux hommes qui n'avaient pas prévu s'y rendre, l'ironie voulut que Stéphane et moi soyons les premiers à passer la porte de la taverne. Le tenancier nous a accueillis avec bonne humeur, puis, pour nous témoigner sa joie de nous revoir, il s'est empressé de nous offrir nos premières consommations.

— Cadeau de la maison ! À condition que vous me contiez tout !

— C'est gentil, Ti-Guy, mais si ça te dérange pas, je vais m'en tenir au Perrier pour ce soir...

Ah... depuis quand ?

— Oh ! OK, Stéphane, j'ai pas de problème avec ça. Entre moi pis toi, c'est ton *bill* du mois qui va être content !

— Ouais, sûrement.

— Hum ! Stéphane, préfères-tu que je boive pas non plus ?

— Tu fais ce que tu veux.

— OK d'abord.

J'acceptai la bière que me tendait Ti-Guy, sachant cependant que je n'en boirais qu'une seule : dans un bar pas plus qu'au boulot, un tueur dans ma situation ne pouvait se permettre d'alourdir ses réflexes.

— Bon ! Embrayez, les jeunes, je veux tout savoir !

Comme tout le monde qui possédait une télévision à ce moment, notre ami était au courant de ce qui m'était arrivé, et il s'était fait du sang de cochon pendant des semaines, d'autant plus qu'il l'avait appris par l'entremise du reportage de Julie.

— Regardez-moi ça, les gars. Je l'ai conçue moi-même !

Il nous montrait du doigt une affiche apposée au mur derrière lui, tout juste sous le néon phosphorescent de Labatt Bleue. C'était le portrait de la journaliste mal-aimée, tiré d'un de ses reportages et datant de sa période la moins glorieuse. Julie y paraissait vieille et faible, décorée d'une inscription rouge écarlate indiquant : « Bannie à vie ! » Une belle attention de notre ami, dans les faits, et il s'en sentait très fier.

— Comme ça, mon Stéphane, tu sais où venir quand tu veux avoir la paix.

— Wow... Merci, Ti-Guy. Vraiment.

À ma connaissance, Stéphane souriait pour la première fois depuis mon réveil à l'hôpital, et ça me faisait autant de bien qu'à lui de le voir enfin décompresser. J'aurais préféré rester le bénéficiaire de ces moments privilégiés, mais je n'allais pas rechigner pour si peu : ça n'aurait su tarder. Je me suis plutôt joint aux rires tandis que mon détective entamait son résumé des dernières semaines.

D'ailleurs, l'écouter nous raconter sa propre version de mes aventures leur apportait un tout nouvel intérêt, me rappelant ce que j'avais ressenti le jour où le bulletin de nouvelles m'avait présenté pour la première fois. C'était rafraîchissant, plus grand que nature, et ça n'avait rien pour calmer mes ardeurs : il me fallait enchaîner avec la suite, et elle devrait être à la hauteur.

Le temps a filé, emportant avec lui toute trace du jour et de sa clarté. On a ajusté l'éclairage, et d'autres clients sont arrivés avant qu'une demi-douzaine de détectives et de bleus en civil ne débarquent à leur tour, franchissant la porte en direction des quelques tables qu'on avait regroupées à l'avance au fond de l'établissement. D'autres encore ont suivi, mais Stéphane et moi nous sommes contentés de les saluer brièvement. Mon oncle recherchait le calme et la paix. À ça s'ajoutait certainement l'inconfort de festoyer en compagnie de potentiels suspects.

C'est le sergent Forget qui a fermé la marche, arrivant près d'une demi-heure après tout le monde. Un peu à notre image, il s'est contenté de serrer quelques mains aux méritants de la bande avant de revenir au bar.

— Ti-Guy… Gauthier…

Deux hochements de tête bien sentis à leur intention, puis j'ai cru qu'il allait complètement m'ignorer. Mais son coude m'a cogné l'oreille alors qu'il feignait l'effort de me contourner et je me suis vu rassuré : mon détracteur pensait bien à moi. Forget s'est finalement assis quatre ou cinq tabourets plus loin et a commandé sa bière, un gigantesque pichet de quatre litres.

— Hey, Stéphane, est-ce que Forget t'a parlé de moi ? À part pour te dire qu'il trouve que je sers à rien, je veux dire. Parce que ça s'en vient personnel, j'ai l'impression…

Loin de moi l'idée de rapporter à mon oncle les menaces que son homologue m'avait adressées, mais ne connaissant rien de lui, il me semblait tout naturel de m'intéresser à son cas. Si d'autres avant moi s'étaient retrouvés dans ses mauvaises grâces sans raison apparente, peut-être pouvais-je m'en servir pour amortir de futures répercussions.

— Forget aime pas grand monde… Il t'aime pas, il m'aime pas, il aime personne qui puisse lui faire de l'ombre.

— Ah...

— Mais toi, il pense que t'es notre tueur.

Euh, répète-moi ça, s'il te plaît !

Le temps de faire cette déclaration, Stéphane a vissé ses pupilles sur les miennes ; son regard pesant drillait ma cornée comme si elle avait renfermé tous les secrets du monde.

— Qui, moi ? Comment ça ? Je... Qu'est-ce que j'ai fait ?

— Rien.

— Bien là... est-ce qu'il est tout seul à penser ça ?

— Je sais pas. Mais Forget a une grande gueule, tu sais. Il aurait pas de mal à convaincre qui que ce soit de quoi que ce soit... Ce gars-là croit pas en la chance, pis mettons que t'en manques pas ces temps-ci.

Que Forget n'ait pas gardé ses soupçons pour lui n'augurait rien de bon, quoique cette dernière affirmation me confirmait néanmoins que le sergent ne possédait pas l'ombre d'une preuve pour m'incriminer. Je pouvais alors le rayer de ma propre liste de suspects concernant mon imitateur secret et le relayer au simple statut de... Comment Fillion avait dit, déjà ? Une vraie pine au cul.

— Je peux-tu faire quelque chose pour qu'il me lâche ?

— Pas vraiment. Tu peux toujours attendre qu'on trouve le prochain corps, mais assure-toi d'être dans la même pièce que lui quand ça arrivera.

— Bon, bien, espérons que ça tardera pas ! Pas le prochain meurtre, là... l'acquittement.

— OK.

La bonne nouvelle, c'est que je me savais encore en bonne position. Pour l'instant. Reste que Stéphane marquait un point important : on ne me laisserait tranquille qu'avec un nouveau meurtre pouvant m'innocenter. Ça impliquait une troisième recherche à mon agenda, celle-ci consacrée à mon prochain tableau, une toile simple et facile à livrer.

De son côté, mon oncle ne souriait déjà plus. Moi et mes histoires d'enfant anxieux avions réussi à lui gâcher sa bonne humeur et, en guise d'excuse, j'ai cru bon de le laisser tranquille pour quelques minutes, gageant qu'un peu de temps seul avec le tenancier lui rallumerait les iris.

Je me suis envoyé le fond de mon verre et j'ai pris le chemin des toilettes, uniquement pour y trouver une congestion majeure : des clients occupaient tous les urinoirs, de même que chaque cabine. Ça n'aurait su m'inquiéter dans l'immédiat, ma vessie dormant à mille lieues de l'état d'urgence, mais avec le nombre de personnes déjà en file qui passeraient avant moi, j'ai plutôt choisi de ne prendre aucun risque et de sortir visiter la ruelle derrière l'immeuble.

Des jeunes et des moins jeunes marchaient sans se presser au large de cette rue résidentielle. En groupe pour la plupart, plusieurs devaient rentrer au bercail au terme d'un repas au restaurant. D'autres, au contraire, sortaient à peine de leur tanière, en route pour l'une ou l'autre des activités nocturnes de ce quartier animé. Deux intersections plus bas, des humoristes montaient sur la scène d'un café-spectacle, tandis qu'à l'est, le vieux cinéma présentait quelques films de réalisateurs locaux.

Il n'était pas encore très tard, et cette nuit de l'été indien s'annonçait déjà chaude, presque autant que l'avait été la journée avant elle. J'ai alors pensé à l'impact d'une telle température sur l'alcool et ses effets, et l'abstinence inusitée de Stéphane m'a rassuré – nul n'avait besoin d'une nouvelle catastrophe en ces temps si tendus.

La ruelle s'ouvrait sur ma droite, juste au coin du bâtiment. Je m'y suis aventuré sans hésiter et, comme je m'enfonçais dans les ténèbres, un incroyable relâchement s'est opéré en moi : au fil des mois, je m'étais acclimaté à la noirceur de pareils racoins, adoptant les envers de la métropole comme mon nouvel habitat naturel. D'ordinaire, je serais tout de même resté sur mes gardes, me terrant dans l'ombre pour m'assurer de la sûreté des lieux, mais voilà que je portais désormais les couleurs de l'équipe adverse. C'est pourquoi j'ai tâché de combattre mes instincts en avançant la tête bien droite, résistant au réflexe de regarder par-dessus mon épaule.

J'ai déniché le coin idéal pour me détendre, caché derrière une de ces grandes poubelles noires de plastique, puis je me suis affairé, absorbé par le son de mon jet se brisant sur la broche d'une clôture. Au final, la sale besogne ne m'a demandé que quelques secondes, mais s'il y a une chose dont j'aurais dû me souvenir, tandis que je refermais mon pantalon, c'est que, aussi court soit-il, le moindre égarement nous revient toujours, un lot de conséquences à son bras. Et après ce léger intermède que je m'étais permis de savourer, quelques mots se sont chargés de me le rappeler :

— Salut, mon tendre.

— Qu'est-ce qu... Argh ! Câlice, Julie !

Prises d'un sursaut, mes mains en panique ont bien failli m'en coincer une dans la fermeture éclair.

— Qu'est-ce tu fais là ?

La journaliste attendait nonchalamment, adossée contre le mur derrière moi. Ses mains à elle reposaient au fond des poches de son long manteau et, pendant que je m'empressais de boucler ma ceinture, elle se contentait de m'adresser ce sourire espiègle qui ne lui allait que trop bien.

— Oh, rien... Un petit oiseau m'a dit que tu serais ici.

— Un autre de tes itinérants, tu veux dire...

— Bon, bon, bon. Comment ça se passe au poste ?

— De la seule façon que ça peut se passer. Personne veut m'avoir dans les jambes.

— Ah ! Bien maintenant, tu dois comprendre ce que je vis à longueur de journée.

Julie s'est redressée pour me rejoindre, valsant presque de ses pas légers. D'un bond tout aussi élégant, elle s'est hissée sur le dessus de la poubelle close, s'y assoyant aisément sans perdre de sa grâce. Décidément, elle savait se vendre, et je n'ai pu m'empêcher de la dévorer des yeux.

— C'est ce soir qu'on boit ton champagne ?

À si courte distance, son doux parfum aux notes de pêche venait m'embrasser les narines. Et ma journaliste le savait, elle qui se plaisait à me prendre d'assaut sous tous les angles, à me séduire par tous mes sens.

— Non, pas ce soir. Je suis en genre de probation au poste, Stéphane veut m'avoir à l'œil.

— T'as perdu sa confiance ? Aïe, aïe, aïe ! S'il fallait qu'il apprenne pour nous deux...

Elle a glissé ses doigts dans mes cheveux, m'électrifiant la nuque.

Ô doux souvenirs !

Mais le temps n'était pas aux débordements : si par malheur on me pinçait avec cette coquine, c'en serait fini de mon séjour au poste.

— Il doit savoir qu'on s'est rencontrés. Ses agents t'ont vue rentrer chez nous.

— Ah oui ? Et il t'en a pas parlé ?

— Pas encore, mais c'est pas pour rien qu'il se méfie.

— Pauvre garçon…

— C'est pas le premier de mes problèmes. D'autres me soupçonnent de bien pire.

— Qu'est-ce tu veux dire ? Dis-moi pas qu'on te suspecte ?

— Julie !

Ma journaliste bondit de nouveau, cette fois pour descendre de son perchoir et m'atterrir en plein visage. Mais sa félinité ne l'avait pas suivie jusqu'au sol, et Julie exhibait à présent l'air incisif qui avait fait son succès.

— Qui te soupçonne ? Un supérieur ? Le commissaire ?

— Non, non… C'est un autre enquêteur, un frustré qui cherche le trouble avec tout le monde.

— Le sergent-détective Forget ?

— Ha ! Sa réputation le précède !

— C'est bien lui, ça ! Un beau salaud…

— Bon. Fait que tu comprends ? Je peux pas trop m'en permettre pour tout de suite.

— Oui, oui, je comprends. Mais inquiète-toi pas, ça va s'arranger. Je vais voir si je peux le calmer un peu… Tout le monde a des squelettes dans le placard, pas vrai ?

— Oui, c'est vrai. C'est sûr que ça m'aiderait, t'es gentille.

— Ça fait plaisir.

— Merci. À bientôt.

— Bonne nuit, Éric.

Julie a repris son sourire le temps de m'embrasser sur le coin des lèvres. J'ai tourné les talons et, m'éloignant à bon rythme, j'ai prêté l'oreille à ses pas, souhaitant m'assurer qu'elle ne me suive pas. La fatigue commençait cependant à embrumer mes sens, m'empêchant de bien relever les indices de son déplacement… Je ne me suis pas rendu compte qu'une troisième paire de souliers en mouvement martelait lourdement le sol dans ma direction. Au moment de sortir de la ruelle, c'est mon nez plutôt que mes oreilles qui l'ont découvert le premier. CLOC !

Forget avait surgi de nulle part pour me saluer d'un coup de tête en plein visage.

— ARGH !

— HEY ! T'es malade ?!

Mon arête nasale élançait du cartilage aux sinus. Je me suis pris le bec à deux mains pour vérifier que rien n'était cassé, mais tout semblait intact.

— Sergent-détective ? Vous êtes correct ?

— Éric ? Tabarnac ! C'est quoi ton problème ?

— Quoi ? Mais rien, on s'est juste pas vus. Êtes-vous blessé ?

— Wow ! Tu dois vraiment aimer ça, surprendre le monde dans le noir comme un maniaque !

J'ignorais quoi répondre. Une excuse ou un sourire de sa part m'aurait tout autant surpris, mais de là à lancer ouvertement des allégations aussi absurdes, il y avait de quoi m'inquiéter d'un éventuel débordement.

— Écoutez, c'est juste un accident.

Mais ma politesse ne trouva aucun écho : Forget me saisit par un bras qu'il m'arracha presque.

— Hey !

— Ta gueule ! Je t'arrête !

Tiré par cette force qui me dominait, j'ai vite perdu pied pendant que le sergent me traînait jusqu'au bar. Si bien que c'est tout juste si je pus me tordre et regarder derrière moi avant d'être projeté à l'intérieur. J'espérais seulement qu'il n'ait pas aperçu Julie, ce qu'il me fut malheureusement impossible de confirmer.

— Gauthier !

— Lâche-moi, maudit malade !

— SERGENT GAUTHIER !

Mon oncle s'est retourné, imitant chaque tête dans l'établissement. Les yeux ronds, il s'est lentement redressé, comme si sa curiosité surpassait sa crainte.

— Forget ? Qu'est-ce qui se passe ?

— Il se passe que j'arrête ton neveu, mon christ d'aveugle !

— Je pense pas, non. Pis là, je vais te demander de lui lâcher le bras.

— S'il vous plaît, sergent ! J'ai rien fait de…

— Ta gueule, je t'ai dit !

C'est à ce moment que Forget m'a remis sur mes jambes et plaqué au mur, prêt à me la fermer lui-même. Son haleine puait la bière, et des postillons explosaient de sa bouche criarde, couvrant mon visage.

— Combien de fois je vous l'ai dit, câlice ? C'est lui qui a tué tout le monde, pis le dégueulasse vient d'essayer de m'attaquer dans ruelle !

— Stéphane, s'te plaît !

Mais je n'avais pas besoin d'aide. Seulement d'une opportunité. Car j'avais réussi à refermer la main sur un de ces longs cure-dents de plastique, et il ne manquait plus qu'il rapproche sa sale gueule de la mienne pour que je le lui enfonce dans la trachée.

— Y a personne qui est mort depuis qu'on l'a rentré à l'hôpital ! OUVREZ LES YEUX !

— Forget…

Vas-y, sergent !

— Ça fait qu'on va dire comme on dit en bas, mon p'tit christ ! T'as le droit de garder le silence pis… pis…

— On sait pus ce qu'on dit, sergent ?

J'avais chuchoté assez bas pour que personne d'autre ne m'entende. Mon arrogance a eu l'effet d'un coup de fouet au visage de Forget qui, passé la surprise, a tendu la peau vers l'arrière, découvrant deux rangées de crocs acérés qui salivaient. La patte qui m'agrippait encore le col a lâché prise pour envelopper ma gorge pansée et, derrière son oreille, le poing fermé de la bête s'est brandi en l'air, prêt à m'arracher la tête d'un seul coup.

— FORGET !

FRAPPE-MOI !

BAM ! Ou était-ce un « crac » ? Un boulet d'acier s'est abattu sur moi, m'éclatant la mâchoire qui s'est cognée violemment au mur. Une dizaine de policiers se sont jetés sur le monstre pour le maîtriser en le couchant au sol. Je me suis laissé glisser mollement le long du mur avant qu'on ne vienne me prêter main-forte. C'était Ti-Guy. Il m'a relevé, puis conduit à l'arrière du bar pendant que les autres se chargeaient d'escorter un sergent beuglant et gesticulant pour qu'on le libère de son étau humain.

— T'es correct, fiston ?

— 'Chit Guy ? Ch'est cassé ?

L'adrénaline m'empêchait de sentir la moindre douleur, mais à en croire le sang qui perlait de mes lèvres, j'ai vite compris que je m'étais mordu au moment d'encaisser le coup. Peut-être la langue ? Quoi qu'il en soit, je ne m'étais pas manqué.

— Non, non, je pense pas. T'as encore toutes tes dents.

Mon sauveur a soulevé le couvercle de la machine à glace contre laquelle il m'avait adossé. Une poignée de glaçons en main, il les a enveloppés dans ce vieux chiffon qu'il traînait toujours à sa ceinture.

— Colle-toi la face là-dessus pis bouge pas d'ici.

Quand j'ai levé mon pouce en l'air, signe que tout était sous contrôle, Ti-Guy est retourné gérer son plancher.

Mais qu'est-ce qui venait de se passer ? D'un côté, j'avais encouragé mon plus fervent détracteur à me rincer en public, lui offrant toute une tribune pour clamer la vérité, la révélant à qui voudrait l'entendre. D'un autre côté, une telle crise ne tarderait pas à miner la crédibilité du sergent-détective qui, du même élan, s'était aussi dévoilé au grand jour : c'était un impulsif, une bombe à retardement qui ne reculerait devant aucun abus pour assouvir ses désirs de justice vengeresse.

Selon Forget, il valait mieux tirer d'abord et poser les questions ensuite — un véritable cowboy moderne ! —, et je venais d'ignorer tout un risque en crachant au visage de cet enragé. Ni Stéphane ni les autres policiers n'oublieraient les paroles de leur collègue, pour autant qu'ils ne le croient pas fou. En d'autres termes, si c'était la brute qui avait planté la semence du doute, je venais certainement de l'arroser malgré moi.

Sans attendre le retour du tenancier, je suis sorti de l'arrière-boutique. La plupart des clients avaient déserté l'endroit, craignant de nouvelles altercations, et une bonne moitié des policiers avaient suivi mon oncle et son second jusqu'au poste où ce dernier passerait sûrement la nuit.

Au fond du bar, Ti-Guy finissait de nettoyer les tables abandonnées, fredonnant en douceur pendant qu'il tordait un linge propre au-dessus du bois verni. J'ai voulu le rejoindre pour le remercier, pensant lui rendre sa vieille guenille tachée, mais il me fit signe de la garder.

Le pauvre... Je pouvais sentir son accablement tandis qu'il se voûtait pour éponger sans conviction la bière renversée. Sans doute était-il fatigué de tous ces vaudevilles policiers, et il avait bien raison ! Si j'avais pu l'aider, je l'aurais fait volontiers. Mais je trônais certainement au sommet des causes de son trouble, et à moins de ne plus jamais remettre les pieds dans son établissement...

J'ai quitté l'endroit aussitôt, tâchant de marcher droit. Ma langue ne semblait plus saigner, quoiqu'elle commençait désormais à élancer joyeusement. J'anticipais la douleur qui promettait de s'intensifier et, pressé de rentrer pour m'envoyer un paquet d'Advil, j'ai appelé un taxi.

Au même moment, un message texte est apparu à l'écran de mon téléphone. C'était Stéphane qui me tendait la fleur d'une mise à jour : « Forget s'est calmé, on l'a reconduit chez lui. T'as congé pour quelques jours. »

C'est tout ?

Pas de « Comment vas-tu ? », ni d'excuses pour avoir laissé son chien me mordre sans intervenir. Rien. Et par-dessus le marché, c'est moi qui devais payer le prix de sa flambée de colère, avec cette suspension. J'aurais bien aimé répondre à mon oncle et l'envoyer paître, mais le taxi apparaissait déjà à l'horizon et je n'en avais plus la force. Pas ce soir. Après tout, ce congé forcé me serait grandement bénéfique, bien plus que ne l'avait été ma convalescence à l'hôpital.

J'ai donné mon adresse au chauffeur.

L'aide-éclairagiste ajustait l'ouverture d'un projecteur pendant que les cameramans reculaient pour se mettre en position. Le régisseur orchestrait toute la manœuvre depuis la console de son aquarium.

— Caméra 1, ça me prend moins de bureau. Gerry ? Plus serré, s'te plaît. Tom, on a du son ?

Des loges jusqu'au plateau d'enregistrement, techniciens et assistants se retenaient de courir, s'en tenant à la marche rapide par souci de professionnalisme. Aucune nouvelle crise à gérer n'avait atterri dans les bras de la réalisation ; aucun nouveau meurtre n'avait été rapporté depuis l'attentat raté sur le jeune Delacroix. Mais le métier exigeait que l'on reste sur le qui-vive quand on couvrait les actualités, même par temps doux.

Ce jour-là, cependant, un employé s'était présenté de bonne humeur malgré tout, le sourire étiré jusqu'au centre de ses joues plissées. Et tous l'avaient remarqué dès son arrivée étonnamment paisible.

— Hé ! T'as vu Pierre aujourd'hui ?

— Ouais ! Il m'a dit « bonjour », il doit être malade.

L'annonceur se sentait pourtant en pleine forme. Il avait dormi ses six heures habituelles et s'était envoyé le même bol d'Avoine croquante qu'à tous les matins. Ce qui avait chassé son cynisme coutumier était plutôt l'état de santé de sa journaliste mal-aimée : un courriel de son producteur l'avait prévenu à l'aurore que Julie couvait un virus.

« *Ah ! Emmenez-en, des bonnes nouvelles !* » s'était-il écrié, assis dans ses caleçons sur le rebord du lit. Comment osait-elle manquer à l'appel tandis qu'un tueur saignait la ville ? Peut-être Pierre détenait-il enfin la munition qui lui manquait pour se débarrasser de son insupportable subalterne. Si son substitut planchait avec aplomb, son patron n'aurait d'autre choix que d'abdiquer, ne serait-ce qu'en relayant la trouble-fête à la couverture des faits divers.

Quand la montre programmée de Pierre lui signala l'heure du départ, il glissa ses pieds dans ses chaussures fraîchement cirées, excité comme un enfant un jour de rentrée scolaire.

Caméra 3. Micro en marche. Silence.

Un dernier coup de fond de teint et les taches de vieillesse disparurent du front du présentateur. Les sillons de ses joues également recouverts, la maquilleuse sortit un pinceau, puis s'attaqua à la pâleur de ses lèvres aplaties. Mais les poils humides du pinceau chatouillaient la peau délicate de Pierre qui se remit à sourire. Mal à l'aise devant pareille étrangeté, la femme s'empressa d'achever la besogne avant de s'éloigner à la hâte.

Le chef d'antenne but une gorgée d'eau vitaminée, puis son oreillette fit résonner dans son crâne la voix du réalisateur.

— *Tu penses qu'il va bien faire, mon Pierre ?*

— *Non. Je sais qu'il va bien faire.*

— *Si tu le dis !*

Un dernier coup d'œil à ses notes, puis la régie donna son feu vert : « *En ondes, dans trois... deux... un...* »

Jingle.

— *Mesdames et messieurs, bonsoir. Si vous nous le permettez, nous entamerons ce bulletin avec les bonnes nouvelles de la journée : aucune nouvelle agression n'a été rapportée la nuit dernière, ce qui rassurera les plus optimistes d'entre nous. Sans arrestation, cependant,* impossible pour les autorités de dormir sur leurs deux oreilles. Parlant de cette enquête qui n'en finit plus, allons immédiatement rejoindre le plus récent ajout à notre équipe, le jeune Jonathan Blouin, que nous avons dépêché au Patriote, un bar de Rosemont-La Petite-Patrie.

Une ligne vint scinder l'écran en plein centre, offrant aux téléspectateurs les premières images de la verte recrue. Toupet au vent, sourire symétrique, Jonathan tenait son micro droit devant lui, fier comme un coq, doux comme une poule.

Pierre poursuivit, s'efforçant de calmer son enthousiasme.

— Jonathan, je lis ici qu'il y aurait eu une altercation, hier soir… En quoi ces événements sont-ils reliés à l'affaire Rouge-Gorge ? Aurait-on signalé un suspect ou ?…

— Bonsoir, Pierre, très excité de me joindre à l'équipe !

— Oui, bien sûr ! Le plaisir est partagé.

— Donc, euh, vous disiez… Oui ! Par rapport à l'incident survenu hier, il semblerait qu'aucun appel n'ait été fait aux services d'urgence, non. Selon l'information recueillie, un groupe d'officiers aurait… ils auraient, euh…

Ses pupilles fuyardes avaient quitté la lentille des yeux ; elles flottaient au large.

— Jonathan ?

— Ha ha ! Excusez-moi, c'est ma première fois en direct.

— Et vous vous en tirez à merveille ! Poursuivez, je vous prie.

— Merci. Comme je le disais, des officiers hors service se sont présentés au Patriote en début de soirée, établissement où toute la brigade aurait l'habitude d'aller prendre un verre.

— Très bien, très bien…

Pas la moindre note d'impatience ne ponctuait la répartie de l'annonceur dont les pores transpiraient l'enthousiasme.

— *Parmi ces agents, plusieurs seraient des membres de l'enquête entourant le Rouge-Gorge, ce qui, vous vous en doutez, a attiré l'attention de la clientèle.*

— *Oh ! Ne me dites pas qu'une querelle a éclaté entre les enquêteurs et des civils...*

Pierre s'avança sur le bout de sa chaise, affamé de croustillants détails.

— *Non, pas vraiment. En fait... peut-être. Mais la situation serait même pire, si l'on en croit ce client régulier rencontré aujourd'hui.*

Un jeune homme aux muscles gonflés apparut à l'écran. Les motifs de sa camisole se mariaient à ceux de sa casquette à la palette parfaitement droite.

— *Pouvez-vous nous raconter ce que vous avez vu hier soir au Patriote ? Comment tout ça a commencé ?*

— *Ben hum... c'est ça, là. J'étais avec mes* boys. *On venait de sortir des toilettes, t'sais, fait que j'étais vraiment... vraiment alerte, tu comprends ? Pis là, le gros gars est rentré par devant. Y était là depuis un bout, mais y avait dû ressortir ou quelque chose.*

— *C'est à ce moment-là que l'officier s'en est pris à un autre client sur place ?*

— *Attends, c'était une police ? Oh* fuck *! Oups, excusez-moi.*

— *On va censurer ça...*

L'apollon reprit.

— *En tout cas, si c'étaient des polices, c'est bizarre parce que le gars qu'il a pitché dans le mur parlait avec eux autres au début.*

— *Non ! Pour vrai ? Pouviez-vous entendre le sujet de leur altercation ? Était-ce en lien avec une enquête en cours ?*

— *Comme je te dis, j'étais vraiment alerte. J'ai...*

Le son coupa sans prévenir. La mâchoire du jeune homme continuait de monter et de descendre, délimitée par une fine ligne de poils taillés qui en traçait le contour, mais plus un son ne parvenait à l'oreillette de Pierre.

— Jonathan ? Jonathan, il semble y avoir un problème avec votre entretien. M'entendez-vous ?

L'image passa au noir.

Sur le plateau, tous retenaient leur souffle. On connaissait que trop bien la réputation de caractère bouillant du chef d'antenne. Les techniciens craignaient le pire : l'un d'eux pourrait perdre son emploi, peu importe la cause de cette interruption.

Les maquilleuses se levèrent d'un bond. Pas qu'elles appréhendaient le couperet, mais si Pierre virait au rouge comme elles l'anticipaient, une simple retouche ne suffirait pas à masquer la colère sur son visage.

Contre toute attente, toutefois, l'annonceur conclut dans le calme. On envoya les annonces publicitaires, puis le vieil homme lança un clin d'œil à la régie. Mathilde, une assistante, s'approcha d'un pas hésitant.

— Tout... tout est beau, Pierre ?

— Tout est parfait, ma belle ! Appelle la production, dis-leur qu'on doit se parler.

La femme griffonna une note à son cahier, un œil suspicieux dirigé vers son patron.

— Ben coudonc... Le nouveau aura pas fait long feu.

— Oh ! Mais au contraire ! C'est le prochain visage de la station, je t'en passe un papier.

Mathilde le dévisageait toujours, cette fois avec les yeux remplis d'incompréhension.

— Vous êtes pas sérieux ? J'ai aidé mon garçon à pratiquer son exposé oral hier, pis il tremblait moins que ça !

Mais Pierre refusait de l'entendre.

— Le public veut du vrai, Mathilde, les gens ont besoin de se reconnaître en nous. Jonathan va apprendre son métier en direct sur leur écran, pis eux vont apprendre en même temps que lui.

Rien des explications du vieil annonceur n'aidait Mathilde à comprendre, mais si tout le monde pouvait s'en tirer indemne, le pourquoi du comment ne l'intéressait pas outre mesure. Elle enchaîna avec humour.

— En tout cas... tant mieux si personne perd son poste !

La blague tapa dans le mille et Pierre s'esclaffa bruyamment.

— Ha ha ! Ça, ma chère, j'en serais pas si sûr.

Autant les derniers mois avaient passé en un éclair, autant ces trois jours de repos forcé m'ont paru interminables, le temps s'y butant comme si un grain énorme avait obstrué l'embouchure du sablier. Ou devrais-je plutôt ne compter que deux jours ? Car la première journée, je l'ai dormie au complet. Le taxi m'avait reconduit au pas de ma porte, en plein milieu de cette nuit automnale, puis j'avais résisté au sommeil encore une petite heure, question de changer mes draps fripés pour un ensemble de coton tout propre. Deux coins pliés à quarante-cinq degrés plus tard, je m'étais finalement glissé sous la couette bien tirée pour m'y endormir sur-le-champ.

Sans réveille-matin, les rideaux tirés, je n'ai émergé qu'à la tombée de la nuit suivante. Et, à en croire ma silhouette creusée dans le matelas, je n'avais pas bronché d'un poil durant mon hibernation, signe d'un profond sommeil réparateur.

Excellent.

J'ai dû rester près d'une heure supplémentaire calé dans le confort des plumes, étendu, à méditer les yeux clos. Quand je m'en suis senti fin prêt, j'ai rampé hors du nid, un centimètre à la fois, puis j'ai sauté dans la douche : dix minutes d'éponge, on ferme le robinet du bout du pied et hop ! On tire le rideau d'un trait. J'ai saisi une serviette et en ai fouetté l'air avant de m'y enfouir le visage. C'était un réflexe qui datait de loin, de l'époque où mon père laissait ma mère lui couper les cheveux. Chaque fois, la salle de bain en était recouverte et, malgré la vigilance de maman quand elle maniait le balai, je finissais toujours par me planter une de ces aiguilles grisonnantes dans les yeux si je ne secouais pas serviettes et vêtements.

Une fois l'excédent d'eau de mon corps absorbé par la serviette, j'ai suspendu celle-ci sur la barre de plastique afin qu'elle puisse sécher. Je suis ensuite passé devant le miroir de la pharmacie et, d'une main, j'ai chassé la buée qui recouvrait sa surface pour confirmer à mes yeux ce que mon toucher avait deviné sous le jet de la douche : le pansement à ma gorge avait atteint la fin de sa durée de vie utile. Ce qui en restait pendait lamentablement, un beau déchet brunâtre retenu de peu par quelques grumeaux de gomme, souvenirs d'un ruban adhésif qu'on n'avait pas conçu pour survivre aux assauts d'un policier névrosé. J'ai donc tiré dessus, doucement, puis, à mon agréable stupéfaction, j'ai découvert sous la gaze souillée une gorge en pleine santé, complètement rétablie de mon sacrifice périlleux.

Tout ce qu'il restait de cet odieux souvenir, c'était une petite rayure rosée sous ma pomme d'Adam sautillante, bien moins longue qu'au soir de son apparition. Du fait, j'ai souri à mon reflet, fier de son allure, et j'ai même eu l'idée de profiter de mes vacances pour descendre au centre-ville et me choisir quelques foulards d'automne.

Nu comme un verre devant l'évier, je continuais l'examen de mon épiderme. Mon visage avait bien changé depuis le printemps. Des stigmates de toutes sortes y avaient établi leur logis, de petites enflures, des cernes sous les yeux et autres traces de fatigue… Rien pour me défigurer, seulement une collection de minuscules apostrophes venues crypter en moi leur parcelle d'histoire, comme si ma peau avait servi de pages au journal de mes mésaventures.

Un journal…

Pourquoi ne pas y avoir pensé plus tôt ? Je pouvais presque le voir d'ici, en train de se matérialiser dans le reflet de la glace. Au fil des ans, mes vieux doigts squelettiques auraient abîmé ses pages mal protégées par la vieille couverture en cuir rouge. Je le serrerais contre mon cœur mourant dans l'attente du dernier repos. Stéphane serait mort, déjà. L'âge l'aurait emporté avant moi, aidé de ses frustrations embouteillées. Il n'aurait jamais appris la vérité et il serait grand temps que je la lui confie, alors au diable le secret éternel : je partirais le retrouver avec mes aveux comme seul bagage ! S'il trouvait la force de me pardonner dans l'au-delà, j'osais espérer que nous pourrions…

Un long craquement m'a sorti la tête des nuages : quelqu'un marchait dans mon appartement. Mes yeux ont quitté leur reflet pour s'aimanter à celui de la poignée de porte que je n'avais pas verrouillée : elle a oscillé.

Mon voleur de sac !

J'ai pivoté sur la pointe des orteils, puis j'ai empoigné mon rasoir jetable. Un second pivot, j'ai attrapé la poignée à mon tour et j'ai ouvert d'un trait, mon Gillette brandi devant moi : ma mère a hurlé de terreur.

— ÉRIC !

— AAAH !

Son cri avait provoqué le mien et j'ai claqué la porte aussitôt avant de me plaquer contre elle, le sexe dangereusement « protégé » par une main armée que j'avais rabattue à toute allure pour cacher mes organes de la femme qui les avait pourtant créés.

— MAMAN ! Qu'est-ce tu fais là ?

— Euh ! Je… Je sais pas, mon grand ! Je m'excuse !

De l'autre côté de la porte, ma mère faisait les cent pas à une vitesse folle. Je l'entendais mitrailler le plancher de ses souliers, aussi nerveuse et confuse que moi. Pas surprenant, quand on pense que son fils venait de la menacer de la pointe d'un rasoir à cinq lames.

— Je voulais te faire une surprise, j'ai pas pensé !

— On VIENT d'essayer de me tuer, maman ! On VIENT JUSTE !

— Je sais ! Je sais ! Peux-tu sortir, s'te plaît ? Mon petit chat, je suis tellement désolée !

Mon souffle se régulait tranquillement ; je reprenais le contrôle de mes muscles tendus.

— Je… suis tout nu, là…

— Éric ! Arrête-moi ça, je t'ai mis au monde. Attache-toi une serviette autour de la taille, pis sors me faire un câlin, qu'on se pardonne !

Comme moi, ma mère avait ralenti la cadence. Des pas plus affirmés se rapprochaient de la salle de bain tandis que sa voix retrouvait un ton plus normal, assez doux pour vous convaincre d'avaler tous les légumes bouillis du monde, assez ferme pour vous y obliger de toute façon.

— OK ! Donne-moi une seconde, je… Attends une minute ! Comment ça, pour « qu'on » se pardonne ?

Elle ne pouvait le voir mais, par instinct, j'avais fermé mes poings sur mes hanches, contrarié.

— Desserre-moi ces poings-là, Éric !

Comment fait-elle pour toujours savoir ?

— T'as quand même bien failli me sauter dessus avec un rasoir ! Viens faire un câlin à ta mère !

— J'arrive ! J'arrive !

J'ai repris ma serviette humide et déposé le rasoir sur l'émail du lavabo. Quand j'ai enfin ouvert la porte, ma mère m'attendait à deux mètres, les bras ouverts et un grand sourire étirant ses lèvres toutes minces et peinturées de rouge. Elle agitait le bout de ses doigts pour me presser de m'approcher d'elle, et je l'ai rejointe en levant les yeux au ciel, vaincu.

L'accolade terminée, ma mère m'a permis d'aller m'habiller tandis qu'elle rangeait au réfrigérateur les plats qu'elle m'avait apportés. Parmi les Tupperware de riz et de pâtes, de petites quiches avaient été emballées, en plus d'un poulet entier et d'infects cigares au chou bien cachés au centre pour que je ne les remarque pas.

Bien essayé, maman…

J'ai enfilé les premiers vêtements que j'ai pu trouver. Je suis ensuite allé m'asseoir à la cuisine où ma mère m'attendait debout, les mains appuyées sur le dossier d'une chaise et son petit manteau violet toujours boutonné.

— Tu restes pas pour souper ?

— Non, non, je venais juste te porter quelques petits trucs. Ton père devrait rentrer dans pas long de ses commissions pis je veux pas qu'il mange n'importe quoi.

— Ben voyons donc, papa est capable de s'arranger !

Pas que je souhaitais tellement passer la soirée avec ma mère, mais tout ce qui était arrivé, la peur de me perdre, les agents qui la surveillaient comme ceux postés sur ma rue... Il était souhaitable d'aider ma famille, par tous les moyens, à garder la tête hors de l'eau. S'il fallait qu'un de mes parents laisse ces événements prendre le dessus sur lui, je me retrouverais très vite avec une nouvelle distraction sur les bras.

— Ben oui, vous dites ça, les hommes ! Bon ! Là, je t'embrasse...

Elle m'embrassa entre deux mots.

— T'as du poulet, du riz, pis t'es ben mieux de tout manger.

— Oui, oui, promis.

— J'ai une grosse semaine, encore, mais je vais t'appeler bientôt. Je veux tout savoir sur ton stage au poste avec Stéphane !

— Ha ha ! Je sais pas si on peut appeler ça un stage...

— Ben oui, on peut. En autant qu'il t'emmène pas courir après les criminels, hein ?

Si je courais, Stéphane me perdrait de vue !

— Il m'a dit que tu travaillais dans les bureaux, c'est pas vrai ?

— Ouais, c'est ça.

— C'est bien, fais attention à toi.

Un dernier baiser sur le front, et ma mère a traversé mon petit appartement jusqu'à la porte menant à l'extérieur. Elle l'a ouverte, puis s'est retournée de nouveau, un index en l'air pour indiquer qu'une dernière pensée venait de pénétrer son esprit.

— Ah pis, Éric ! J'allais oublier, tu donneras un petit coup de fil à tes amis du bureau.

— Quels amis ? De quel bureau ?

— Pas au poste. Tes amis à la banque. Leur as-tu parlé, au moins, depuis que t'es sorti de l'hôpital ? J'en ai croisé un l'autre jour au centre d'achats. Carl, qu'il s'appelait... Y avait l'air assez énervé, il m'avait reconnue à cause d'un article sur nous dans le journal.

Oh non...

— C'est bon, maman, je vais appeler mes amis. À bientôt !

Sans attendre qu'elle m'embrasse de nouveau, j'ai pris un pas de recul puis j'ai refermé la porte. Carl... Son nom a eu l'effet d'un ballon d'ignorance explosant au contact de l'aiguille du gros bon sens : et si Carl n'avait jamais décroché ? S'il s'était entêté à me croire gardien d'un grand secret d'État ? Se pouvait-il qu'il ait poussé ses recherches ? Fouiner en ligne ne lui aurait rien rapporté, mais si Carl avait persisté ? Qu'est-ce qui l'aurait empêché de fouiller mon appartement, de me prendre en filature et de me surprendre en train de me trancher la gorge dans un élan de peur et de confusion ?

Jusqu'ici, mon ancien collègue s'était avéré lunatique au mieux, mais s'il s'était vraiment retrouvé dans le feu de l'action ce soir-là, j'étais la preuve vivante que de pareilles circonstances pouvaient tous nous pousser à commettre l'impensable, soit s'emparer de mon butin et imiter ma missive pour m'envoyer courir après ma queue.

J'ai couru jusqu'à ma commode. Aucun ensemble n'avait été préparé pour cette mission improvisée, mais l'heure n'était pas aux caprices, et j'ai attrapé un kangourou bleu royal qu'on m'avait ramené du Pérou. C'était le survêtement le plus sobre qu'il me restait et, malgré une inscription brodée sur le torse, personne ne risquait de reconnaître ni marque ni origine. J'ai glissé une lame de rechange ainsi qu'une paire de gants dans la grande poche avant, puis j'ai repris ma course jusqu'à la porte de la cuisine. Tandis que je tirais pour l'ouvrir, un drôle d'oiseau est apparu où mon image aurait dû se refléter : n'avais-je pas l'air d'un geai bleu, tout d'un coup ? L'introspection devrait attendre.

Je suis sorti d'un pas franc.

Près d'une heure avait passé quand j'ai mis les pieds dans Hochelaga-Maisonneuve. Quelques jours avant son déménagement, Carl avait envoyé sa nouvelle adresse par courriel à tous ceux qui avaient promis de l'aider, moi compris. J'ai su la retracer dans mon téléphone et, le temps de le dire, j'approchais le stationnement de son immeuble à logements. Carl habitait une construction du siècle dernier. Ses briques rouges autrefois unies peinaient maintenant à s'entendre, les unes jaunies et usées, les autres noircies, encrassées. À l'arrière du bâtiment, un escalier de secours en colimaçon escaladait le mur, sectionné par trois balcons... Ne restait plus qu'à trouver le bon.

Je me suis tapi dans l'ombre et j'ai attendu que la vie s'anime derrière les doubles vitres des portes-fenêtres. Des lumières s'allumaient, s'éteignaient ; d'autres étaient tamisées ou ondulaient carrément, suivant la danse des flammes de bougies. En bas, à droite, des amis riaient de bon cœur, un verre à la main. Quand l'un d'entre eux a fait glisser la porte pour sortir, la mélodie d'une musique à la fois rock, hip-hop et tout-ce-qu'on-peut-coincer-à-l'intérieur-de-deux-minutes-pour-vendre-une-chanson a vibré jusqu'à moi. Le fêtard a craché par-dessus bord avant de retourner à l'intérieur. Puisque Carl consacrait la majeure partie de son temps libre à la recherche d'ovnis et d'autres secrets nationaux, quels amis pouvait-il inviter?

Juste au-dessus, un jeune couple s'engueulait. Une femme aux cheveux ébouriffés gesticulait, minimisant la nécessité d'entendre les arguments de son conjoint pour les comprendre; elle brandissait un jouet au visage de son mari impassible. C'était un de ces vieux téléphones blanc-beige, monté sur de petites roues bleues et muni d'un combiné rouge. Un visage de clown souriait sous le cadran téléphonique, ignorant, dans la joie, la détresse de sa propriétaire. Son homme l'aidait-il suffisamment à s'occuper de leur enfant? Exagérait-elle dans sa crise? Qu'importe...

Fais-moi signe, mon Carl...

J'ai rallumé mon téléphone. Le courriel précisait qu'il résidait à l'appartement numéro 4, mais comment le situer depuis l'extérieur? Sur un total de six appartements, il *devait* se trouver au deuxième étage... À droite ou à gauche? Du bout du pouce, j'ai déroulé ma liste de contacts et appuyé sur son nom. Au bout du fil, ça a sonné, deux fois, trois fois... puis mon suspect a décroché:

— ... Allo? Éric?

Sa voix résonnait sans vigueur, basse et pâteuse: Carl venait d'être tiré du sommeil et mes yeux se sont arrimés à la porte-fenêtre de gauche, étage central. L'appartement était plongé dans l'obscurité.

— Carl? Merde, excuse-moi. Je voulais pas t'appeler, je me suis trompé de numéro.

— Ah! Ben non, tu me déranges pas. Tu sais ce qu'on dit, y a pas de bon ou de mauvais numéro… juste le destin pis ce qu'il a planifié pour nous!

Le fils de...

J'ai raccroché sans répondre. Si Carl ne se cachait pas derrière le vol de mon sac, il maîtrisait néanmoins le sens du spectacle, je devais le reconnaître… Ma tête enfouie sous mon capuchon, je me tenais prêt : mes yeux n'avaient pas quitté la porte vitrée, mes pieds s'appuyaient fermement sur la pointe des orteils… ne manquait plus qu'une confirma… Clic!

De l'autre côté des rideaux translucides, une lumière s'est allumée.

GO !

Je me suis élancé comme un fauve.

Le bitume craquelé volait sous mes espadrilles qui le touchaient à peine ; mes poings fermés découpaient l'air devant moi ; les voitures disparaissaient une à une, aspirées dans mon angle mort. J'ai attrapé la rampe de l'escalier et j'en ai gravi les marches quatre à quatre, faisant sonner le fer forgé qui grinçait sous mon poids : la musique au premier couvrait le bruit, et je ne me privais pas d'en profiter.

J'ai atteint le deuxième étage et je me suis plaqué contre la brique. Deux petits pas chassés et j'étais en position : j'ai martelé la vitre du bout de mes jointures. Un temps... Trois autres coups secs. Encore un temps... puis j'ai senti des vibrations régulières dans le bois du balcon, des pas rapides qui se sont arrêtés à bonne distance. Une seconde lampe fut allumée et toute la pièce s'est illuminée devant moi. Carl me verrait-il à travers la toile de polyester si je cognais de nouveau ? J'ai risqué le coup. Toc-toc-toc.

Les craquements ont repris, plus vite, de plus en plus près. Une silhouette s'étirait le cou pour essayer d'y voir clair. Elle a ouvert une partie du rideau, puis a encore hésité... mais un déclic est finalement survenu, celui du verrou qui venait de glisser.

Faites que ce soit Carl...

La porte de verre a glissé sur son rail et je l'ai poussée d'une main gantée. Une seconde : mon autre main a plongé dans l'entrebâillement avant de se refermer sur le toupet de ma cible. Deux secondes : je me suis glissé dans l'ouverture, j'ai claqué la porte derrière moi et tendu le rideau.

— AH ! NON ! C'EST QUOI ?

C'était bien Carl : sa voix nasillarde et sautillante ne faisait plus aucun doute. Je l'ai traîné à gauche, puis quelques pas à droite... Où avait-on caché ce foutu interrupteur ? Carl continuait de crier à outrance, pas plus solide sur ses jambes qu'un faon naissant. Il percutait tout sur son passage, bibliothèque de bandes dessinées, patère et collection de DVD compris.

Ah ! Voilà !

J'ai trouvé l'interrupteur, jusque-là caché derrière la plante synthétique qui venait de foutre le camp sur le plancher. J'ai noyé la pièce dans l'obscurité, puis j'ai balancé le flanc mou par-dessus la table basse en contreplaqué. Il a piqué la tête la première pour aboutir sur le canapé, le visage parmi les coussins disparates. J'ai sauté pour le suivre.

— Ghbn! Tuez-moi pas! TUEZ-MOI PAS!

Mes genoux plantés derrière ses biceps, j'écrasais ses bras tordus pour l'immobiliser. J'avais aussi repris possession de son cuir chevelu. Ses pleurs mâchés se perdaient dans le coton baveux, étouffés par les coussins auxquels je le forçais à goûter.

— *SHUT UP!*

La distorsion dans ma voix m'a écorché la gorge. Je n'aurais pas su moi-même la reconnaître.

— *What have you done with the bag?*

J'ai tiré sur ses mèches pour lui dégager la bouche.

— AOUTCH! Un sac? Quel sac?

Les percussions de la musique au-dessous retentissaient toujours, mais quelqu'un, quelque part, nous entendrait bientôt. J'ai renfoncé le visage de Carl dans le canapé, puis tiré de nouveau sur ses cheveux pour lui relever la tête.

— *THE BAG YOU TOOK FROM ME! You thought I wouldn't find you?*

Carl écoutait attentivement. Plus il écoutait, plus il se calmait... M'avait-il reconnu?

— Non... ghbn! Non, vous êtes... ghbn!

— *You've been watching me, Carl. But I've been watching you...*

Cette fois, il avait compris à qui il avait affaire : mon admirateur s'est raidi sur-le-champ, puis il s'est agité de plus belle. Ses yeux se sont mis à pisser des larmes, le flux de salive s'est intensifié. Carl a commencé à secouer la tête et la mixture de ses fluides a giclé jusque derrière ses oreilles, sur l'extérieur de mes gants. Il hurlait maintenant à s'en décoller les poumons. Sous le plancher, la musique ne sautait pas une mesure, mais cette nouvelle chanson se terminerait tôt ou tard... Il me faudrait être déjà loin quand les cris briseraient le silence.

J'ai empoigné ma lame avant de la presser sous sa gorge.

— *TELL ME NOW!*

Le cri suivant aurait effrayé un ours.

— Je sais pas ! JE SAIS PAS !! Nooooooon... *I... I did nothing!*

C'est à ce moment que je l'ai sentie, une forte vapeur d'ammoniac qui a envahi mes narines. Carl avait uriné sous lui, et la surprise a failli me pousser en bas de mon perchoir. J'ai quand même reculé, m'assurant de ne pas relâcher ma prise sur ses bras engourdis.

Mon suspect continuait de gémir. Il couinait sans la moindre parcelle de honte ou de gêne. Sa fascination pour le Rouge-Gorge et pour les mystères en général s'était métamorphosée en peur, la peur de ce qu'il ne connaissait pas, la peur du sort qui l'attendait.

Pathétique...

Mais pouvais-je réellement l'expédier au repos éternel ? Une grande partie de moi refusait de croire que mon adorateur pourrait se ramollir de la sorte, incapable de répondre à l'appel qu'il avait lui-même lancé. Et si Carl disait vrai ? S'il n'avait rien à voir avec celui que je cherchais ? Tandis que je réfléchissais à son sort, il vidait sa vessie délicate de ses dernières réserves. Le tuer ici et maintenant, dans son propre appartement... Aussi radicale rupture à mon système altérerait mon œuvre à jamais.

Dévier de tout ce qui avait bâti mon succès s'avérerait-il plus dangereux que de laisser vivre ce mollasson ?

Toujours à cheval sur le tronc souillé de mon ancien collègue, je sentais les vibrations dans le plancher s'atténuer : la chanson tirait à sa fin.

Un rappel ! Un rappel !

Tant pis. Carl n'en valait pas la peine, et chaque seconde passée dans cet immeuble bondé me compromettait davantage. J'ai accentué la pression de ma lame sur la peau tendue de sa gorge avant de m'approcher de son oreille. Plus bas, j'ai chuchoté de ma voix discordante :

— *Do not test me again...*

Sans délivrer sa coiffe de ma main refermée, j'ai retiré la pression d'un premier genou pour me relever. Le second l'a imité, puis je me suis éloigné en douceur. Les mèches de cheveux châtains commençaient à glisser entre mes doigts gantés qui se détendaient peu à peu. Lorsque mon survivant en devenir l'a compris, cependant, il a commis l'inexcusable : il a sauté des coussins imbibés, les mains en porte-voix, et a libéré son chant du cygne :

— À l'aide ! LE ROUGE-GORGE !

Mes yeux se sont écarquillés. J'ai sauté à mon tour et ai saisi ce traître de Carl par le col pour mieux le plaquer au sol. Ses pieds ont quitté le bois du parquet juste avant que l'arrière de sa tête ne rencontre le bord de la table basse. Le bruit sec de l'impact a coupé la parole au panier percé qui a perdu connaissance après avoir atterri de travers entre son canapé et sa table. Mon cœur en émoi battait dans mon œsophage alors que mes narines expiraient bruyamment. J'avais surestimé Carl, je le croyais moins trouillard, moins imbécile, surtout…

J'ai tendu l'oreille. L'accalmie soudaine aurait dû me rassurer, mais je connaissais les silences et celui-là en disait trop. Carl était innocent. J'avais pris suffisamment de risques pour une soirée : je devais partir.

À l'extérieur, quand j'ai eu refermé la porte-fenêtre, j'ai entendu des coups qu'on assénait à la porte avant de l'appartement. On avait donc entendu le boucan, mais rien ne laissait présager qu'on avait compris les propos de Carl. Ces gens trouveraient leur voisin assoupi, le réveilleraient, puis Carl leur raconterait son impossible mésaventure… Mais qui croirait ce fanfaron et ses théories ridicules ?

J'ai descendu l'escalier en colimaçon et piqué vers chez moi.

Les pattes installées sur le repose-pieds, ma lame posée aux côtés des chips, mon organisme complètement déréglé se gavait de l'énergie accumulée. Rien là pour assouvir ma faim, cependant, et sur la petite table ronde s'entassaient quelques pointes de pizza suintantes de graisse, un sac de frites huileuses qui débordait de toutes parts et les emballages de deux cheese-burgers à moitié engloutis... Je savais bien qu'il me faudrait mieux manger si j'espérais bientôt reprendre le collier, mais cette fois, j'avais décidé de prendre congé et d'ignorer les plats que ma mère m'avait apportés plus tôt.

De toute façon, combien de précautions avais-je prises, les semaines précédant mon hospitalisation ? À mon âge, ce n'était pas ce relâchement temporaire qui enverrait mon métabolisme au tapis, n'est-ce pas ? Et puis, ma cicatrice avait guéri à coups de sandwichs desséchés et de Jell-O vert pendant ma convalescence, alors de combien de nutriments mon corps avait-il vraiment besoin ? J'ai payé le livreur, salué mes gorilles au coin de la rue et dévoré Netflix en même temps que les calories, jusqu'à ce que les piles de la télécommande rendent l'âme.

Contraint d'abandonner mes coussins renfoncés, je suis allé fouiller ma chambre en quête de piles neuves. Le tiroir dédié aux rechanges de toutes sortes n'en contenait aucune, bien entendu, mais peut-être qu'un appareil dans la maison pourrait me dépanner en attendant ma séance prochaine de magasinage — j'ajouterais des piles au bas de ma liste de foulards.

J'ai poursuivi mes recherches un moment avant d'allumer enfin : mon réveil digital fonctionnait aux «doubles A», en plein ce dont j'avais besoin ! Mais en voulant l'ouvrir, j'ai accroché mon téléphone cellulaire qui s'est illuminé : une notification m'annonçait un appel manqué de Julie.

Tiens donc…

Et si je profitais de mon temps seul pour m'occuper de ce dossier ? Julie était réapparue la veille et, d'une certaine façon, elle avait contribué à la bagarre qui avait suivi. Sans ma rencontre impromptue avec elle, je serais retourné au bar en moins de deux et je ne serais jamais tombé sur le sergent Forget en pleine crise de nerfs… Le résultat net, c'est que, même sans le vouloir, ma belle réussissait toujours à m'entraîner dans un nouveau merdier.

C'était sans compter la distraction qu'elle représentait le reste du temps, de sorte qu'une fois encore elle m'occupait l'esprit et me privait du repos qu'on m'avait prescrit. C'en était trop. Il y avait une éternité que je n'avais pas refermé mes serres sur le moindre mulot. J'étais même rentré les mains vides de chez Carl. L'heure de Julie avait sonné et on ne me bénirait pas deux fois d'une si belle occasion. Je lui ai écrit sur-le-champ :

« Demain soir. 23 h.
Métro Mont-Royal. »

« C'est parfait xxx »

Le jour suivant, détente et loisirs trônaient au sommet de ma liste de tâches. Avec ce nouveau meurtre sur la planche, cependant, je croyais bon de reprendre mes bonnes habitudes de tueur exemplaire, laissant au soleil levant le soin de me tirer du lit.

Un verre de jus d'orange dans le gosier, puis hop ! Je suis sorti courir jusqu'au parc Marquette, m'arrêtant uniquement pour enchaîner des séries de pompes et de redressements. Petit fait cocasse : mes deux chaperons m'ont suivi du départ à l'arrivée, forcés de respecter ma vitesse moyenne de dix kilomètres à l'heure dans leur gorille-mobile. Au parc, je les ai même contraints à en sortir en piquant derrière la colline. J'avais disparu de leur champ de vision et, quelque trois minutes plus tard, je les ai retrouvé assis sur un banc à siroter une boisson gazeuse. Leur tête flottait ailleurs, anxieuse d'oublier l'inconfort de leur complet bon marché. En dehors de leurs responsabilités professionnelles, ils n'avaient que faire de mes allées et venues, de mes goûts et de mes manies. Et tant qu'on ne me reconnaîtrait pas comme l'auteur de ces crimes, je ne brillerais jamais sur la couverture lustrée d'*Allô Police*, pas plus que mes gardes ne joueraient les paparazzis. Quel dommage… Nul doute que s'ils apprenaient qui j'étais à ce moment, toutes ces heures passées à me surveiller leur inspireraient un tout autre intérêt.

Mes gorilles…

Je me suis rendu compte que je ne connaissais même pas leur nom, me contentant de les désigner comme une seule entité impersonnelle. Devais-je leur trouver chacun un petit surnom ? Valait-il alors la peine d'aller leur serrer la pince ? Qui sait si l'on ne se trouverait pas deux ou trois points communs à propos desquels discuter. Peut-être pourrions-nous même devenir amis, pourquoi pas ? Tant qu'à se voir liés de force, aussi bien joindre l'utile à l'agréable et — osons rêver ! — gagner leur confiance, advenant que j'aie bientôt besoin de davantage de lest.

Mais tout ça exigeait une préparation adéquate, et je n'allais pas l'élaborer sur le gazon froid et mouillé d'un parc familial. Je suis donc rentré sans dire un mot, marchant au retour tandis que mes deux gardiens échouaient à maintenir leur voiture sous la barre des deux kilomètres à l'heure. Ils ont finalement opté pour la technique du saute-mouton : s'arrêter en bord de route jusqu'à me perdre de vue avant de me devancer pour s'arrêter de nouveau. De retour à la maison, je suis passé sous la douche avant d'avaler un bon déjeuner équilibré.

Le reste de l'avant-midi s'est meublé de recherches plus ou moins approfondies sur Julie, puis d'une synthèse de tout ce que je savais déjà sur elle : ses ambitions, ses talents, ses faiblesses, ce qui la ferait fléchir, douter, rager, n'importe quel détail capable de m'acheter le moindre avantage de temps, de terrain... puis je me suis arrêté. Parce qu'il n'y avait aucune raison de m'investir autant. N'était-ce pas mon *modus operandi* que de surgir sans avertissement, de m'abattre sur le premier figurant en vue et de déguerpir dans le chaos ?

Julie méritait du Rouge-Gorge qu'il la traite avec authenticité, elle qui l'avait suivi et « encouragé » depuis ses débuts. Alors j'ai tout jeté aux ordures. Pas mon précieux couteau, bien sûr que non, mais toutes ces notes ridicules et ces prédictions

présomptueuses qui me supposaient maître des concepts socio-
logiques et psychologiques de quelque événement que ce soit.

Ce n'était pas mon entraînement qui m'avait permis de
triompher de Ramirez, c'était une décharge hormonale dans
le feu de l'action, et ce n'était pas une préparation assidue qui
m'avait sorti du pétrin au bar ou sur le Plateau non plus. Je
savais tirer le meilleur parti de chaque situation en suivant mes
instincts, en utilisant les ressources qui me tombaient sous la
main au moment opportun — le Rouge-Gorge ne régnait pas
en roi de la minutie, il avait conquis les terres de l'improvisation, de l'impulsion et de l'émotion. Ces mêmes éléments lui
avaient inspiré sa signature, puis l'avaient poussé à charmer la
femme de ses rêves qu'il s'apprêtait maintenant à immortaliser
par un ultime hommage.

Exactement !

Du même souffle, j'ai saisi mon téléphone pour relancer
Julie :

« T'es occupée ? Je suis libre
maintenant. »

Elle a répondu aussitôt.

« OK :) ! Métro Mont-Royal ? »

« Oui. »

« J'ai une surprise pour toi. ;) »

Moi aussi...

J'ai renfilé ma tenue d'occasion, les gants, pris ma lame, et j'ai ouvert la porte de la cuisine, pensant exécuter de nouveau ma chorégraphie d'évasion. Mais juste comme j'allais tourner la poignée, on cogna à la porte d'entrée... Qui pouvait aussi mal tomber ? Je n'attendais personne, et le bon sens me conseillait de poursuivre sans me laisser distraire.

Le problème toutefois, c'est qu'Aurélie et Rose — je leur avais finalement trouvé un surnom, en séparant celui déjà inscrit dans mon téléphone — observaient sans doute la scène depuis leur dortoir mobile et, si je n'ouvrais pas, ils se douteraient que j'avais mis les voiles. Mais pourquoi ne m'avaient-ils pas écrit, comme le voulait la procédure ? Ils l'avaient pourtant fait quand Julie s'était pointée quelques jours plus tôt... À moins que ce ne soient mes chaperons qui m'attendaient sur le seuil de la porte ? Dommage, dans ce cas, que j'aie déjà donné rendez-vous à ma journaliste, car ç'aurait été une belle occasion de les inviter pour un verre.

J'ai lâché la porte et pressé le pas jusqu'au vestibule pendant que de nouveaux coups retentissaient. M'assurant seulement que rien ne dépasse de ma grande poche avant, j'ai ouvert sans hésiter. Comme de fait, Aurélie et Rose patientaient sur mon perron, se tenant de chaque côté d'un troisième homme au visage familier.

— Sergent-détective Fillion ?

L'officier au naturel de boute-en-train n'avait pas la tête à rire ce jour-là. De ses yeux froids, il me regardait sans vraiment me voir, fixant ses billes absentes quelque part entre les miennes.

— Éric Delacroix, je vais te demander de nous suivre.

— Vous suivre ? Où ça ?

Avant qu'il me réponde, mes anciens-chaperons-devenus-escortes m'ont agrippé chacun un bras de leurs larges mains pour mieux me guider en bas, où une deuxième berline noire était apparue devant la voiture de surveillance habituelle. J'ai entendu Fillion refermer derrière nous et, alors qu'on traversait la rue, j'ai remarqué qu'en fait plusieurs autres patrouilles fantômes s'étaient rassemblées dans ma rue...

Oh, Carl... à quoi t'as pensé ?

Mon collègue avait-il osé me dénoncer ? Non. Il ne m'avait pas reconnu, j'en étais convaincu... mais pourquoi, dans ce cas, sentais-je le poids du regard de tous ces agents qui m'observaient, la main serrée sur la crosse de leur arme de poing ? Tous se tenaient prêts à me sauter dessus au premier signe de résistance. Le sang m'est monté aux joues, leur donnant ce teint rosé, traître de nos vices comme de nos envies. Était-ce déjà la fin ? Possible, si mon admirateur secret avait décidé de poster mes biens à la station... C'est Forget qui devait danser de joie sur les bureaux du poste.

Fillion nous a finalement rejoints. Se refusant toujours à affronter mon regard, il m'a ouvert la portière arrière de son véhicule, côté conducteur.

— C'est Stéphane qui vous envoie ? S'il vous plaît, sergent, dites-moi ce qui se passe...

Personne n'a soufflé mot. Je n'en saurais pas davantage avant d'arriver au poste — si c'est bien là qu'on m'emmenait ! Mais si j'étais en état d'arrestation, Fillion m'aurait déjà passé les menottes... Ça m'a rassuré en partie et je me suis contenté de m'asseoir sur la banquette sans trop m'agiter, de peur que l'arme de mon prochain crime ne me tombe sur les genoux en un bien mauvais moment. Aurélie et Rose se sont installés à mes côtés, me coinçant la charpente entre leurs imposantes épaules, et c'est le sergent qui a pris le volant.

Les autres voitures ont fait démarrer leur moteur.

À ma première visite au poste, on n'avait pas cru bon de me montrer les salles d'interrogatoire. Au terme de deux heures à y patienter seul, je les connaissais maintenant très bien. Au nombre de deux, ces locaux quasi hermétiques étaient identiques et de même superficie : pas plus de deux mètres et demi sur un et demi. Et si leurs murs de béton étaient peints du même jaune appétissant qu'on retrouve dans les cuisines et les restaurants de déjeuner, son effet chaleureux et accueillant échouait à chasser la froideur paralysante de ces pièces jumelles dépourvues de fenêtre. On n'y trouvait en fait qu'une table pliante et deux chaises, sans horloge au-dessus de leur épaisse porte pour compter les heures qui fuyaient.

Le contingent m'avait accompagné jusqu'au débarcadère, laissant le soin à Fillion et à mes gardes de me guider à travers les dédales de la station. À l'écoute de mon pouls et de ma respiration, j'espérais contenir l'anxiété qui s'éveillait en moi, sachant néanmoins que le calme et la confiance absolus paraîtraient tout aussi suspects que la panique. J'ai quand même laissé échapper un léger hoquet en passant devant le dépôt des pièces à conviction. C'est là qu'ils dépouillaient les détenus de leurs effets personnels avant de les enfermer pour une nuit ou deux… Disons simplement que j'aurais joui de quelques arguments en moins s'il avait fallu que le sergent me vide les poches avant de m'interroger. Puisqu'on ne m'avait pas officiellement arrêté, j'imagine qu'un alinéa du code Criminel les empêchait de me traiter de la sorte.

Lorsqu'ils m'ont finalement abandonné dans ma boîte à questions et que le témoin lumineux rouge de la caméra au plafond s'est allumé, j'ai enfin compris la stratégie derrière pareille générosité : me laisser seul avec un téléphone ou n'importe quel bidule pendant si longtemps leur permettrait d'analyser mon comportement. Allais-je jouer nerveusement avec un objet pour me calmer ? Noter mes pensées sur mon calepin numérique ? Appeler au secours ? Ce n'est pas moi qui allais leur donner satisfaction, et je n'ai sorti mon cellulaire qu'à la réception de messages textes.

Chaque fois, c'était ma douce qui tentait de me joindre. Elle n'avait sans doute pas l'habitude de se faire poser un lapin et, au cours de la première heure, ses alertes rentrèrent à bons flots : « T'es où ? Je t'attends » ; « T'as un empêchement, ou tu me niaises ? » ; « Éric, tu m'inquiètes, là ! » Mais je ne pouvais me risquer à la rassurer en plein milieu de mon audition.

Quand Fillion est enfin réapparu, il est entré sans se presser. Le sergent portait sous le bras une pile de dossiers débordant de documents, y compris celui que j'avais assemblé quelques jours plus tôt. La porte bien verrouillée, il s'est tiré une chaise et a tout déposé devant moi.

— C'est du beau travail que t'as fait là, Éric.

— Euh... Merci, sergent, c'est la moindre des choses !

— Ouais, ouais. C'est sûr... On apprécie.

Les mains croisées sur la table, Fillion fixait ses pouces qu'il compressait l'un contre l'autre, presque recroquevillé sur lui-même tellement il m'apparaissait absorbé. Étrange...

Un homme désireux d'affirmer son autorité s'assure nor-
malement de s'imposer par l'image. Quand mon père me
sermonnait dans ma jeunesse, il savait le faire avec prestance.
Ses mains reposaient aussi sur la table, mais seulement parce
qu'il avait poussé sa chaise assez près, de manière à ce que son
dos ne quitte jamais son appui — c'était primordial, m'avait-il
enseigné par la suite.

— Éric, s'il te plaît... pourrais-tu me raconter exactement ce
qui s'est passé avec le sergent Forget lundi soir ?

— Ah, ben oui ! Hum... Il devait être passé 9 h, non ? La
file pour les toilettes était vraiment longue pis je pensais pas
pouvoir attendre, ça fait que... ben, je suis sorti dans la ruelle
à côté pis j'ai fait ça sur une clôture.

— Pis après ?

Fillion n'avait rien changé à sa posture décontractée, quoiqu'il
semblait s'être raffermi. Se pouvait-il que le sergent me considère encore comme son collègue, lui qu'on forçait peut-être à
me questionner ainsi ? Son attention avait déjà quitté ses mains
et il soutenait mon regard. S'il me servait le vieux traitement
du bon policier, peut-être allait-il progressivement transiger
vers une figure plus imposante une fois ma confiance gagnée.

— Après, j'ai tourné le coin pour rentrer pis le sergent m'a
foncé dedans... ou ben c'est moi qui regardais pas où j'allais,
mais en tout cas. On s'est pas vus pis on s'est cognés. Je me
suis excusé, sauf qu'il a commencé à me dire que j'avais fait
exprès, que je l'attendais dans la ruelle pour lui sauter dessus !
Fait qu'il m'a traîné dans le bar. Vous connaissez la suite.

— OK...

L'avais-je convaincu ? Si oui, il ne le laissait pas paraître. Mais
sinon, ce n'était pas plus clair.

— Pis quand on a sorti le sergent Forget, c'est là que le tenancier du bar, monsieur Guy Labelle, t'a emmené en arrière pour
te soigner. C'est ça ?

— Oui, c'est ça.

— OK…

Mais mon vis-à-vis n'a pas bronché, insatisfait de ma réponse,
pourtant véridique. Moi qui m'étais préparé à lui tisser les plus
beaux mensonges…

— Qu'est-ce que t'as fait après ?

Comment ça, après ?

— Après ? Ben après, je… ben, je suis rentré chez moi. Je
comprends pas ce que vous voulez savoir, sergent. Mon appart
est surveillé vingt-quatre heures sur vingt-quatre, j'ai rien
de plus à vous apprendre que ce que mes gardes ont dû écrire
dans leur rapport ! Qu'est-ce qui est arrivé ce soir-là ? S'il vous
plaît, vous commencez à m'inquiéter, là…

L'enquêteur au teint clair a finalement flanché, cassant son
air de marbre le temps d'un soupir senti. Ses pouces impatients
se sont remis à danser tandis que ses yeux noisette cherchaient
des réponses, mais je voyais bien qu'une partie de lui doutait
que je puisse les lui fournir.

— Éric… t'es sorti de nulle part avec tes théories, pis tu
savais où le prochain meurtre aurait lieu.

— En fait, je vous disais que…

— Laisse-moi finir.

— Oui, sergent.

Christ de clown.

— T'as deviné, ou prédit, ou ce que tu veux... Tu savais que le Rouge-Gorge aurait un intérêt pour le Plateau-Mont-Royal un jour ou l'autre. Pis c'est là qu'on t'a retrouvé la gorge tranchée. T'es la seule victime du Rouge-Gorge à lui avoir survécu, pis depuis qu'on te surveille, plus rien.

— Je sais, sergent...

— Ce gars-là peut saigner un mafieux de deux cents livres, mais toi, il serait capable de te manquer ? Fait qu'un de nos enquêteurs a commencé à se poser des questions, comprends-tu ? Évidemment, on pouvait pas vraiment en parler parce que le gars en charge, ben c'est ton oncle.

Je la trouvais de moins en moins drôle. Quelqu'un quelque part allait-il m'accuser de quelque chose, oui ou non ? Mais le sergent-détective ne lâchait pas le morceau, et il semblait lui rester suffisamment de souffle pour un dernier tour du pot.

— Le sergent Forget a perdu son sang-froid. C'est rien qu'on encourage, mais quand les cadavres s'empilent pis qu'on t'empêche de faire ta *job* comme du monde, c'est quelque chose qu'on peut comprendre. C'est pour ça que, ce soir-là, il t'a fait ce qu'il t'a fait. Pis c'est pour ça qu'on l'a raccompagné chez lui pour qu'il puisse se calmer un peu. Parce que pour une police, passer la nuit en dedans... mettons que ça t'aide pas à dormir.

— Oui, je comprends ça. D'ailleurs, si le sergent Forget voulait venir me parler aujourd'hui, j'aurais aucun problème à...

— Le sergent Forget a disparu cette nuit-là.

Oh...

Au même moment, un nouveau message a fait vibrer la table. Cette fois, ma journaliste n'aurait pas pu mieux dire : «Dis quelque chose, es-tu en danger?» Mais j'ai ignoré son envoi, craignant que mon intervieweur ne s'y intéresse.

— Quoi? Comment ça, «disparu»?

— Il s'est pas présenté au poste le lendemain. Quand on a compris qu'il répondrait pas au téléphone, on est allés voir chez lui... Son condo a été défoncé, il y a eu un combat... Son téléphone était tombé en dessous du sofa.

— Ben voyons donc!

Mon admirateur! C'est mon admirateur!

Cette fois, j'ai senti mon cœur exploser dans ma cage thoracique, incapable de contenir mon trop-plein de joie et de fierté. Si j'avais été seul, j'en aurais ri aux larmes tellement l'émotion me chamboulait : non seulement cet inconnu formidable s'était montré à la hauteur de mon talent, réussissant à lire chacune de mes feintes, mais voilà qu'il mettait son don impressionnant au service de la cause! Bon... la conséquence immédiate, c'est que tous les projecteurs se braquaient maintenant sur moi, mais soit! Plus vite j'en finirais, plus vite je pourrais retrouver mon apprenti et lui en apprendre davantage.

— Fait que si tu permets, je vais te le demander une dernière fois pis tu vas me répondre d'une traite. T'as fait quoi, la nuit de lundi, après être rentré chez vous?

— Je me suis couché pis j'ai dormi pendant pas loin de dix-huit heures. Demande à mes gardes.

— T'es un gars brillant, tu saurais les contourner.

— Je l'ai pas fait. Je veux parler à Stéphane.

— T'es maintenant le suspect principal d'une méga-enquête de meurtres en série. Ton oncle s'est retrouvé en conflit d'intérêts direct, on lui a retiré ses responsabilités.

— Je veux le voir quand même !

— Non.

Le bouffon commençait à m'irriter sérieusement. Si je n'étais pas en état d'arrestation, j'avais tous les droits de me lever et de partir. Je ne resterais certainement pas assis tranquillement pendant qu'on essayait de me voler tout ce que j'avais mis tant d'efforts à bâtir ! Si je n'intervenais pas, Stéphane échapperait sa promotion, Julie, son reportage historique, et moi, je perdrais toute chance de graver mon nom sur quoi que ce soit. Le cirque avait assez duré.

— Écoutez, sergent, je comprends que vous cherchiez des réponses, mais vous avez rien contre moi, pis m'inventer je sais pas quel mobile pour que je colle au profil va juste vous coûter plus de victimes. Si vous voulez pas de mon aide, j'insisterai pas. Mais si je suis pas en état d'arrestation... ben vous m'excuserez, mais j'ai mieux à faire.

J'ai terminé mon petit monologue en me levant dans toute ma confiance, fermement appuyé sur la table de mes deux mains. Mes canons oculaires ont défié ceux du détective pendant de longues secondes, mais son regard expérimenté n'a jamais fléchi pour autant. Fillion s'est plutôt levé à ma hauteur, la paume de ses mains bien ancrée sur le plastique de la table pour imiter ma posture et freiner mon élan.

— T'as raison... Si on trouve rien sur toi, tu pourras partir. Mais de par la loi, je peux te garder jusqu'à quarante-huit heures sans porter d'accusations. Fait qu'à ta place, je rassiérais mon cul tranquille sur ma chaise pis je prierais à deux mains qu'on n'ait pas le temps de tout vérifier. Sans ça, t'auras peut-être pas le luxe d'aller te magasiner un avocat.

Excellent.

Le chien montrait les crocs, et c'est bien tout ce dont j'aurais besoin pour vaincre le pire des scénarios : si la police échouait à présenter sa cause en toute objectivité, pas un juge au pays ne l'accepterait sans preuve matérielle. Et ces preuves, elles pendaient présentement au cou d'un imitateur, en guise de médailles. Je me suis néanmoins rassis, me rappelant la vitre taillée qui se berçait dans la poche de mon survêtement. Ç'aurait été un bien mauvais moment pour qu'elle s'en échappe et tombe sur la table. Le sergent Fillion s'est permis de sourire un instant, satisfait de ma résignation. Sauf qu'une fois rassis à son tour, le détective n'a eu le temps d'ouvrir qu'une seule chemise avant qu'on ne cogne à la porte de ma cellule déguisée. Il a d'abord ignoré le dérangement, faisant mine de feuilleter les premières pages de mon anthologie, mais les coups insistaient.

— Christ...

Fillion est allé ouvrir en grommelant, n'entrebâillant la porte que légèrement pour me couper au maximum du monde extérieur.

— Je suis en plein interrogatoire ! C'est quoi le problème ?

— Je m'excuse, sergent, c'est... c'est Forget.

De ma position, impossible de voir le visage de l'officier venu nous interrompre. Mais le son de sa voix hésitante a vite fait de retenir mon attention.

— Y a du nouveau ? Un message du crotté ?

— Euh, ouais, c'est...

Un bleu aux traits bouffis s'est rapproché de son supérieur pour lui chuchoter le reste de l'information à l'oreille mais, déjà hors d'haleine, il ne put s'empêcher de cracher certains mots à voix haute : « ...retrouvé... *parking*... »

Attends une minute...

— *Fuck... Fuck ! Fuck ! FUCK !*

Le sergent Fillion s'est rué à l'extérieur, suivi du policier rondelet qui n'avait pas prévu courir en se levant ce matin-là. Il a donné un élan à la porte pour qu'elle se referme, mais pas suffisamment pour que la lourde masse se clenche ; j'ai décollé à mon tour, plaquant l'uniforme bedonnant au passage. Il m'a crié quelque chose, mais je ne l'écoutais plus. Je devais rattraper Fillion. La frousse m'avait pris au ventre et je sentais son venin se répandre dans mes entrailles pour les glacer tour à tour. Lever le voile sur la surprise qui m'attendait dans le stationnement saurait peut-être arrêter l'hémorragie. À moins que je ne coure plutôt vers mon arrestation officielle.

J'ai dépassé le sergent en panique et traversé le débarcadère en moins de deux. La porte de garage était ouverte à hauteur des genoux et je m'y suis lancé en glissant, m'écorchant tout le flanc gauche, de l'épaule à la cuisse. De l'autre côté, des officiers s'empressaient d'isoler le périmètre, pas en le décorant des rubans habituels, mais en déplaçant et en positionnant un maximum d'auto-patrouilles et de camions autour de la scène. C'était un moyen efficace d'obstruer la vue aux curieux, mais de là à croire que ça attirerait moins l'attention que leurs banderoles colorées...

Je me suis frayé un chemin au travers des employés du poste qui s'amassaient déjà et, une fois aux premières loges, j'ai été ébloui par le spectacle : le sergent Forget reposait à mes pieds, les chevilles jointes. Son torse nu était bombé vers le ciel, complètement souillé de son sang coagulé. Parce qu'avant de l'exposer ainsi, on l'avait vidé par la gorge, fendue d'une entaille large et approximative comme seul un de mes fragments de verre savait le faire.

Impressionnant !

Tout avait été orchestré pour imiter ma signature... à l'exception d'un léger détail : en fonçant tête baissée comme je l'avais fait, j'avais failli marcher sur une aile. Et je ne parle pas ici d'une aile métaphorique, évoquée par la courbe des bras ou grâce à des plumes tracées dans le sang sous le cadavre. Je parle d'ailes véritables, formées de plumes d'oiseaux et cousues ou collées de je ne sais trop quelle manière à un harnais, que mon admirateur secret avait enfilé à Forget post mortem.

— S'il vous plaît, tout le monde ! On recule !

Le sergent Fillion venait de rejoindre le groupe, et s'il arrivait mal à masquer sa nausée, ce n'est pas un estomac retourné qui allait lui gâcher sa première scène de crime à la tête de l'enquête. Et c'était tant mieux ! S'il avait fallu que cet inculte souille cette superbe pièce...

— Retourne à l'intérieur, Éric.

— Pardon ? Vous pensez encore que c'est moi qui ai fait ça ? Je viens de passer trois heures devant une caméra !

— Peut-être, mais c'est moi qui suis en charge maintenant. Je suis pas ton oncle, pis je te veux pas dans mes jambes.

— Pis moi, je te dis que je connais l'affaire mieux que n'importe qui ici ! Mieux que toi !

— Ouais, pis moi, je trouve ça pas mal d'adon de retrouver mort l'enquêteur qui te surveillait ! Pis juste quand ça t'arrange pour t'innocenter, à part de ça !

— C'est pas sérieux ?

— Euh... sergent Fillion ?

— Pas maintenant, Beaulieu !

Un officier essayait tant bien que mal d'avorter notre montée de lait imminente, mais il allait en falloir bien plus pour étouffer notre petit volcan émotionnel.

— L'interrogatoire est fini, Fillion ! Si tu veux m'accuser en public, ça va te prendre un mandat. Sinon je te poursuis pour diffamation !

— Ah oui, Éric ? Pour DIFFAMATION ?

— Sergent-détective Fillion, excusez-moi...

— Exactement, sergent ! Mais tu sais quoi ? J'en aurai peut-être pas besoin, parce que le dernier qui m'a menacé devant une foule, il y a UN OBSÉDÉ QUI S'EN EST OCCUPÉ AVANT MOI !

— Mon p'tit SACRAMENT !

Le sergent est passé bien près d'enjamber la dépouille de son collègue pour venir m'en coller une au nez, mais un nouvel appel l'a interrompu dans son élan.

— FILLION !

Cette fois, ce n'était plus l'officier Beaulieu qui cherchait à attirer l'attention de son patron, et l'attroupement au complet s'est arrêté subitement de respirer pour regarder l'homme dont on avait tous reconnu le timbre bas et intransigeant.

— Gauthier ? Qu'est-ce que vous faites là ? Vous avez pas d'affaire ici.

— J'avais à faire dans le coin. Faut croire que j'ai bien fait de passer...

Mon oncle avait beau s'adresser au deuxième sergent-détective, c'est encore sur moi qu'il avait ancré la dureté de son regard, ignorant complètement le cadavre de Forget gisant sur l'asphalte usé… et soudain, tout est devenu limpide : mon admirateur secret, ce complice et collègue qui avait corrigé mes erreurs et défendu mon honneur… c'était Stéphane ! Mon détective ! Mon héros ! Il s'était chargé de balayer les preuves pouvant m'incriminer, avait réduit au silence la première personne encline à me condamner, puis, pour compléter le tour du chapeau, venait de coordonner la découverte de son corps de façon à m'innocenter ! Et ne parlons même pas de son apport artistique ! Qui aurait cru qu'un simple officier au service de la loi pouvait être doté d'autant de passion, de sensibilité et — ma foi ! — de talent ?

L'élève a surpassé le maître !

Décidément, l'ambition courait dans la famille, et Stéphane savait saisir les occasions. En protégeant mon secret de la sorte, en le chérissant à sa juste valeur, il s'était donné les outils nécessaires pour disposer de son rival sur le compte de mon alter ego. Et sans que quiconque puisse le remettre en cause, non seulement mon détective s'assurait la succession du poste de lieutenant, mais il m'offrait également la chance de reprendre le plein contrôle de mon histoire, nous pavant la voie jusqu'à l'ultime affrontement que nous méritions tous les deux.

— Si ça vous dérange pas, Sergent Fillion, je vais reprendre les commandes de mon enquête.

— Désolé, sergent, mais pas avant que le lieutenant m'en ait donné l'ordre.

— Pas de problème. Je l'ai déjà appelé, il est en chemin.

L'officier déchu a résisté un instant, jusqu'à ce que son air de marbre ne puisse plus retenir la grimace qui poussait pour éclore. J'ai laissé Fillion me tasser d'un coup d'épaule, puis il a percé la foule de ses collègues qui n'ont pas attendu d'avoir des ecchymoses avant de lui ouvrir le passage. Cependant, à bien le regarder, ce rassemblement grandissant commençait à se diversifier, attirant bien plus que les agents de la loi : des passants s'étaient infiltrés parmi les troupes, pointant sur nous la caméra de leur téléphone cellulaire. D'une minute à l'autre, les grands médias verraient passer ces images sur les réseaux sociaux et s'amèneraient en vitesse. En d'autres termes, il était temps de sortir les banderoles.

— Beaulieu. Prenez quelqu'un avec vous et sécurisez le périmètre.

— Comme si c'était fait, *boss* !

— Toi, Éric…

Stéphane marqua une pause. Quelle nouvelle bombe allait-il me lancer cette fois ?

— T'en as assez fait. On va te raccompagner chez toi le temps qu'on gère la situation.

— Ah non ! Pas toi aussi ?

— Je te rappellerai quand le médecin légiste aura fait son travail. Pour l'instant, je pense qu'on peut tous s'imaginer pourquoi le corps a été livré ici pis maintenant.

Pour que tu puisses m'avoir à toi tout seul…

— Ouais, il faut croire… Mais s'il voulait m'intimider, ce sera pas assez.

— Excellent.

— Fais juste attention à Julie, OK ? Je parierais qu'elle se tient pas loin.

— Inquiète-toi pas. J'en connais des plus méchants.

Sans décrocher de son rôle, mon oncle m'a néanmoins consolé d'un hochement de tête rassurant. Il s'est ensuite joint au reste de l'équipe pour disperser les voyeurs pendant que je m'éloignais du cadavre à mon tour. Aurélie et Rose m'attendaient déjà sur le trottoir, au garde-à-vous à côté de la voiture garée. Stéphane avait dû les prévenir et, le cœur léger, je me suis laissé reconduire à la maison, rêvant aux derniers chapitres qu'il me restait encore à scénariser.

La fin commençait à se dessiner... et elle sentait bon.

Le médecin légiste compléterait son autopsie le jour suivant. De mon côté, j'ai profité de ces vingt-quatre heures pour contacter ma journaliste et lui présenter mes excuses. Si elle semblait contrariée au départ, elle m'a vite recouvert de sympathie quand que je lui ai raconté ma mésaventure de « l'autre côté de la table », comme on disait au poste.

Elle se réjouissait seulement que je m'en sois sorti sans mal, même si derrière sa courtoisie se cachait une indifférence évidente : la réapparition spectaculaire du Rouge-Gorge occupait toutes ses pensées. Son tueur fétiche avait soufflé à pleins poumons sur sa flamme déjà nerveuse, et Julie devait se mourir d'y goûter davantage, de comprendre pourquoi il avait pris le risque de sortir en plein jour, d'où lui venait son goût soudain pour les grandes démonstrations extravagantes... Sauf que je n'étais pas celui qui lui avait prodigué cette nouvelle dose d'extase, et j'avais perdu du même coup une part de mon lustre à ses yeux élitistes.

Ce n'est toutefois pas la fin d'une amourette qui allait miner ma bonne humeur : Stéphane avait désormais la voie libre pour m'arrêter seul et couronner sa carrière, me laissant croire que je n'avais plus qu'un seul tableau à peindre, une dernière performance avant qu'il ne mette un terme à ma course. Parce qu'après avoir observé le triste état dans lequel l'inactivité et les insuccès avaient plongé mon oncle et Julie, j'étais moins chaud à l'idée de nier mon mérite et de disparaître sous le radar. Saurais-je survivre aux cinquante — voire soixante — prochaines années de médiocrité qui suivraient ? Je n'avais plus aucune raison d'y croire.

De toute façon, quel bouc émissaire pouvais-je maintenant faire condamner à ma place ? Certainement pas mon imitateur ! Stéphane avait tout risqué pour assurer notre gloire et, pour honorer cette dévotion formidable, je terminerais ma vie comme il en déciderait : derrière les barreaux ou à la pointe de son pistolet. Du moment que nos noms à tous deux scintillent ensemble et pour toujours, je serais heureux. Et Julie, dans tout ça ? Si elle ne me portait plus son entière attention, il ne m'était plus nécessaire de la sacrifier. Ma tendre journaliste ne représentait plus le moindre danger, et j'imaginais mal quand et comment ma championne pourrait craquer de nouveau d'ici la fin de l'aventure.

Stéphane m'a finalement appelé en début d'après-midi. Il voulait que je l'assiste à la morgue quand le légiste nous remettrait son rapport. Comme j'avais déjà dîné, j'étais fin prêt à partir, mais je souhaitais d'abord passer un coup de fil à mes parents, oubliant que, à cette heure de la journée, ils ne seraient pas à la maison pour me répondre. Mais tout juste avant que la boîte vocale ne se mette en marche, ma mère a décroché :

— Allo, mon chat ! J'attendais pas ton appel. T'es pas au poste aujourd'hui ?

— Oui, maman, Stéphane vient de m'appeler. Je le rejoins dans pas long.

— Oh ! Pis ? Une grosse journée en vue ?

— Bof, comme d'habitude… de la paperasse tranquille. C'est juste plus sécuritaire là-bas que rester chez nous, tu sais ? Même avec deux gardes du corps à temps plein.

— Ah ! Parle-moi-s'en pas ! Je sais pas pour les tiens, mais ceux qu'il a postés ici sont assez bêtes. L'autre matin, je leur ai apporté des muffins, encore… Après, tu leur envoies la main pis ils te disent même pas bonjour !

— Ouais, je sais… mais ça devrait plus durer longtemps. Les gars travaillent fort pour arrêter le Rouge-Gorge.

— Je sais, je sais… le maudit Rouge-Gorge…

En prononçant ces mots, ma mère n'a pu retenir l'émotion qui montait en elle. Elle s'est reprise l'instant suivant, mais pas assez vite pour me cacher toute la frayeur et le dégoût que ce simple surnom déclenchait en elle.

— Eh la, la ! C'est toi qui m'as appelée, regarde-moi encore qui fais juste parler ! Qu'est-ce que tu voulais me dire, chaton ?

Je suis le Rouge-Gorge. C'est moi qui ai tué tous ces gens.

— Ah, euh, pas grand-chose… Je voulais juste prendre des nouvelles. Comment va papa ?

— Oh il va bien ! Depuis que Stéphane le laisse dormir la nuit, il pourrait pas être plus en forme !

— Bon ! Tant mieux ! Mais attends une minute, t'es pas rentrée au travail ce matin ? C'est pas souvent que tu prends congé sans raison !

J'ai entendu alors ma mère glousser au bout du fil, comme une gamine qu'on vient de surprendre en plein mauvais coup.

— On te l'a jamais dit, Éric, mais le jour où t'es rentré à la maternelle, moi pis ton père, on a… hi hi hi… on a commencé à prendre nos congés de maladie pour s'enfuir en amoureux !

On allait à l'hôtel, au cinéma... Depuis que t'es parti de la maison, on s'organise souvent des longues fins de semaine.

— Ha ha ! Tout ça pendant que j'étais à l'école ? Pas très responsable, ça, maman !

— Je sais ! Hi hi hi !

— Pis dire que vous avez jamais voulu m'amener à Disney World...

— Bon ! Là, tu vas faire ton bébé ! Je te promets qu'on ira l'an prochain, OK ?

— Ouais, l'an prochain... Bon. Est-ce que papa voudrait me parler avant que je raccroche ?

— Ah, sûrement, mais il fait une petite sieste dans le salon. Veux-tu qu'il te rappelle ce soir ?

— Non, non... c'est correct. Dis-lui juste... dis-lui juste qu'on est dus pour un souper, tous les trois. Je pourrais passer bientôt à la maison, rester un jour ou deux. Qu'est-ce t'en penses ?

— Oh oui, mon chat ! Ça nous ferait tellement plaisir ! Eh la, la... Tu sais que je suis fière de toi, mon petit homme ? C'est pas tout le monde qui saurait se relever comme ça après un... un incident, mettons.

Et revoilà la fébrilité qui montait à la gorge de ma mère : à travers son silence approximatif, j'entendais ses inspirations sautiller, puis le combiné frotter son col tandis qu'elle l'éloignait de la tristesse de ses expirations. Maman... ce n'était certes pas l'envie qui me manquait de tout abandonner sur-le-champ ! J'aurais souhaité accourir dans ses bras et la soulager de son mal, elle qui ne méritait pas d'essuyer les éclaboussures de mes frasques. Je lui offrirais le fils de ses rêves les plus fous, lui racontant mes amours, mes peines, mes peurs et mes désirs ; je saurais me satisfaire de son affection... Mais c'était un idéal impossible à atteindre, maintenant plus que jamais. Car je ne gouvernais plus seul cette galère, et quel fils je ferais si je ne pouvais tenir mes autres promesses ?

Mon détective m'attendait, ma journaliste m'espérait ; tous les yeux du monde étaient rivés sur moi, exigeant de leur enfant prodige qu'il ne laisse personne sur sa faim, qu'il les mentionne tous dans ses remerciements. Non, mon public ne me pardonnerait pas de rebrousser chemin à ce point, et moi non plus.

— Merci, maman... Bon congé, repose-toi bien. Pis inquiète-toi pas, OK ? Ça achève.

— Oui, toi aussi ! À bientôt, Éric...

Sans plus attendre, j'ai raccroché avant que l'émotion ne me contamine également. J'ai marché vers le vestibule et, suspendu au crochet du placard, un vieux sac de nylon usé m'attendait en renfort. Plus ancien que le précédent, cette vieille poche à bretelles remontait à l'époque où mon père m'emmenait à la piscine publique pour m'enseigner à nager sans flotteur. J'ai vérifié que ma lame s'y trouvait ainsi qu'un tout nouveau kangourou, un foulard rouge, et une paire de gants. Une fois remercié à la morgue, je sortirais chasser ma dernière proie à l'improviste. Avec un peu de chance, Stéphane me suivrait et c'en serait terminé. Pas le choix. Pas après cet au revoir.

Mais tandis que je scrutais mes effets, il me semblait bien dommage de constater le peu de souvenirs matériels qu'il me resterait en prison, si je survivais à la nuit. Un véritable psychopathe se serait hâté de dérober une relique à chacune de ses victimes et de la chérir, même chose pour le sociopathe et ses trophées. Devrais-je alors graver le nom de mes sujets au mur avant de partir ? M'écrire un discours ? Non, l'heure n'était plus à la planification. Les cartes étaient tirées, les pions, placés… ne restait plus qu'à jouer. La tête haute, j'ai enfilé le sac sur mes épaules et je suis sorti pour rejoindre mes gorilles.

Si les bureaux du grand poste sud du SPVM m'avaient déçu par leurs moyens informatiques ridicules et l'absence totale de souci esthétique qui caractérisait leur décor, la morgue, quant à elle, rachetait la mise par sa fidélité aux références cinématographiques populaires. Découvrir son antre métallique et froid émoustillait mon cœur d'adolescent, me faisant me sentir comme un mordu de cinéma venu visiter le plateau de tournage de son film préféré, tandis que mes doigts frôlaient les portes carrées des cellules réfrigérantes, puis le rebord arrondi des chariots d'acier. Mais la visite ne s'est pas éternisée, le docteur Clément n'étant pas d'humeur à jouer les guides touristiques.

Dès qu'il m'a vu entrer, le sexagénaire m'a grogné de ne rien toucher. Il grommelait de cette voix aride qu'on reconnaît chez plusieurs de ses pairs, attribuable tant aux dommages que le temps a causés à leurs cordes vocales qu'à leur écœurement à l'ouvrage. La retraite toute proche appelait le bon docteur avec ses visions de pêche mouchetée, et il n'avait que faire de qui se trouvait sur sa table d'autopsie ni de pourquoi on l'y avait condamné : à ses yeux, le cadavre du sergent Forget ne représentait rien d'autre qu'une marque de plus au calendrier, un chiffre de moins au décompte.

Mon oncle, à ses côtés, ne m'avait pas vu entrer. Les deux mains plongées dans les poches profondes de son imperméable, le détective s'était laissé absorber par la vue de son ancien frère d'armes charcuté. Et si c'était sa dépouille qu'il contemplait de ses yeux silencieux, la tête légèrement inclinée, c'était vers un long défilé de souvenirs que Stéphane portait plutôt son regard nostalgique. Probablement revivait-il sa rencontre avec

le défunt, les enquêtes résolues ensemble, leurs premiers dif-
férends professionnels, personnels… puis ce soir d'automne,
où mon oncle le tua sauvagement pour accorder un sursis à un
tueur en série et s'assurer un poste enviable.

Je les ai rejoints sans traîner davantage, tendant une main
impressionnée à notre hôte qui s'est contenté de tousser dans
la sienne. Il a saisi le dossier qu'il s'était coincé sous l'aisselle
et l'a déposé ouvert sur les cuisses décolorées de Forget.

— Bon… Est-ce que tout le monde est arrivé ? Je peux
commencer ?

— Oui, docteur, allez-y.

— Je suis Éric Delacroix, consultant sur l'…

— Normand Forget, sergent-détective au SPVM depuis 2007.
Dans la nuit du 17 novembre dernier, il a subi de multiples
coups et mutilations au visage, à l'abdomen et aux bras avant
qu'on lui tranche la jugulaire en deux essais.

— Deux essais ? C'est nouveau…

— Oui, mais normal dans les circonstances. Les plus petites
ecchymoses, les écorchures sur les genoux, les tibias et les
coudes, tout ça démontre combien la victime était désorientée
et agitée. Elle a dû chuter à plusieurs reprises, et c'est bien à
cause du tout premier coup porté, celui-là, juste ici… Jeune
homme, je vous prie ?

Le docteur tendait vers moi son dossier refermé, désireux
que je le tienne tandis qu'il soulevait Forget par la nuque pour
nous exposer l'arrière de son crâne. De ses doigts gantés, il
en a dégagé quelques cheveux rougis de sang granuleux, et ce
qu'on y a vu, Stéphane et moi, c'était une fracture d'au moins
deux centimètres de long.

— Intéressant…, ai-je murmuré.

— Pourquoi tu dis ça ? C'est pas la première fois que le Rouge-Gorge en vient aux poings avec une cible trop imposante pour lui.

Stéphane m'a déstabilisé par son commentaire. Qu'on ait voulu ou non cacher l'existence d'un deuxième tueur derrière ce dernier meurtre, on ne pouvait toutefois nier que le *modus operandi* avait drastiquement changé. D'abord à cause des ailes d'Icare qui avaient surpris tout le monde, puis avec l'apparition d'un pareil coup à la tête, sans compter l'ambition douteuse du tueur de s'infiltrer chez sa victime pour la faucher à son domicile... Il était d'autant plus crucial que nous fassions part de ces faits au docteur Clément, vu les chances qu'il eût examiné chacune de mes œuvres sur sa table à roulettes. Mais l'enquêteur savait déjà tout ça, alors pourquoi jouer les innocents ? Désirait-il seulement me tester, ou carrément soulever les soupçons dans quelque but inavoué ?

— Oui, je me souviens du cas Ramirez, mais la confrontation était certainement pas planifiée. Depuis quand est-ce qu'il entre chez les gens en douce pis les assomme avant de les saigner ?

— Les temps changent, il faut croire...

— Ou c'était personnel. Regarde toutes les entailles sur les avant-bras... Peut-être qu'il avait des comptes à régler avec Forget ? Il aurait voulu qu'il souffre avant d'en finir.

— En fait, mon garçon, on retrouvait les mêmes entailles sur les bras de Daniel Ramirez... Si vous voulez mon avis, ça m'a tout l'air de coups défensifs pour se défaire d'une emprise. Ces deux victimes-là étaient assez imposantes.

— Le docteur a raison, Éric. Je veux bien croire que notre tueur veuille brouiller les cartes, mais je l'ai jamais vu prendre autant de risques, même pour un peu de publicité... Moi, ce que je pense, c'est que notre ami commence à y prendre plaisir. Pas juste pour le vedettariat, mais aussi pendant l'acte.

— C'est vrai que le goût du danger, le goût du sang... c'est des choses qui peuvent se développer n'importe quand.

— Exactement.

Personne autour de la table ne l'aurait relevé, mais l'air pourtant sec de cette morgue semblait s'alourdir au fil de ces petites attaques discrètes. Jusqu'où mon oncle voulait-il me pousser ? Ce qui se déguisait tout à l'heure en simple test portait désormais les traits de la provocation et, si je ne tenais pas particulièrement à laver notre linge sale devant le médecin légiste, ce n'est pas l'arrogance d'un assassin tout vert qui allait me convaincre de me taire. Mon oncle a poursuivi néanmoins :

— Le Rouge-Gorge perd son sang-froid. Il déroge de son plan, pis d'après moi, c'est juste une question de temps avant qu'il fasse une erreur.

— Je suis d'accord. D'ailleurs, Stéphane, as-tu récupéré les données des caméras de surveillance du stationnement ? Comment il a fait son compte en pleine journée ?

— Je les ai visionnées moi-même. Une Dodge Caravan sans plaque d'immatriculation est venue se ranger à côté d'un de nos paniers à salade, pis on a sorti le corps par la portière latérale. Tout se passe entre les deux véhicules. On voit rien ni personne.

— Une Dodge Caravan ? Le plus vieux truc au monde...

À ces mots, le docteur Clément a levé les yeux de son téléphone intelligent pour finalement intervenir. Il s'y était perdu quelques minutes plus tôt, trop indolent pour suivre une conversation qui ne le concernait pas.

— Vous avez besoin d'une Dodge Caravan ? Quelle année ? Parce que mon frère vend la sienne si vous...

Vieil imbécile !

— Non, docteur, on disait seulement qu'à défaut de se faire voir, le Rouge-Gorge essayait de nous envoyer dans toutes les directions… La Dodge Caravan est une des minifourgonnettes les plus vendues au pays.

— Ah ! Je comprends… Est-ce que je peux finir mon rapport maintenant ? Ma femme passe toujours me surprendre à 16 h, le vendredi. J'aimerais être parti avant qu'elle arrive.

— Oui, bien sûr, juste un petit moment. Stéphane, tu me dis que vous avez vérifié tous les angles, de toutes les caméras autour ?

— Ouais.

— Pis il y avait rien ? Même pas sur les caméras aux feux de circulation ou à l'extérieur d'autres bâtiments ? Pas moyen de retracer son chemin ?

— On a tout vérifié… On le perd passé l'avenue Viger.

— Wow… Faut croire qu'il serait temps de ressortir ma dernière théorie. C'est inquiétant de voir à quel point le Rouge-Gorge en sait long sur vos méthodes.

— C'est vrai…

Le détective encaissait tout sans hérisser le moindre poil. Comment pouvait-il rester de glace devant l'évidence de sa culpabilité ? Pas un pincement des lèvres, pas un froncement de sourcils, rien de rien. Essayait-il de m'impressionner ou de m'intimider ? S'il espérait me voir mordre à l'appât et lui tendre les poignets… jamais ! Stéphane me démasquerait avant que ne sonne minuit, mais pas sans combat. Le Rouge-Gorge ne capitulerait pas, et même face à sa chute imminente, personne ne le priverait de son dernier coup d'éclat.

— Bon ! Docteur Clément, est-ce qu'il y a autre chose qu'on devrait savoir ?

— Oui, une dernière chose. J'imagine que ça fait partie de votre petit jeu avec lui, mais la victime avait un papier enfoncé dans l'œsophage. Un mot qui vous est adressé, je pense… Ç'a été poussé là à la suite du décès.

— Dans l'œsophage ? Pourquoi dans l'œsophage ? me suis-je étonné.

Mon oncle, lui, n'a pas même daigné jouer la surprise.

— Éric, penses-y un peu. C'est comme ça que les oiseaux nourrissent leurs petits. Ils leur régurgitent un ver dans le bec.

— Ah oui ! J'oubliais…

Si seulement j'avais eu l'idée avant…

Le vieux légiste nous a alors tendu un grand sac de plastique contenant le précieux papier. Il reposait à plat entre les deux parois transparentes, mais Stéphane avait dû chiffonner cette feuille en une boule bien serrée avant de l'enfoncer dans la gorge de Forget, car elle paraissait encore toute froissée, tachée de salive et de sang. Le message était assemblé sur son recto, et composé – encore ! – d'un collage de lettres disparates.

C'est son auteur qui l'a lu en premier, se décidant enfin à nous offrir sa meilleure interprétation du bon policier. Et avant de me laisser lire à mon tour, il tâcha de feindre une réaction appropriée, échappant un splendide « Oh… » aussi juste qu'inquiétant.

— Qu'est-ce qu'il y a ?

— Je… je sais pas. À toi de me le dire.

— C'est si pire que ça ?

Il m'a passé le morceau de papier :

Family ties have clipped its wings
To keep the birdy from flying
So he might achieve greatness
Robin's got to leave the nest

Consterné, j'ai levé deux yeux muets sur mon oncle qui, lui-même, ne songeait plus à rire. Me faisant face, les dents serrées derrière ses lèvres pincées, il n'avait pas cru bon de renvoyer ses mains au creux de ses poches de nylon. Elles montaient plutôt la garde, les poings fermés à hauteur de ceinture, et attendaient patiemment les prochaines instructions de leur commandant en chef.

— OK, bien, c'est ce que j'avais pour vous aujourd'hui. Maintenant, si ça vous dérange pas, je vais vous inviter à sortir pendant que je ferme ici. Aussi, gênez-vous pas, hein ? Si vous croisez ma femme dehors, vous seriez très aimables de lui passer les menottes.

— Oui, oui... Pas de problème.

Tranquillement, Stéphane et moi avons accepté de mettre un terme à notre immobilité. C'est lui qui a ouvert la marche, s'assurant cependant que je le suive au pas. Il m'a invité à passer devant au moment de franchir la porte qu'il a tenue ouverte, puis c'est dans un silence de mort que nous nous sommes aventurés dans le couloir menant à l'extérieur. Je pouvais sentir l'enquêteur me talonner, aux aguets, adoptant ma cadence pour s'assurer qu'une distance stratégique nous sépare. Pensait-il vraiment me convaincre de son insécurité ?

Le médecin légiste ne pouvait plus nous entendre, et il n'y avait plus de raison pour Stéphane de me jouer sa comédie. « Ses liens familiaux lui coupent les ailes... » Ah ! Avais-je inspiré mon oncle à jouer la victime ? Cette position avantageuse m'avait certainement été utile, mais m'imiter aujourd'hui alors que j'étais allé jusqu'à me trancher la gorge ? Non... De simples menaces ne l'avanceraient en rien, et mon apprenti venait de manquer une belle occasion.

— Faut finir ça, Éric...

— Je sais. C'est ben flatteur d'être au centre d'une obsession, mais si c'est encore moi qu'il vise, je vois pas où ça va le mener. Comme s'il pouvait s'en prendre à mon oncle sergent-détective... Pas vrai ?

— Ah ouais ? Pis tes parents, eux, qu'est-ce t'en fais ?

C... Comment ?

À cet instant, un nouvel éclair m'a traversé la colonne vertébrale. Je me suis arrêté net de marcher, stupéfait par la simple pensée qui venait de naître dans mon esprit.

— Stéphane... Qu'est-ce qu'ils ont, mes parents ?

— Je sais pas, Éric. C'est ta famille, eux aussi... Tu t'inquiètes pas pour eux ?

Je me suis finalement retourné, allant lentement arrimer mon regard à celui de mon adversaire. Ses iris durs m'évaluaient, soupesaient ma posture, calculaient les risques... Stéphane essayait-il de me berner, de me faire craquer par son chantage émotif ? À moins qu'il ne soit sérieux dans ses projets, prêt à blesser ceux que j'aimais, sa propre famille ! Mais dans quel but cette fois ? La partie était à quelques heures de se terminer et, lui, à quelques jours de sa promotion. Pourquoi en rajouter maintenant ?

— Est-ce que je devrais m'inquiéter ?

Il s'est approché d'un pas.

— J'espère très fort que c'en viendra pas à ça.

J'ai soudain entendu un léger déclic, un petit bruit aux subtiles résonances métalliques qui a fait pomper du sang vers mes joues qui se sont réchauffaient. Sans oser regarder, j'ai néanmoins aperçu l'épaule droite du détective qui roulait doucement vers l'arrière, me révélant de ce fait qu'il venait de poser la main sur son pistolet et de déverrouiller son étui.

Oh christ...

— Mes parents sont surveillés en tout temps, Stéphane... Y a rien qui va leur arriver.

— Après ce qu'il vient de faire à Forget ? Pis Ramirez ? Le Rouge-Gorge s'est déjà échappé de toute une escouade. Tout peut arriver...

— Bon ben, peut-être que je devrais aller les rejoindre. On aurait nos deux paires de gorilles avec nous.

— J'aimerais mieux pas, non.

J'avais déjà tourné les talons, mais l'homme de loi m'a attrapé le bras d'un coup, resserrant sa bonne main sur la crosse de l'arme à sa ceinture.

— Éric Delacroix, t'iras nulle part aujourd'hui.

— Touche pas à ma famille !

Sans réfléchir davantage, j'ai abattu ma main sur la sienne et, mes doigts enlaçant les siens, j'ai tiré sur la détente sensible du pistolet au fond de sa gaine. BANG ! Stéphane a seulement eu le temps de se tordre la jambe pour éviter la balle qui a ricoché sur les dalles du plancher, avant d'aller se ficher dans le gypse du mur derrière lui. La détonation m'a fait sursauter plus que mon oncle, davantage habitué aux explosions de poudre, et il en a profité pour empoigner ma tête qu'il a envoyé percuter contre un mur.

— ARGH !

J'ai voulu tirer de nouveau, le déstabiliser, mais du bout du pouce, mon oncle devait avoir remis le cran de sûreté, car la détente s'obstinait, intraitable. Instinctivement, mes griffes ont lâché prise, et c'est tout ce dont Stéphane avait besoin pour me saisir le poignet : l'entorse fut immédiate.

— T'as perdu, Éric !

— Je te laisserai pas faire !

Le visage écrasé sous sa paume, un poignet tordu, j'ai envoyé mes jointures heurter l'artère brachiale sous son bras tendu qui s'est rétracté sous l'impact. J'ai aussitôt agrippé le revers de son imperméable et, d'une impulsion surprenante, mon crâne au front solide est parti fracasser le nez de mon opposant : j'ai senti le cartilage se plier contre ma peau, l'arête se fracturer à la suite du choc, puis son arcade sourcilière arrêter la course de ma tête.

Le détective est tombé à la renverse et je l'ai suivi, mon aile gauche toujours prisonnière de ses serres. Sauf qu'avec un premier bras occupé et l'autre engourdi, Stéphane n'a pas su se protéger convenablement du plancher, qui a infligé un second coup à sa boîte crânienne — quand ma roulade s'est achevée au pied du mur opposé, j'ai pu constater qu'il m'avait finalement lâché.

Achève-le !!

Mais j'ai choisi de m'enfuir, malgré mon équilibre qui tardait à revenir. Mes genoux frêles tremblaient d'incertitude au-dessus de mes pieds maladroits, et j'ai dû prendre de larges appuis pour ne pas tomber comme un enfant sur des patins.

— Monsieur l'inspecteur ? Monsieur Éric ? Arrêtez, s'il vous plaît, c'était une blague, pour ma femme !

Le docteur Clément n'avait pas osé nous rejoindre, mais au son de ses lamentations, j'ai compris que nous avions un témoin sur les bras : du fond du couloir, tapi derrière ses doubles portes closes, le vieil homme prêtait l'oreille, attendant nerveusement l'accalmie... J'ai ignoré son appel, puis enjambé Stéphane qui peinait à retrouver ses sens — ou feignait-il l'agonie ? Aussitôt que mon regard l'a quitté, il a agrippé mon vieux sac à dos : le mince nylon effiloché s'est déchiré entre ses doigts, puis, avant que je ne puisse y changer quoi que ce soit, tout son contenu est allé se répandre sur le sol.

Comme pétrifié par la preuve qui roulait à ses genoux, Stéphane s'est momentanément figé. Les petits gants de cuir, le kangourou ; tout l'uniforme du parfait criminel défilait sous ses yeux paniqués qui sautaient d'un objet à l'autre. Mais que cherchait-il encore parmi ces preuves de son aveuglement ? Une explication raisonnable ? Une nouvelle coïncidence pouvant m'innocenter une dernière fois ? Non... et c'est alors que le détective et moi avons connecté, frappés de la même image, celle du seul objet manquant au portrait. Car si elle s'y retrouvait également, cette relique seule saurait me condamner sans équivoque : ma lame de prisonnier. Où était-elle passée ? N'aurions-nous pas dû l'entendre tomber ?

DANS LE KANGOUROU !

Mon oncle agenouillé s'est lancé sur le survêtement roulé en boule, l'enveloppant de ses bras comme un joueur de football récupérerait un ballon échappé. Son malheur, c'est que mes réflexes sont aussi allés puiser dans mes connaissances de ce merveilleux sport de contacts, s'inspirant cependant d'une tout autre facette du jeu : le botté d'envoi.

Sans retenue, mon pied en pointe a décollé en flèche, ne s'arrêtant qu'au bout de sa jambe sans jamais se soucier du visage qu'il percutait au passage. La tête de Stéphane s'est envolée pour une valse, suivie du chiffon qui lui servait désormais de corps. Le coup avait été franc, le son, sec, et je ne crus pas utile de vérifier l'état de ma victime avant de quitter les lieux : elle survivrait certainement, mais pas avant un bon séjour au domaine du marchand de sable.

J'ai rejoint sa masse inerte et l'ai fouillée en vitesse pour y trouver les clés de sa voiture. Je lui ai aussi pris son cellulaire, son portefeuille, son badge, toute ressource pouvant le ralentir à son réveil. Je me suis finalement emparé du kangourou et du précieux morceau de verre qu'il protégeait — j'ai enfilé le vêtement en moins de deux et planqué ma lame à sa place, bien au fond de la grande poche frontale.

Maintenant, mes parents.

Je me suis enfui à toutes jambes jusqu'à l'extérieur. La voiture à quatre portes de Stéphane m'attendait au fond du stationnement et, si ma dernière dose d'adrénaline m'empêchait de sentir la température qui baissait, d'autres signaux annonçaient la tombée d'une première neige : de légers flocons venaient me picoter les épaules, le ciel en dentifrice commençait à mousser et le vent frais de novembre grimpait en altitude, gagnant du souffle. J'allais devoir faire attention de ne pas conduire trop vite sur la route, mais l'idée de clore les livres sous la poudre blanche m'enchantait. Ça ajouterait à la poésie.

Une fois installé derrière le volant, j'ai fait démarrer le moteur avant de prendre la route vers la maison de mon enfance. Quand je me suis engagé sur l'autoroute, j'ai ouvert la fenêtre et lancé au loin les effets de mon oncle.

Il m'a fallu pas moins d'une demi-heure pour atteindre la résidence Delacroix. C'était une petite maison de ville très modeste que mon père aurait bien aimé vendre après mon départ en appartement. Mais ma mère s'y était toujours opposée, et c'est en terrain connu que j'affronterais le danger qui guettait ma famille. J'avais réussi à gagner du temps, mais Stéphane se réveillerait bientôt de son séjour dans les vapes et il trouverait bien le moyen de foncer ici, la rage au cœur et un couteau entre les dents.

J'ai garé la voiture derrière celle de mon père, soulagé que mes parents ne soient pas sortis pour manger. Me voir débarquer en fou au milieu du deuxième service ne les rassurerait en rien, mais j'aurais au moins le temps de les prévenir, et de les cacher du tueur qui menaçait de me les voler. J'ai surgi de la voiture sans même en couper le moteur, et la portière est restée ouverte derrière moi. Quelques bonnes enjambées, puis j'ai rejoint la porte au centre du perron de bois : déverrouillée. Je suis entré sans cogner.

— Maman ? Papa ? C'est moi, vous êtes là ?

Personne n'a répondu. J'ai avancé prudemment, brave dans l'obscurité de la nuit qui s'installait, et j'ai contourné avec aisance les meubles et obstacles que je connaissais par cœur.

Le couloir principal s'étirait devant moi, le même qu'enfant je traversais à la course le matin de Noël. Mais le temps des réjouissances était passé, et j'aurais déjà dû percevoir un minimum de lueur émanant d'une pièce ou une autre. Ni les chambres ni la cuisine ne laissaient pourtant échapper le moindre faisceau lumineux, le moindre éclat de vie...

— C'est moi ! Êtes-vous en haut ?

Aucun bruit n'est venu à mes oreilles, pas un cric ni un crac pour me confirmer leur présence. Peut-être mes parents étaient-ils sortis faire une promenade pour profiter des premiers flocons, ou encore prenaient-ils l'apéro chez un voisin. Madame Cardinal ? Monsieur Pellerin ? Soit... Du moment qu'elle se prolongeait, leur absence me simplifiait la tâche. Mes muscles ont pu se détendre et j'ai relâché l'arme que je serrais étroitement dans ma poche.

Dans le meilleur des cas, papa et maman demeureraient à l'abri du danger et ne rentreraient pas avant plusieurs heures, seulement pour découvrir leur maison saccagée, grouillante de policiers et de journalistes qui leur apprendraient tout d'un bloc. Anticipant leur choc, j'ai réfléchi à un second scénario, une chaîne d'événements selon laquelle ils reviendraient sous peu, juste avant que Stéphane ne nous rejoigne. D'une façon ou d'une autre, on les empêcherait d'accéder à leurs affaires, mais je pouvais encore les aider en préparant leurs bagages... C'était la moindre des choses.

J'ai allumé une première lampe et je me suis glissé dans leur chambre aux tons de moka, cette grande forteresse où je m'étais maintes fois réfugié à la suite d'horribles cauchemars. À toute heure de la nuit, j'y entrais en trombe pour en traverser la cour au galop. S'érigeaient ensuite les remparts du lit qu'il me fallait encore gravir avant de me compter pour sauf, blotti au chaud entre mon roi et ma reine assoupis.

En ce jour sombre, toutefois, c'était à mon tour de les sauver, et je me suis précipité dans la garde-robe plutôt que sous la couette. J'en ai sorti deux valises que j'ai ouvertes sur le matelas, puis, d'un seul élan, j'ai éventré toute grande la grosse commode en pin : chaussettes, caleçons, pantalons, polos et chemises, tout a volé d'un bout à l'autre de la pièce, atterrissant de part et d'autre des bagages qui...

Oups !

J'avais oublié de joindre au lot des vêtements pour ma mère. Ceux-ci, minutieusement pliés dans leur délicate féminité, m'intimidaient bien plus que Forget ou Stéphane n'étaient parvenus à le faire. Par ailleurs, je ne devais pas leur inspirer la plus grande confiance non plus ; ils semblaient me lorgner dans leur coin, inquiets que mes pattes maladroites et sales ne froissent leurs tissus parfumés.

Les secondes s'écoulaient une à une et Stéphane m'emboîtait le pas à la course. Si je pouvais seulement tendre à ma mère cette dernière fleur... Elle comprendrait que, même enlisé dans ses vices, son fils était toujours celui qu'elle avait élevé au meilleur de ses connaissances et qu'il regrettait déjà de l'avoir blessée par ses choix.

Du bout de mes doigts timides, j'ai donc pincé les coins d'un premier chemisier pour le soulever avec précaution. Je l'ai transporté jusqu'au lit, puis déposé en douceur au fond d'une valise. C'était futile, je le savais bien, mais un sentiment du devoir accompli m'a néanmoins traversé le cœur. Sur le coup, j'ai même cru entendre maman me féliciter au loin. J'ai failli sourire, mais la voix étouffée a récidivé et j'ai sursauté dans une volte-face. BAM !

Ma tête venait de rejoindre mes pieds.

Les ténèbres me couvaient tendrement, m'embrassaient de leur étreinte vaseuse. Ainsi emmitouflé dans leurs bras, pas un son ne dérangerait mon calme, pas un frisson ne troublerait mon confort... Mais ce voyage au pays de la paix absolue n'était pas mon premier, et je me doutais qu'il ne saurait durer, qu'il était un simple avant-goût de l'ultime destination. Quand le brouillard s'est mis à se dissiper, je n'ai donc pas résisté, appréciant seulement le privilège d'avoir pu y retourner.

Mes sens retournaient lentement au boulot, à commencer par mon ouïe qui capta une première ondulation dans l'air. Une voix féminine et familière m'appelait en douceur, chuchotait mon nom pour que je m'éveille : « Éric... Éric... » Puis vinrent des figures difformes dont les couleurs et les contours mouvants se mélangeaient dans l'espace. Peu à peu, j'y ai reconnu certains objets : une vieille lampe à l'abat-jour de tissu, un vélo stationnaire dont mon père ne s'était jamais servi, puis le canapé vert forêt qui jurait avec tout le reste, au beau milieu de la pièce.

Sur cet affreux sofa se tenaient mes parents, assis bien droit comme ils me l'avaient jadis enseigné. J'aurais voulu les rejoindre, les cajoler, m'étendre sur leurs jambes avant de m'y rouler en boule, mais c'est alors que mon toucher reprit aussi du service : on m'avait installé face à eux, mes poignets et mes chevilles liés aux pattes et aux appuie-bras d'une chaise.

Oh, oh...

J'ai bien essayé de me libérer, m'animant de faibles soubre-sauts, mais par sa gomme et sa prise solide, j'ai reconnu l'épais *duct tape* qui avait servi à m'attacher.

— C'est correct, Éric... détends-toi...

Comment maman pouvait-elle rester si calme ? Stéphane était devenu complètement fou, il m'avait rattrapé et s'apprêtait maintenant à tous nous tuer, impatient de m'attribuer ses crimes et de sortir d'ici en véritable héros national, seul survivant de cette grande tragédie. Non, je devais tenter quelque chose, avouer à mon oncle le plan qui m'avait motivé jusque-là. Avec un peu de chance, il reconnaîtrait son avidité dans la mienne et, ensemble, peut-être pourrions-nous repartir à zéro. Qu'est-ce que la famille, sinon le lieu de tous les pardons ?

Mais voilà que ma vue se rétablissait et que les formes devant moi se précisaient davantage, se détaillaient enfin pour me souhaiter officiellement la bienvenue dans le monde du concret. La première chose que j'ai vu en levant les yeux ? Encore plus de ruban adhésif.

— Éric... T'es avec nous ?

Le *duct tape* était partout : autour des fenêtres pour tenir les rideaux bien tirés, sur la table à café qui servait maintenant de barricade contre la porte close du sous-sol, puis enroulé autour de mes parents pour qu'ils ne gigotent pas. Pendant un bref instant, papa m'a rappelé une de ses cravates rayées que j'avais arrachée à son crochet plus tôt. Toutefois, ce qui a attiré mon attention par-dessus tout, c'est les deux derniers morceaux visibles de ruban adhésif, ceux-ci apposés sur la bouche de chacun de mes parents...

— Éric, voyons ! Dis quelque chose !

— Q-Quoi ?... Qu'est-ce qui se passe ? Qui parle ?

C'est alors qu'une sombre silhouette a suivi son ombre jusque derrière le canapé pour s'y arrêter enfin, appuyée à deux mains sur les épaules de ses captifs. Et ce n'était pas Stéphane... Ce n'était pas Stéphane du tout.

Non...

— Bonsoir, Éric.

Toute svelte dans son kangourou ajusté, ma journaliste exhibait son plus beau sourire, aguicheur et envoûtant. Elle me considérait avec appétit, la malice dans les yeux, pendant que ses doigts gantés caressaient gentiment la nuque et les lobes de papa et maman.

— Julie ? Qu'est-ce tu fais ici ? Vite, détache-nous !

Mais je ne savais que trop bien à quoi rimait cette mise en scène. Devant mes parents ligotés, cependant, je me suis surpris à feindre l'ignorance. Était-ce ma posture vulnérable qui me gênait autant, ou craignais-je désormais que ma véritable couleur ne les rebute ?

— Franchement, Éric... Je pense qu'on a passé le stade de jouer les innocents.

Si papa affichait un calme inquiétant, les pleurs de maman nous privaient du silence : au rythme de ses couinements, des larmes ruisselaient le long de son nez frétillant pour aller se mélanger aux coulis de morve et souiller le ruban sur ses lèvres scellées. Je devais agir, et vite.

— Non… NON ! Julie, c'est pas vrai ! T'es… c'est toi le Rouge-Gorge ? C'est toi qui as tué tout ce monde-là ? Mais… mais comment c'est possible ? J'ai vu les images, c'était un homme noir !

— Ha ha ! Oui, bien sûr ! Ç'aurait pu… mais non. Si vous me le permettez, monsieur Delacroix, madame, laissez-moi vous présenter l'homme dont tout le monde parle au pays, la personnalité de l'année, le seul et unique Rouge-Gorge : votre fils Éric !

Tandis qu'elle me dévoilait au grand jour, Julie se déhanchait vers moi pour jouer les maîtres de cérémonie. S'éloignant ainsi de ma mère, elle a permis à sa pression de descendre, ce qui ouvrit les valves à encore plus de larmes et de cris étouffés par le bâillon.

— En fait non, pas seul et unique. Je me suis jointe à la cause récemment, mais pour le peu que j'y ai contribué… Vous avez vraiment de quoi être fiers de lui.

— Ben voyons donc ! Maman, papa, croyez pas ça ! C'est la journaliste qui nous a harcelés, Stéphane pis moi ! Elle est complètement folle !

— D'abord, Éric, je te l'avais pas dit ? La station et moi, on s'est séparés. Pis ce qui est vraiment fou, je vais te dire, c'est prendre une si grosse charge sur son dos, s'investir pis se sacrifier autant que tu l'as fait pour nous sauver tous, pis même pas vouloir en prendre le crédit. Accepte notre gratitude !

— Mais de quoi tu parles ? J'ai RIEN FAIT !

— Tout ce que je t'ai dit quand t'es rentré de l'hôpital, tout ce que j'ai compris de ton œuvre ! Je sais que tu le ressens aussi, tu entends le même appel que moi ! Laisse-moi t'aider dans ton grand ménage. Je me suis déjà occupée de Forget, ça vaut rien à tes yeux ? Je t'avais promis que je le ferais taire, c'est quoi, le problème ? C'est pas grave si t'as pas aimé les ailes, on va trouver autre chose ! Imagine tout ce qu'on pourrait accomplir ensemble !

— Non, Julie, on fera jamais rien ensemble. Mais à te voir aujourd'hui, je comprends d'où te venaient tes idées ! T'es schizophrène ou quoi ?

Clac !

Sa gifle m'a rougi la joue, et le claquement sonore a coupé net les pleurs de ma mère.

— Maudit pissou ! C'est parce que maman pis papa sont là que tu m'insultes de même ? Tu peux mentir à qui tu veux, Éric Delacroix, tu peux mentir à tout le monde ! Mais tu peux pas me mentir à moi.

Tandis que ma belle me servait sa morale, je pouvais sentir mon père l'imiter derrière son épaule. Peut-être ne faisait-il qu'écouter la leçon, habitué de suivre au quotidien les analyses télévisées de sa ravisseuse, mais c'est bien sur mes traits nerveux qu'était posé son regard contemplatif, et impossible pour moi de chasser l'impression qu'il doutait. Après tout, papa n'était pas idiot. S'il n'avait jamais assemblé lui-même les morceaux du casse-tête, rien ne garantissait qu'il n'y parviendrait pas devant tous ces faits réunis.

— Je sais comment tu penses, comment tu valorises le bon monde qui veut faire sa part. Ta façon de te rapprocher de ces gens-là, de ton oncle, de moi... pas juste pour passer en dessous du radar, mais pour les aider dans ce qu'ils font ! Parce que si t'es pour en tirer quelque chose de bien, tu sais que t'es pas tout seul à le mériter, pis c'est avec nous tous que tu veux le partager !

Wow, quand même ! Elle connaît son dossier !

— Non, Julie, tu déparles ! On dira rien à personne, je te promets ! Laisse partir mes parents, OK ? Je vais prendre le blâme si tu veux, tu pourras finir ton reportage pis écrire tout ce que...

— Tes parents, encore tes parents ! Faut croire que j'avais raison de les inviter ce soir. Parce que t'es spécial, mon Éric, y a pas de doute là-dessus... mais t'as dû faire tes devoirs comme moi, tu sais comment les mauvais parents donnent le coup d'envoi à la carrière d'un tueur. Leur mère, surtout... leur mère abusive, ingrate...

Ma journaliste a tourné les talons, reprenant sa marche sensuelle jusque derrière mes parents qui n'avaient pas souhaité la revoir de si près.

— Qu... Qu'est-ce tu fais, Julie ?

— Mais dans ton cas, c'est bizarre, c'est pas l'impression que tu donnes... Pas vrai, madame Delacroix ? Vous l'avez si bien élevé, notre beau Éric...

Elle a alors sorti une lame de verre de son survêtement, une réplique exacte de mon arme signature. La pointe en a frôlé la nuque de ma mère, puis celle de mon père.

— OK, Julie, arrête de niaiser ! T'as raison, c'est moi qui ai tué tout le monde ! Je l'avoue devant eux : c'est moi, le Rouge-Gorge !

Ma mère a repris sa crise de plus belle, se tordant sur le canapé. Mon père se retenait toujours de hurler derrière le ruban, mais il ne put empêcher ses naseaux paniqués de souffler en fanfare.

— Ah oui ? C'est toi maintenant ? Ben, tu vas devoir me le prouver, beau brun. Je vais venir défaire tes liens, tu vas prendre le bel hommage que je t'ai taillé pis tu vas faire de tes parents ton plus grand chef-d'œuvre !

— QU... QUOI ?

— T'as bien compris.

— Mais t'es complètement malade !

— Tu vas couper le cordon, t'envoler du nid ! T'es prisonnier d'une cage, Éric, libère-toi !

— Non, non, non ! Ça va trop loin, Julie !

Les cris s'amplifiaient. Maman sautillait à deux fesses sur les coussins pour supplier.

— Trop loin, tu dis ? Mais on n'est même pas encore partis ! L'Amérique nous attend, bel oiseau, l'Angleterre aussi ! Pis la France ! Tu savais que le rouge-gorge vivait en Europe ? L'espèce que t'as dû voir ici, c'était juste un merle...

— On ira nulle part ! Pis t'aurais beau aller te cacher en Europe, Stéphane va te retrouver !

C'était tant pis pour la frime. Il y avait des limites à jouer la comédie.

— Oui, Stéphane... le grand détective ! J'allais l'oublier.

— De quoi tu parles encore ?

— Après t'être occupé de tes parents ici présents, tu vas écrire à ton maudit oncle pis lui avouer ce que t'as fait. On va lui réserver la surprise de sa vie.

— Quoi ? Ha ha ! Si je dis à Stéphane que c'est moi le Rouge-Gorge depuis tout ce temps-là, il va s'amener ici avec le SPVM au grand complet ! Il va appeler la SQ s'il le faut, la GRC ! L'armée, s'il est capable !

Ce que mon admiratrice ignorait, c'était que le téléphone de Stéphane l'attendait quelque part aux abords de l'autoroute 720, mais elle n'a pas cru à mon assurance renouvelée. Plutôt amusée par cette menace qu'elle savait un bluff, elle a pouffé de rire.

— Vraiment, Éric ? T'es plus brillant que ça. Quand Stéphane va apprendre qu'il a passé l'été à courir après son propre neveu, le même qu'il a invité à se joindre à l'enquête parce qu'il le croyait en danger, tu penses vraiment qu'il va vouloir que ça se sache ? Tu lui as ri en pleine face, tu l'as noyé au fond d'une bouteille... Mais là encore, je t'apprends rien. Fait que prends le pari que tu veux, mon Éric, mais ça me surprendrait ben gros que notre bon détective prévienne qui que ce soit en chemin... Pas vous ?

Julie portait de nouveau son attention sur ses otages. Eux avaient complètement perdu la carte, trop énervés pour démêler nos propos.

— Bon ! Maintenant que tout est dit... je te détache pis tu coopères, ou t'as encore besoin de motivation ?

— Julie... écoute-moi bien. Je vais jouer le jeu que tu veux si ça peut protéger ma famille, mais qu'importe ce que tu penses savoir, j'ai jamais tué personne, pis c'est certainement pas aujourd'hui que je vais commen...

— Comme tu voudras !

À ces mots, la journaliste a empoigné ma mère par les cheveux pour lui soulever le menton. J'ai eu l'impression que les yeux de maman déjà grands ouverts allaient être expulsés de leurs orbites. Ses poumons n'ont jamais eu le temps de se remplir de nouveau, et c'est au milieu d'un cri presque inaudible que l'épais verre taillé est venu tout interrompre : la peur, les pleurs, la vie, tout s'est arrêté d'un coup tandis que le sang sacré de ma mère giclait de sa gorge déchirée.

— NOOON !

Avant même que son grand cœur n'ait rendu son dernier battement, la poitrine qui m'avait jadis nourri se noyait déjà sous le flot rouge et brûlant que bavait l'entaille. L'horreur a brisé les dernières défenses de mon père qui se mit à pleurer et à beugler de toutes ses forces, toujours prisonnier de ses liens. Il s'est alors laissé tomber sur le corps agité de spasmes de sa femme, glissant lentement le long de son chemisier visqueux, jusqu'à ce que son visage sali aille s'enfouir au creux de ses cuisses.

De mon côté de la pièce, j'ai explosé, ne parvenant toutefois qu'à marteler les lattes éclaboussées du plancher verni des pattes de ma chaise.

— Je vais te tuer, ma christ! JE VAIS TE TUER!

— AH! Là, tu parles! Mais tu vas voir, c'est pour ton bien… T'es bon pour t'occuper de ton père, maintenant, ou je dois tout faire toute seule?

Des larmes abondantes me brouillaient la vue, dévalant mes joues enflammées. Je sentais mon sang battre dans mes tempes, à défaut de rejoindre mes poings qui tournaient au mauve sous la pression persistante du ruban gris.

— Ma tabarnac… ma petite christ de tabarnac…

— OK, patron! C'est toi qui décides…

Elle a aggripé mon père par le col et l'a rassis bien droit avant d'attraper une courte mèche de ses cheveux imbibés. Les yeux clos, papa s'est détendu aussitôt, trop faible pour se débattre, sinon indifférent face à son sort.

— OK! ARRÊTE! Je vais le faire! S'te plaît, laisse-moi le faire, tu peux pas m'enlever ça!

— Je sais, j'aimerais ça… mais comment je sais que tu vas pas m'en passer une?

J'ai inspiré à pleins poumons, obligé de me calmer.

— Si… si j'écris à Stéphane tout de suite, il va arriver plus vite. Pis t'as raison, rien pourrait le convaincre que c'est pas moi le coupable… Ma seule option, ce sera la fuite.

— OUI ! Ha ha ! Je savais que t'allais te déniaiser !

Prise d'une joie soudaine, Julie a lâché mon père pour m'acclamer à mains jointes. Elle est ensuite venue me rejoindre et a posé un genou au sol avant de s'affairer sur mes liens, qui ont cédé sous le tranchant du verre. Dans un monde idéal, ces quelques secondes m'auraient suffi pour envoyer un signal à mon père, un clin d'œil, n'importe quoi pour lui offrir du réconfort, mais papa n'a jamais rouvert les yeux pour me regarder... Sans doute craignait-il d'apercevoir les iris encore pétillants de maman, ou bien était-ce mon image qu'il souhaitait éviter, celle d'un fils pour qui il ne ressentait plus que de la honte ? Quoi qu'il en soit, j'étais maintenant libre de me lever, et c'est ce que j'ai fait, me dressant face à ma belle journaliste devenue psychopathe.

Quel dommage...

À contempler Julie qui me souriait bêtement, j'ai cru saisir ce qu'elle voyait en nous : deux jolis meurtriers, échevelés dans leurs tenues de travail presque identiques. Nous pourrions effectivement nous enfuir, faire le tour de la planète au cœur d'une grande chasse à l'homme internationale... Le sang coulerait à flots, le vin aussi, et partout où nous passerions, chaque auteur, journaliste, blogueur et scénariste voudrait écrire notre histoire, romancer petit à petit les méandres de notre belle aventure, en route vers la notoriété éternelle. Puis nous disparaîtrions ensemble, tous deux immortels, et notre puissant héritage en inspirerait d'autres, comme le mien l'avait transformée, elle. Ce serait parfait... sauf pour Stéphane. Sauf pour ma mère.

J'ai donc sorti mon cellulaire de ma poche et composé un message texte :

> « C'est moi le Rouge-Gorge. J'ai
> tué mes parents, ils t'attendent
> chez eux, au sous-sol. Adieu. »

Puis, j'ai expédié le message.

— C'est fait.

— Ah ! Mon amour, je suis tellement excitée !

J'ai enfoui mon téléphone au fond de ma grande poche frontale, puis Julie m'a sauté au cou pour m'embrasser. Son baiser fruité m'a ramené en arrière, à cet après-midi où elle s'était abandonnée à moi. Avait-elle alors déjà compris qui j'étais sous mes traits innocents ? Sans aucun doute, à me remémorer la conversation qui avait suivi nos ébats. Et me rendant compte de ma naïveté, je n'ai pu m'empêcher de ricaner tout bas.

— Pourquoi tu ris, bel homme ?

— Tu te souviens de ce que tu m'as demandé, l'autre jour ? Dans le lit…

— Ben oui ! Je t'ai demandé si tu me mettrais en danger.

— Tu te souviens de ce que je t'ai répondu ?

— T'as dit que j'avais pas à m'inquiéter… Pourquoi tu me demandes ça ?

— Parce que tantôt, tu t'es trompée. Je peux te mentir.

— Qu'est-ce tu veux di… Mmph !

Ma tendre m'a aussitôt repoussée, s'éloignant de quelques pas pour mieux constater la plaie dégoulinante qui lui perçait désormais l'abdomen.

— Gu… gu…

Elle a voulu en calmer le flot, la pressant à deux mains pendant que ses perles confuses allaient et venaient entre son mal et la lame de verre qu'elle ne m'avait pas vu sortir de mon kangourou.

– É... Éric... gu... Qu'est-ce qu...

– C'est fini.

Je me suis jeté sur elle, mon arme brandie, et je l'ai mitraillée d'une, de deux, de trois autres frappes au ventre. Nous nous sommes écroulés ensemble sur le sol, le poids de mon corps enfonçant davantage le verre taillé dans sa chair, puis j'ai lâché prise pour courir vers mon père avachi.

– C'est bon, papa ! Je nous sors de là !

J'ai commencé par lui retirer son bâillon. J'ai ensuite déchiré le ruban à ses chevilles, mais il en a profité pour me renverser d'un coup de sabot.

– NON !

– Hey ! Qu'est-ce tu fais ? Je te détache !

– Touche-moi pas ! TOUCHE-MOI PAS !

Mon père se débattait de toutes ses forces pour me garder à distance, les yeux toujours clos sur cette réalité trop horrible à regarder.

– Papa, arrête ! J'ai rien dit de vrai, c'était pour nous sortir de là !

– NON ! Laisse-nous tranquilles, VA-T'EN !

Les larmes et la bave ont fusé de nouveau. Je n'ai pas insisté, sectionnant seulement une bande supplémentaire autour de ses bras, puis j'ai laissé mon père se libérer par lui-même tandis que j'allais m'occuper de la barricade sur la porte... Mais quel travail d'amateur ! La table à café avait simplement été accotée à la verticale sous la poignée, à la manière d'une chaise qu'un enfant aurait coincée là pour lire le journal intime de sa petite sœur en paix. Un peu de ruban adhésif fixait le bas de la table au plancher pour l'empêcher de glisser, et un dernier morceau de ruban, enroulé à la poignée, l'attachait à la commode plus loin.

Je suis parvenu à tout arracher sans trop d'effort, mais au moment d'ouvrir la porte et de monter au premier, j'entendais encore papa se morfondre sur le buste inanimé de maman. Je partageais sa douleur ; la mort de ma mère attisait en moi une rage sans précédent, mais l'heure n'était pas au deuil et il ne me restait que très peu de temps pour reprendre le contrôle de la situation. Ainsi pressé, j'ai appelé mon père par-dessus mon épaule :

— OK, papa. Il faut partir maintenant !

En me retournant pour mieux l'interpeller, j'ai plutôt vu Julie se ruer vers le survivant, une lame mouillée de rouge dans chaque main.

— CRÈVE !

— PAPA ! DERRIÈRE TOI !

Il a levé le bras et Julie y a planté la première de ses lames, la seconde se brisant plutôt contre l'acier de sa montre.

— ARGH !

— SALOPE !

Je me suis lancé sur l'assaillante, la basculant par-dessus la chaise sur laquelle j'ai trébuché à mon tour. Un coup à la tête, deux, puis ma belle m'a rendu la pareille. J'essayais bien d'arrêter ses poings acérés, pensant les attraper au creux des miens, mais le sang qui les recouvrait déjà transformait mon adversaire en limace visqueuse et insaisissable.

J'ai donc opté pour l'offensive : j'ai enrobé son cou fin de mes mains. Ainsi, je jouissais de toute la prise nécessaire pour lui présenter ma répartie. Julie n'a eu d'autre choix que de calmer son assaut pour tenter d'ouvrir ma poigne, mais ce qui glissait pour moi glissait aussi pour elle, et sa riposte s'est résumé à me tamponner le visage de ses paumes gluantes pour me tenir à distance. Un goût de fer a envahi ma bouche, puis, consciente de la bonne idée, la battante m'a beurré les yeux de ses pouces.

— AH ! *FUCK* !

— Je voulais qu'on vive ça ensemble, Éric ! Tu me laisses pas le choix !

Elle a enfoncé ses serres encore plus profondément dans mon crâne. Je pouvais en sentir la pointe me fendre la peau, me perforer la chair, mais malgré la douleur, malgré la perte de ma vue, je refusais d'abdiquer et j'ai resserré mon emprise sur sa gorge déplumée.

Les ailes du Rouge-Gorge en panique se sont alors mises à battre au sol, poussant la chaise plus loin, pendant que son bec claquait à mes oreilles à défaut de me les couper. Viendrais-je à bout de ma jolie tortionnaire ? Je n'en savais rien. L'adrénaline commençait à me manquer. Mais aveuglé de la sorte, je n'ai pu voir l'éclat rouge et bleu des gyrophares percer les rideaux collés aux fenêtres, et parmi les pleurs de mon père et mes propres cris, je n'ai pas non plus entendu l'escouade tactique enfoncer chaque porte de la maison et dévaler jusqu'à nous.

Lorsqu'on a finalement pointé les fusils mitrailleurs sur nous, j'ai figé en même temps que ma partenaire, à bout de souffle, avant de lever les bras sous les cris convaincants de mes envoyés spéciaux.

Une première équipe d'ambulanciers s'est chargée de panser mon père avant de le conduire à la cuisine pour dégager la scène de crime. D'autres sont ensuite venus me laver les yeux, puis c'est avec réconfort que j'ai découvert Aurélie et Rose, dressés d'un côté et de l'autre de mon siège, leur silhouette embrouillée. Avaient-ils toujours pour mandat de me protéger ou s'assuraient-ils, au contraire, que je ne prenne pas la poudre d'escampette ? Qu'importe, puisqu'ils avaient répondu à l'appel. C'est à leur intention que j'avais envoyé en douce le message texte destiné à Stéphane, et ils avaient accouru à mon secours comme le voulait la procédure.

Parlant de mon oncle, ce dernier avait rejoint la fête quelques instants après les premiers invités. Il est resté à l'étage un moment, question d'offrir ses sympathies à son cousin, puis est descendu constater les dégâts : les murs éclaboussés de sang, le plancher rayé, souillé par l'essence de ma mère, elle-même mutilée et brisée sur les coussins brunis du divan.

Au centre de la pièce, les soigneurs terminaient d'installer la belle sur une civière. Affublée d'un masque à oxygène et piquée d'une intraveineuse, on l'avait menottée aux poignets comme aux chevilles, en plus de l'immobiliser sur son lit roulant à l'aide de sangles. À la voir en pareil état, je m'imaginais bien la déception qu'elle devait cacher derrière le plastique embué : sa carrière venait de s'écrouler, son amant l'avait trahie et sa glorieuse cavale était morte dans l'œuf. J'avais toutefois l'étrange sensation qu'elle souriait malgré tout, peut-être fière ou reconnaissante à l'idée que personne n'oublierait jamais son nom.

Quoi qu'il en soit, Stéphane, lui, ne semblait pas près de se réjouir. Les mains au fond de ses poches, il m'a à peine regardé avant de remonter au premier. J'ai baissé mes yeux blessés qui m'ont rendu la surprise : contrairement à Julie, personne n'avait cru bon de me passer les menottes, à moi qui avais appréhendé la camisole de force...

Je me suis excusé auprès de mes gardes pendant que le détective disparaissait déjà dans l'escalier. C'est au salon que je l'ai retrouvé, le nez collé contre la fenêtre, à épier l'extérieur entre deux lattes des stores horizontaux.

Dehors, un grand rassemblement s'organisait de l'autre côté des bannières jaunes de la police. Autour des auto-patrouilles, des trois ambulances et des quelques véhicules d'enquêteurs, tout un peloton de voisins et de passants s'étaient amassés dans l'espoir d'étancher leur propre soif de violence et de sang. J'ai aussi reconnu l'infâme camionnette blanche de la grande station de télévision, la même d'où Julie avait surgi au soir de notre première confrontation. Cette fois, par contre, une tout autre équipe de journaliste en était sortie, et c'est un jeune gigolo tout fringant qui se trémoussait au micro, bien enveloppé dans son pardessus griffé.

— As-tu une bonne raison pour ce qui s'est passé à la morgue tantôt ?

Stéphane m'avait posé sa question sans même me regarder, les pupilles toujours rivées sur le spectacle qui se poursuivait devant nous. Ce n'est pas moi, cependant, qu'il parviendrait à surprendre : j'avais réfléchi à mon discours aussi bien qu'il avait préparé le sien.

— Mes parents étaient en danger. La panique a généré une confusion, j'ai cru que t'étais derrière tout ça... Ça fait que je t'ai assommé, pis j'ai pris ta voiture pour venir les protéger.

— OK... Pis quand tu vas devoir expliquer ta relation avec Julie Villeneuve ?

— Je vais dire qu'elle s'est servie de sa notoriété pour me séduire et se rapprocher de toi.

— Pourquoi elle aurait fait ça ?

Le détective pouvait m'interroger autant qu'il le souhaitait, je sentais bien qu'il ne cherchait pas à éclaircir l'ambiguïté. Voulait-il alors s'assurer que je partage sa version des faits ? Si Stéphane avait choisi de m'épargner malgré tout, rien ne promettait qu'il ne changerait pas son fusil d'épaule. J'ai saisi l'occasion et, le cœur gros, je lui ai rendu les clés de mon œuvre :

— Parce que Julie... Julie est une psychopathe qui a eu peur de perdre sa place médiatique. C'est pour ça qu'elle est passée du politique au criminel, avant de s'inventer un alter ego. Comme ça, elle s'assurait la meilleure couverture de sa propre affaire, jusqu'à ce qu'elle développe une obsession pour le détective en charge du dossier. Elle te voyait comme un modèle autant qu'un rival, et elle voulait transformer ton enquête en genre de bras de fer tordu.

— C'est bien.

Sauf que Stéphane n'a pas lâché prise :

— Penses-tu qu'on devrait craindre des représailles ?

— Des représailles ?

C'est de moi que tu parles ?

Mon oncle a précisé :

— Julie pourrait en inspirer d'autres à prendre le relais. On sera jamais à l'abri d'un nouveau fanatique qui voudra l'imiter ou faire sa marque à son tour. Ils sont partout, Éric… souvent juste sous notre nez.

Mon petit cœur d'assassin s'est pincé de chagrin, mais la réponse allait de soi :

— Non… non, vous aurez pas de représailles.

Le détective a acquiescé du menton, puis s'est éloigné en silence.

Le problème, toutefois, c'était que, à peine trois heures plus tôt, Stéphane m'aurait crucifié sans un soupçon de remords. Ces explications spontanées pouvaient-elles vraiment le persuader de mon innocence ? Après tout, Julie ne s'était pas non plus vantée d'avoir retrouvé mon précieux sac. Était-ce alors possible que mon oncle en sache plus qu'il n'osait l'avouer ?

— Pourquoi tu m'as pas arrêté ?

Mon oncle s'est immobilisé.

— Je te demande pardon ?

— Tout à l'heure, à la morgue… tu savais qui t'avais devant toi, tu savais qui j'étais avant d'arriver ici, pas vrai ? Mais depuis quand, Stéphane ? Depuis le Plateau ? C'est pour ça que tu gardes tes distances depuis l'hôpital ?

Il est resté de marbre.

— Je vois pas de quoi tu parles.

— Non ! Non, Stéphane ! Je sais pas qui a trouvé mon sac ce soir-là, je sais pas si tu savais pour Julie, mais tu savais pour moi ! Pourquoi tu m'as pas arrêté, hein ? Parce que je suis de la famille ? Parce que j'étais ton billet pour décrocher ta prochaine promotion ? Ou peut-être que tu manquais juste de preuves ? C'est-tu pour ça que tu voulais m'avoir au poste ? T'espérais que je commette une première erreu...

Stéphane m'a rejoint d'une seule enjambée, m'agrippant le col de sa main pour m'entraîner plus loin, dans un recoin moins visible du salon.

— Là, mon petit sacrament, tu vas m'écouter comme il faut.

Sa voix chargée d'émotion mordait dans les mots tandis que ses jointures rosées pressaient mon torse, prêtes à reprendre les hostilités. Mais des agents sont passé derrière nous et le détective a dû calmer ses ardeurs.

— T'es pas spécial. T'es pas plus fin que personne, pis moi non plus. C'est-tu clair ? Y a personne d'infaillible. Pas toi, pas moi, personne.

— Dis-moi juste pourquoi.

Un instant, j'ai cru que Stéphane me répondrait enfin, séduit par l'idée d'éteindre mon arrogance. Son regard furieux sautait de l'un à l'autre de mes yeux, sa lèvre supérieure se rétractait sur ses dents... Mais mon oncle n'avait rien à gagner et il devait bien s'en douter.

— C'est pas important. Y a plus rien d'important. Je suis pas tout seul à avoir manqué de jugement ici dedans. Fait que tu vas me laisser en paix si tu veux que je fasse pareil. Oublie tout, tu comprends ? Pars loin, va refaire ta petite vie grise ailleurs pis digère-la jusqu'au bout.

Sa main s'est alors détendue, relâchant son emprise, et Stéphane a tourné les talons en direction de la cuisine où il a disparu derrière un mur de policiers.

Quel gâchis...

Stéphane avait tort. Nous avions tous deux commis l'irréparable, mais à la différence de lui, je comprenais ce qui m'avait motivé. Et je saurais lui faire face... Reste qu'il marquait un point : plus rien de tout ça n'avait la moindre importance. Ce qu'il me restait d'intérêt à son égard venait de s'évanouir avec lui. Car s'il s'était présenté comme un homme de loi fort et valeureux quelques mois plus tôt, la droiture de l'enquêteur n'avait cessé de se courber sous la pression, ramollissant à la moindre difficulté... assez pour que je le croie capable de m'assister dans mes vices, puis de tuer sauvagement un de ses collègues.

C'est donc un enfant fragile qu'on hisserait au rang de héros grâce à moi, et cet ingrat attribuerait mon propre mérite à une véritable psychopathe. Dans son cas à elle, cependant, c'est plutôt moi qui l'avais laissée tomber, surpris par l'authenticité de sa passion et la force de son discours. De quoi remettre en question mes propres ambitions et la pertinence même de ma carrière...

Seul au milieu des va-et-vient, j'ai voulu monter à l'étage et poursuivre ma réflexion loin des bourdonnements. Un bleu m'en a cependant empêché pour dégager le passage à deux ambulanciers qui s'amenaient avec la première civière : c'était celle de Julie. Escortée par nombre d'agents, la belle m'a lancé un dernier sourire tandis qu'elle me passait sous les yeux, redevable mais déçue, presque désolée de m'avoir usurpé mon bien.

Je me suis bien senti obligé de lui rendre la politesse, ce que j'ai fait. Elle a alors tendu le cou dans ma direction :

— Prends soin de toi, mon bel oiseau ! Je vais te rendre fier, c'est promis !

Elle a mimé un baiser à travers son masque à oxygène, puis a reposé sa tête sur le matelas plastifié. L'instant suivant, Julie me quittait pour de bon, accueillie en reine par une foule d'admirateurs — les miens — venus la saluer à ma place sous les blancs confettis de l'hiver.

À contempler Julie toute digne qui levait le menton pour les caméras, j'ai compris qu'il n'y aurait pas d'appel. Ni pour elle ni pour moi. Jusqu'alors, je n'avais pas écarté l'idée de renverser la vapeur une fois le procès terminé. Après avoir condamné ma journaliste à perpétuité, on l'aurait enfermée dans une cellule à sécurité maximale où, de pair avec le reste du pays, elle aurait assisté, hébétée, à ma renaissance.

Après tout, c'était Julie elle-même qui m'avait innocenté la première — ne me devais-je pas de lui retourner l'ascenseur ? Sans aucun doute, sauf que, à côté de ce trésor national, Éric Delacroix n'était personne, sinon un pâle pion qui avait consacré les dernières années à solidifier son incognito. J'aurais beau me surpasser et offrir au monde la chance de me connaître, aucun tableau, aussi macabre soit-il, ne saurait supplanter l'impact de sa version à elle...

Une semaine après la grande finale, je reprenais déjà mon poste à la Grande Banque de Montréal, de retour au centre de mes paravents gris. Mon cadran numérique me réveille tous les matins à la même heure, je croise tous les jours les mêmes visages, les mêmes masques beiges que portent les figurants de cet interminable film. Dix-sept heures sonnent, la télévision m'attend. Je me couche...

Carl aussi a repris le travail, une fois qu'il a eu profité de quelques semaines de vacances. Calmé de sa mésaventure, il n'en a cependant tiré aucune leçon et, trois jours sur cinq, il évoque de nouvelles machinations à l'heure du dîner, de nouveaux complots. Rien, cependant, pour élucider la parfaite équation de cette boucle infinie.

Les funérailles de ma mère ont eu lieu à la petite église du Saint-Rédempteur, dans sa banlieue natale. Toute la famille s'y est présentée... sauf Stéphane. Il a expédié un simple courriel au groupe, exprimant ses condoléances. Je ne l'ai pas reçu.

Selon ce que j'ai appris par la suite, il aurait tourné le dos à sa promotion de lieutenant au SPVM, exigeant plutôt de ses patrons qu'ils le transfèrent à la Sûreté du Québec. Eux l'auraient ensuite assigné je ne sais trop où, quelque part sur la Côte-Nord, au service d'une petite municipalité reculée.

C'est tout ce qu'ont voulu me révéler mes derniers contacts au poste de police, et je n'ai plus cherché à retrouver sa trace.

De toute façon... à quoi bon ? Il avait tout risqué pour finalement renoncer à sa fin heureuse. Peut-être devinait-il la conclusion que je lui avais préparée ; me savoir privé de ma gloire ne lui suffisait donc pas ?

Du côté de mon père, il hésite encore à me parler. Peut-être qu'une partie de lui s'est laissée convaincre par les révélations de Julie, mais les médias finiront bien par le persuader de mon innocence. Par ailleurs, n'est-ce pas mon père qui m'a un jour enseigné que le temps guérit tous les maux ? Je devrai me montrer patient. Mais attendre, c'est bien tout ce qu'il me reste à faire d'ici là : attendre que mon quart s'achève, attendre que tombe la nuit, attendre demain, attendre encore.

Attendre...